SECUELAS DE UNA GUERRA

SECUELAS DE UNA GUERRA

Elsa Marrero De Rodríguez

Número de Control de la Biblioteca del Congreso de EE. UU.:   2014905292
ISBN: Tapa Dura   978-1-4633-8099-1
                     Tapa Blanda   978-1-4633-8098-4
                     Libro Electrónico   978-1-4633-8097-7

Fecha de revisión: 18/03/2014

Para realizar pedidos de este libro, contacte con:
Palibrio LLC
1663 Liberty Drive
Suite 200
Bloomington, IN 47403
Gratis desde EE. UU. al 877.407.5847
Gratis desde México al 01.800.288.2243
Gratis desde España al 900.866.949
Desde otro país al +1.812.671.9757
Fax: 01.812.355.1576
ventas@palibrio.com
615555

ÍNDICE

Tristes guerras
si no es amor la empresa.
Tristes, tristes.

Tristes armas
si no son las palabras.
Tristes, tristes.

Tristes hombres
si no mueren de amores.
Tristes, tristes.

(Poema "Tristes Guerras" de Miguel Hernández)

CAPITULO I

Ya amanecía y pronto terminaría su turno de guardia en el Salón de Emergencias del Hospital Nacional. Se sentía cansada, hoy había sido un día muy duro porque se habían registrado muchos más casos que de costumbre, considerando que era martes y normalmente ese solía ser el día de la semana en el que menos casos de urgencia se presentaban. Hoy todo parecía más complicado pues desde que entrase a su guardia a las 10 de la noche ya comenzó todo, porque su primer caso había sido un pequeño niño de menos de 4 años que se había tragado una batería del aparato para sordos de su abuela. Fue fácil resolverlo, pero el caso le había recordado cuando ella era niña y que le había sucedido algo similar.

Su madre corría con ella en brazos por los pasillos de la clínica, estaba preocupadísima porque Corina, su pequeña hija, se había tragado uno de los dados con los que su padre jugaba al cubilete. Qué recuerdos aquellos, bueno, en realidad no eran sus recuerdos sino las historias que había escuchado durante toda su niñez, porque en su casa siempre se recordaba aquello como algo que había impactado sus vidas. Era normal, ella era la única hija de un matrimonio muy joven y era muy pequeña cuando se había llevado ese dado a la boca, supuestamente pensando que era un caramelo. Tenía dos años. Afortunadamente para todos, el médico de guardia de la Casa de Socorros que la atendió tenía mucha sangre fría y pudo hacer que ella expulsara el dado sin que le quedase secuela alguna del gran susto pasado, no solamente por ella que era muy chica para saber y entender lo que sucedía, sino también para sus padres que la adoraban.

Creció rodeada de un ambiente de amor y de alegría. Sus padres la adoraban y aunque posiblemente la malcriasen un poco, no era demasiado, considerando que ellos no eran ricos y aunque trataron siempre de darle todo lo mejor que podían a su única hija, la realidad era que no podían demasiado. Su madre no trabajaba, se dedicaba solamente a cuidar de ella, pero Corina recordaba haber visto a su madre muchas veces llorar silenciosamente. Ella no podía comprenderlo entonces pues era muy pequeña, pero luego con el tiempo supo que su madre no podía ayudar a su padre trabajando ella también pues padecía de una enfermedad que aunque no era grave, o al menos eso pensaban ellos en aquella época, no le permitía hacer mucho esfuerzo físico. Por eso, solamente se dedicaba a cuidar de su casa y de su hija aunque todo ello también la cansaba mucho. Cuando ya fue mayor y terminando la escuela primaria fue que Corina supo que su madre padecía de asma. Lo que sucedía era que el doctor le decía que tenía que ella necesitaba vivir bien cerca del mar y ellos no podían permitirse el lujo de cambiar de casa y mucho menos en la costa que era un área muy cara para comprar una casa allí, porque ni siquiera ésta en la que vivían era de su propiedad, ellos pagaban un alquiler mensual para poder vivir en ese lugar.

De todas formas la niña siempre vio cómo su padre se comportaba con su madre tratándola como si fuese una reina. A ella le gustaba verle cuando venía con un pequeño ramo de florecillas silvestres que recogía en su camino de regreso a casa y se las entregaba a su esposa haciéndole una reverencia. Julieta, la madre de Corina, se reía mucho con esas cosas de su marido. Pedro siempre había sido así con ella, desde que comenzara a enamorarla cuando apenas eran unos jovencitos que no habían cumplido su mayoría de edad.

La familia de Corina se reducía a estos dos seres. La niña nunca supo la razón por la cual ella no tenía abuelos, ni tíos, ni primos. Nunca les conoció, por lo tanto nunca les echó de menos. Sin embargo, cuando hablaba con sus amiguitas de la escuela y ellas le contaban del resto de sus familiares, la chica se preguntaba entonces por qué era que ella no tenía más familia que su madre y su padre.

Cuando Corina terminó la escuela secundaria, les dijo a sus padres que ella quería ser enfermera. Ella había visto a su madre muchas veces con aquella cara de angustia que ponía cuando no podía respirar, y en aquellos momentos su padre le daba unas medicinas y veía a su madre respirar algo que venía de una máquina. Ella no sabía lo que era ni la razón por la que su madre se sentía tan mal algunas veces, pero desde pequeña se prometió que cuando fuera grande ella se iba a ocupar de cuidar de su mamá para que no se sintiese mal, y como algunas veces tuvo que quedarse sola y luego una vecina la llevaba al hospital donde estaba su madre y conoció así a unas mujeres vestidas todas de blanco que eran muy buenas con su madre, supo que esas mujeres eran enfermeras. Por eso ella quería ser enfermera también para poder ayudar a su madre cuando se pusiera mala, y también a cualquier otra persona. A Corina le dolía mucho ver a su madre sufrir porque no podía respirar bien.

Pedro se había emocionado mucho el día que su hija le comentara que quería ser enfermera, y como era de esperarse la apoyó en sus deseos. Sí, a él le parecía una buena idea y si la niña tenía vocación por esa profesión, él haría todo lo posible para que ella pudiera conseguir su objetivo. Lo único malo fue que un mes justo después de que Corina se graduase como enfermera, y sin aún haber conseguido un trabajo donde poder ejercer lo que había aprendido, Pedro falleció. Su muerte fue repentina, aparentemente sufría del corazón pero nunca había sentido ningún síntoma, y el día que le dio el infarto, éste fue fulminante. De un día para otro, la felicidad y estabilidad de su hogar se derrumbaba. Ahora que Corina se sentía tan contenta porque no solamente podría ayudar a su madre con su enfermedad, sino que iba a comenzar a buscar un trabajo para ayudar en casa con su sueldo, su mundo cambio radicalmente. El pilar más fuerte que sostenía a su pequeña familia se acababa de romper.

Tras la muerte de su marido, Julieta quedó como sonámbula. Un día le dio un fuerte ataque de asma y el médico le recomendó a Corina que aparte de las medicinas que habitualmente utilizaba, su madre debía también tomar algo para los nervios, alguna que otra vez, ya que su enfermedad podía tener episodios más dramáticos ahora pues ya ella no contaba con el apoyo de su amoroso esposo. Como tenían algunos ahorritos, pudieron ir viviendo hasta que una vecina que tenía un familiar trabajando en el Hospital Nacional le comentó a Corina que allí necesitaban enfermeras y ella se presentó rápidamente para aplicar por una posición. Tuvo suerte pues cuando el director del hospital vio las recomendaciones que ella había presentado de la escuela donde había estudiado, así como del pequeño consultorio donde había efectuado sus prácticas de la profesión, decidió darle una oportunidad. Ella era muy joven, pues solamente tenía 20 años y esta sería la primera vez que trabajaría para ganarse un sueldo que era muy necesitado en su hogar.

Hasta la muerte de su padre, éste no había querido nunca que ella buscase trabajo porque prefería que dedicase todo su tiempo a estudiar y así poder terminar sus estudios con honores, y eso fue lo que ella hizo.

Como trabajaba en el turno de madrugada, ya que era de las más nuevas empleadas del hospital, no le quedó más remedio que contratar a una persona para que viniera a su casa algunas veces para hacer compañía a su madre, cada vez que tenía una crisis, ya que no podía darse el lujo de tener a alguien diariamente. Julieta ya estaba algo más resignada con la muerte de su esposo pues ya había transcurrido casi dos años de su desaparición, y a ella le gustaba mucho recordar los miles de detallitos que había tenido Pedro con ella mientras duró su noviazgo y luego su matrimonio, una postal, un ramito de flores disecadas, una foto, algunas noticas que él le escribía. Todas estas cosas las miraba una y otra vez tratando de mantener su recuerdo vivo. A Corina no le parecía bien que su madre dedicase tanto tiempo a hacer estas cosas, porque aunque ella recordaba mucho a su padre, sabía que no era saludable para su madre revivir cada día esos recuerdos que la hacían ponerse triste. Ella también recordaba mucho a su padre, pero lo que no tenía remedio era mejor aceptarlo, esa era su filosofía y por eso se mantenía firme en su propósito no solamente de ser una buena enfermera sino de llegar a conseguir cumplir con otro de sus sueños, poder reunir el dinero suficiente para comprar un departamento, aunque fuese pequeño, pero que ella y su madre pudieran considerar que era suyo. Y sobre todo que estuviese muy cerca del mar, ya que era algo que le convendría a su madre.

En los momentos que no tenía ningún caso urgente que atender, le venían a su mente preguntas que se había hecho toda la vida. Ella nunca pudo comprender que su familia se concretase a su padre, su madre y ella. No, sabía que tenía que haber en el mundo al menos una persona que ella pudiera considerar pariente suyo. Su madre no quería hablar del asunto, pero ella iba a tratar de descubrir por si misma cual era el misterio que siempre había rodeado a todo lo que se refiriese a tener un familiar. Siempre que le había preguntado a su padre, éste le contestaba con evasivas. Todo el mundo tiene alguien que en algún momento llamó hermano, o tío, o prima. ¿Por qué ella no?

Por eso, en sus ratos libres, durante el día buscaba en Internet información sobre la familia formada por su padre cuyo apellido sonaba a alemán o polaco o algo por el estilo. También el apellido de su madre no era frecuente en el área donde vivían, donde todo el mundo tenían nombres y apellidos hispanos. El apellido de su padre era Baum y el de su madre Rossi, ninguno de los dos aparecía en la guía de teléfonos del área en la que vivían y ella necesitaba saber si tenía algún familiar en cualquier lugar del mundo. Tenía que encontrar algo.

Buscando en Internet supo que el apellido Baum era de origen judío alemán, mientras que el de su madre, Rossi, era italiano. Sin embargo, tanto su madre como su padre hablaban español, no solamente con personas extrañas sino también entre sí, por eso a ella le resultaba raro el que nunca oyese pronunciar alguna palabra en cualquiera de esos dos idiomas. Tenía que preguntarle a su madre, ya que por desgracia su padre ya no estaba allí. Lamentaba mucho el que nunca se le hubiera ocurrido hablar con su padre al respecto, aunque recordaba que cada vez que le preguntaba sobre sus padres o la familia que había tenido, su padre contestaba con evasivas, no quería hablar de ese asunto. Siempre era lo mismo y su madre por el estilo, aunque ella le decía que aún era muy niña para saber algunas cosas, y eso le dio ánimos para preguntarle nuevamente. Ahora su madre no le diría que era una niña, puesto que ya era una mujer que acababa de cumplir 22 años y ya llevaba casi dos años trabajando en el hospital.

Julieta estaba muy decaída luego de la pérdida de su amado esposo, considerando que ella también siempre había sido una mujer muy frágil y él había sido su apoyo en todas las cosas de la vida. Por eso le dolía cada vez que su hija le preguntaba cosas sobre sus familiares. Ella no quería recordar. La realidad es que tanto Pedro como ella habían tenido que pasar mucho para poder estar juntos, ya que sus familiares tanto los de él como por el lado de ella, se había opuesto a su unión. Las razones se perdían en cosas sucedidas en el pasado, cosas con las que ni siquiera Pedro o ella tenían que ver, eso se lo repetía su marido con frecuencia, cuando ambos se encontraban solos y decidían tocar el tema, algo que jamás hacían delante de su hija. Si los abuelos en la época en que sus países tenían problemas por culpa de la expansión del nazismo en Europa, eso era cosa del pasado, y ninguno de los esposos podían entender las razones por las cuales sus padres se opusieron a su matrimonio. Por esa razón tuvieron que espera a que ella fuese algo mayor se casaron a escondidas de los familiares tanto por parte de él como por parte de ella, y se fueron a vivir a este país donde había nacido Corina. Nunca le comunicaron al resto de la familia donde estaban ni que se habían casado y tenido una hija. Pero Corina no se cansaba de preguntar. Mientras Pedro vivió, era él quien se ocupaba de desviar las preguntas de su hija hacia otra cosa y le quitaba importancia al asunto. Pero ahora, Julieta no entendía qué mosca le había picado a su niña, porque todos o casi todos los días la atosigaba con la misma cantaleta.

-Mamá, no me vayas a negar que en algún lugar del mundo tiene que haber alguien emparentado con nosotros, ya sea por parte de mi padre o por parte tuya. No puedo entender que nunca hayan querido hablarme del pasado. Tanto papá como tú solamente me han contado que se amaban mucho y que siempre fueron muy felices, y a mí me alegra eso, pero tienes que comprender, yo no puedo creer que estemos solas en el mundo tú y yo. Antes, al menos teníamos a papá, pero ahora algunas veces siento la necesidad de compartir mis pensamientos con alguien más que pueda ser querido para mí. Tengo que tener abuelos, y tíos y quien sabe hasta primos.

-Hija, eso no es importante, lo único que debe contar para nosotras es que nos tenemos la una a la otra. La familia somos tú y yo, nada más.

-Eso no es cierto, tú lo sabes, y más tarde o más temprano tendrás que contarme. Recuerda que ya soy mayor de edad, con lo cual te quiero decir que desde hace mucho tiempo dejé de ser una cría, y tengo preguntas, incógnitas por resolver. Imagínate que algún día me case, porque aunque no he tenido novio, ni lo tengo, pudiera ser que eso sucediera, y ¿qué le iba a contar a mi futuro esposo?

-Boberías, todas esas cosas son boberías.

-Bueno, no me dejas otra alternativa, voy a tener que enterarme de alguna manera y si tú no quieres contármelo, lo averiguaré yo sola. Ya verás.

Pasó el tiempo y Corina casi había olvidado su curiosidad sobre el pasado de sus padres, ella seguía trabajando mucho y también estudiando porque no quería quedarse toda la vida siendo una simple enfermera, ella quería progresar, poder ser alguien importante para así sacar a su madre de allí donde vivían y ofrecerle la oportunidad de vivir cerca del mar ya que eso era lo que siempre le habían recomendado los médicos. Como tenía libres los lunes y los martes, ya que trabajaba de miércoles a domingo, dedicaba el martes a ayudar a su madre a hacer la limpieza de la casa ya que a ésta el contacto con el polvo de los muebles y del suelo, le hacía mal. Un día decidió que como hacía tiempo que no limpiaba los libros que su padre había acumulado toda su vida y que muchas veces ella había podido leer también, era el momento de quitarles el polvo. En esa tarea pasó buena parte de la mañana de ese martes, hasta que al tomar un libro del estante para sacudirlo, un papel cayó de dentro del mismo. Lo recogió y mecánicamente ya se disponía a volverle a poner dentro del libro cuando reconoció la escritura de su padre. Su curiosidad pesó más que la costumbre de no hurgar en cosas que no le pertenecieran, tal como le habían inculcado sus padres. Tomó la nota y cuando iba a comenzar a leerla su madre entró en la estancia. Sin darse cuenta de lo que hacía, escondió la nota en su pecho y continuó limpiando como si nada. Julieta no se dio cuenta de lo que había hecho Carina y le dijo lo que venía a comentarle.

-Corinita, hija, creo que ya has limpiado demasiado bien esos libros viejos. Ya todo está reluciente y es hora de que te tomes un descanso. Además, ya preparé la comida, y sabes que no me gusta comer sola, pues a tu padre le gustaba que lo hiciéramos todos juntos, y ahora que él no está, tenemos que hacerlo tú y yo solitas. Así que ven, te he preparado tu plato favorito, ese salmón al horno que tanto te gusta.

-Ya voy mamita, primero pasaré por el lavabo a refrescarme un poquito porque con tanto polvo creo que me está afectando un poco la nariz. Voy enseguida.

Entró al cuarto de baño y cerró la puerta con llave. Ella no sabía porque había actuado de esa manera, pero algo le decía que su madre no debía saber que ella tenía esta nota que había encontrado dentro de ese libro. Decidió leer la nota. Aunque estaba escrita en italiano, ella pudo entender lo que decía.

"Cara Julieta, no tienes que preocuparte más por lo que digan nuestros padres. Ellos viven aún bajo la influencia que tuvieron sus antecesores en la guerra, pero nosotros no tenemos nada que ver con eso. Nosotros nacimos después de que la guerra terminase. Nunca entenderé las razones que me da mi padre, por eso tampoco comprendo a los tuyos. Tú y yo nos amamos y tenemos algo en común, el hijo que vas a tener. No quiero que nazca sin padre, por esa razón tienes que decidirte ya. Mañana en la mañana te espero en el lugar que quedamos. Entonces comenzaremos una nueva vida. Te ama, tu Pedro"

Entonces era eso, era porque su familia no les permitía estar juntos. De pronto, Corina recordó un detalle que podría ser importante para lo que ella quería averiguar. Esa nota la había encontrado dentro de un libro muy viejo, que su padre guardaba con gran cariño, se titulaba "La Guerra y la Paz" y había sido escrito por el escritor ruso León Tolstoi. Decidió colocar la nota nuevamente dentro del libro, pero leerlo nuevamente, ya que ella había tenido la oportunidad de hacerlo siendo casi una niña, pero entonces no había comprendido nada. Pudiera ser que ahora la trama del libro le diera la solución a sus preguntas sin contestar.

-Hija, no te tardes. Estás como cuando eras pequeña que te quedabas en el baño demasiado tiempo. Vamos ya, la comida se enfría.

-Ya voy, mamá-. Corina comienza a comprender algo del porque sus padres nunca han querido hablar de sus familias respectivas. De momento se acaba de enterar de una cosa, sus padres tuvieron relaciones íntimas antes de casarse, resultado de las cuales, nació ella. Interesante, no hubiera pensado eso de sus padres, ya que siempre les escuchó hablar de que una muchacha no debe acercarse a un joven y hacer ciertas cosas sin que exista un compromiso final tal como el matrimonio. Sn embargo, ellos sí lo habían hecho. A ella no le importaba, todo lo contrario, aunque sus padres actuaban de una forma muy estricta, ella había estudiado, le encantaba leer y siempre les hizo preguntas a sus maestros y a sus compañeras de estudios, por eso sabía algunas cosas del sexo, pero nunca lo comentaba con su madre o su padre. Además, ella era enfermera, por lo tanto el cuerpo humano y sus funciones naturales no le eran desconocidas, de hecho ahora admiraba mucho más a sus padres ya que habían puesto su amor por encima de cualquier otra cosa. Decide entonces, tratar de averiguar más detalles con su madre, pero no de momento. Necesita pensar un poco más. Volverá a leer la novela para ver si su contenido la ayuda en algo.

CAPITULO II

Estaba sentada en el saloncito donde se reunían tanto enfermeras como doctores del Salón de Emergencias, para tomarse un descanso y comer algún bocadillo o beberse un café o un refresco. Corina sacó del bolsillo de su bata la nota que había encontrado en el libro el día anterior, le gustaba leerla y ver el amor que se habían tenido sus padres y pensaba en las dificultades que habrían tenido que pasar ambos para poder estar juntos. Se encontraba tan metida en sus pensamientos que no escuchó cuando entró al saloncito el Dr. Marcos Aguirre. Este llegó a su lado le acarició el cabello y le dio un beso en la oreja. Corina reaccionó inmediatamente.

-Marcos, no debiste hacer eso.

-No veo por qué no. No te he faltado al respeto. Además no es nada nuevo para ti el que yo te bese. Al menos ahora solamente te besé una orejita. Hace unas semanas besé tus labios.

-No me recuerdes aquello. Sabes que lo hiciste sin mi consentimiento. Estábamos bailando y es verdad que la melodía era muy romántica y ambos olvidamos por un momento que somos compañeros de trabajo. Pero sabes bien, porque te lo dije, que no había sido oportuno que me besaras. Nosotros no somos novios, ni nada por el estilo. Simplemente somos compañeros de trabajo. Tú eres médico, mientras que yo soy enfermera, nada más.

-Corina, no entiendo por qué te molesta tanto. Yo sé que te gustó mi beso porque correspondiste al mismo. Que luego me dijeses que no estaba bien, lo acepto, pero nunca podrás negar que te gustó que te besara.

-Es su opinión Dr. Aguirre. Yo nunca le he dicho que me gustara su beso-. Ella contestaba así porque no quería que las cosas entre ellos dos fueran a más. No era oportuno tener una relación en el trabajo. Ella nunca había tenido novio y aunque efectivamente el beso de Marcos le había gustado, ella sentía que era debido a su inexperiencia ya que nunca antes un hombre la había besado. No quería confesarle a él que ese había sido el primer y único beso en la boca que ella había recibido. Además, sentía que cuando él se le acercaba le sucedían cosas extrañas, cosas que ella no se podía explicar. Se ponía nerviosa, un escalofrío le recorría todo su cuerpo, pero no era de miedo, sino de placer, y ella no entendía de esas cosas, y no quería enamorarse ni de Marcos, ni de nadie.

-Ahora me tratas de usted. Bien, si eso es lo que deseas no volveré a hablarte más del asunto.

-Me parece bien, y ahora me marcho que ya terminó me hora de descanso.

Se marchó precipitadamente, no quería que él se diese cuenta de lo que a ella le sucedía, porque sabía que él entendería que a ella él le gustaba y ella estaba decidida a mantenerse soltera y sin compromiso de ningún tipo hasta que supiera todo lo relacionado con sus antepasados.

Estaban desayunando juntas el martes, uno de esos días en los cuales Corina libraba, y de sopetón le hizo la pregunta a Julieta.

-Mamá ¿por qué el padre de mi padre no quería que ustedes dos se casaran, o era tu padre el que no quería?

Julieta estaba desprevenida y no esperaba esa pregunta por ello se puso muy nerviosa y la cucharilla del café que tenía en sus manos se le cayó al suelo.

-¿Quién, quién te ha dicho eso?

-Mamá, basta ya de misterios. Tienes que comprenderlo, yo necesito saber todo lo que tenga que ver contigo y con papá. No quisiera averiguarlo por mí misma, porque creo que no debe haber nada sucio o feo en la unión de papi contigo. Habla de una vez, no tienes derecho a mantenerme fuera de la historia entre ustedes dos. Yo merezco una explicación ¿no te parece?

-Hija, es posible, pero han pasado ya tantos años. Yo ni siquiera he vuelto a saber nada de mi familia y mucho menos de la de tu padre. Ellos no viven aquí, sino muy lejos.

-Eso me lo puedo imaginar, mami. Basta con ver que el apellido de papá es alemán o judío, y el tuyo siendo italiano debe ser porque desciendes de al menos un padre de ese país.

-Tienes razón, hijita. Tu padre era de origen judío y por eso su padre no quería que se casara conmigo.

-Pero ¿por qué, mami? Tú eres una mujer encantadora y siempre demostraste querer mucho a mi padre. ¿Por qué mi abuelo, porque era mi abuelo claro, tuvo que oponerse?

-Se opuso porque él había pertenecido al ejército de Mussolini cuando éste apoyaba a Hitler y ya sabes la historia. Hitler y su nazismo perseguían a los judíos y a todos sus descendientes.

-Sí, yo lo he estudiado en la escuela, además he leído en libros y lo he visto en reportajes y películas. Sin embargo, mami, ni papá ni tú habían nacido cuando eso sucedió.

-No, es cierto que yo nací en el 1955, diez años después de que terminase la guerra, y tú padre cinco ya que él era mayor que yo cinco años.

-Bien, pues si la guerra había terminado mucho antes de que nacieran ustedes dos, no veo el por qué de negarles que se amasen. Sigo sin comprender.

-Hija, hoy no quiero hablar más del asunto. Esos recuerdos me ponen muy triste. Otro día te cuento algo más. Por favor, no insistas ahora, no, por ahora no más.

-Está bien, mamita, no quiero que te agites y te pongas nerviosa. Ya me has dicho muchas cosas que me aclaran un poquito la situación. Ahora bien, dentro de un tiempo, cuando yo vea que puedes hablarme algo más sobre el asunto, te volveré a preguntar. De modo que yo también desciendo de judíos. Que interesante. Sí, es verdad que lo encuentro interesante. No sabía la razón, pero a mí siempre me ha causado admiración ese pueblo porque ellos han pasado muchas cosas en la vida y sin embargo se apoyan los unos a los otros.

-Sí, sí, lo que digas, pero ya no hablemos más. ¿Quieres?

-Está bien, mami. Perdóname. Te voy a dejar descansar un rato. Voy a dar una vuelta por las tiendas, si no te importa. Necesito comprarme unos zapatos para el trabajo porque los que tengo me están molestando y sabes que en mi trabajo el calzado cómodo es muy importante.

-Está bien, Corina, pero no te tardes. Sabes que me preocupo mucho cuando te demoras.

-No me tardaré mamá. Además me llevo el teléfono móvil y le voy a dejar abierto así si me necesitas puedes llamarme.

Como en la vida las cosas suceden muchas veces por azar, Corina, quien raramente iba a las tiendas, había decidido hoy ir a comprar unos zapatos, pero también para dar un paseo porque mirando los escaparates de las tiendas se entretenía ya que ella tenía pocos momentos para disfrutar ya que aparte de trabajar muy duro en un trabajo que agotaba mucho no solamente en el aspecto físico, sino también en el anímico, pues tenía que ver muchas cosas desagradables o tristes en el transcurso del día. Así que decidió aprovechar y entrar en la cafetería del complejo de tiendas que estaba visitando, con el propósito de descansar un rato después de haber caminado por casi una hora y además para beber un refresco. Llevaba pocos minutos sentada allí cuando vio entrar al local a una joven que le recordó mucho a su madre, al menos por las fotos que había visto de ella cuando era joven, tenía su mismo pelo negro, largo y brillante y unos enormes ojos tan oscuros que parecían negros. Venía con un chico joven como ella y ambos se sentaron en la mesa que estaba junto a la que ocupaba Corina.

-Signorina Rossi, ¿me hace el honor de aceptar que la invite hoy yo?-. El joven le preguntaba a la chica, pero lo que había llamado la atención de

Corina era que aparte de parecerse a su madre, la chica era también de apellido Rossi.

Corina no pudo evitarlo, se levantó impulsivamente y se acercó a la chica.

-Perdóneme, pero he escuchado que su apellido es Rossi. Me llamó la atención porque es el apellido de mi madre y no conozco por aquí a nadie más con ese apellido.

-Sí, mi apellido es Rossi, y no vivo aquí. Vine a visitar a unos amigos, éste en particular, mi amigo Juan Soler. Yo me llamo Julieta.

-No, no puede ser. Es demasiada casualidad.

-Señorita, se ha puesto pálida, ¿le sucede algo?-. Preguntaba el chico.

-Es que aunque les parezca extraño, sucede que mi madre se llama igual que su amiga, Julieta Rossi. Creo que es demasiada casualidad. No me dirá que también es de Nápoles en Italia.

-Pues sí, soy de allí, lo que pasa es que tengo vacaciones de la escuela en estos días y aproveché para venir aquí a visitar a mi antiguo compañero Juan. Pero ¿Por qué no se sienta con nosotros y nos cuenta algo de su mamá? Claro que el nombre y el apellido no son raros, pero es demasiada casualidad como usted dice.

-¿De verdad que no les importa? No quisiera interrumpir su conversación. Además ustedes son mucho más jóvenes que yo y no creo que les gustaría hablar con alguien mayor.

-No lo crea, yo ya cumplí 18 años-. Dijo la chica.

-Y yo voy a hacer los 20 en unos días-. Añadió Juan.

-Bueno, no soy mucho mayor que ustedes, pues tengo 22 años, pero será porque como trabajo en un hospital junto a gente mayor que yo que casi me siento como el resto de mis compañeros. Además, nunca he tenido muchas amigas y menos aún amigos, así que no sé cómo se comporta la gente de mi edad.

-Pues como lo estamos haciendo nosotros. Naturalmente. ¿Cómo te llamas?- preguntó Julieta.

-Me llamo Corina, Corina Baum.

-¿Tu padre es alemán?, a mí me suena haber escuchado tu apellido antes. Lo que pasa es que no recuerdo donde le escuché. ¿Tu padre ha estado en Nápoles?

-No sabría contestarte. Mi padre falleció hace dos años, pero la realidad es que yo apenas se nada de su vida anterior. Él y mi madre vinieron a vivir aquí cuando se casaron y no tengo ningún otro familiar aquí más que a mi madre, la que se llama como tú. Y te diré, mi madre también era de Nápoles. Eso sí me lo comentó un día cuando escuchaba una canción muy dulce que me dijo que era una melodía napolitana, de su tierra. Y no me quiso contar nada más.

-¡Qué raro! A nosotros los italianos nos encanta hablar y al menos a mí me gusta mucho contar cosas que veo y hablar sobre la gente que conozco. Me agrada que hayas preguntado por mi nombre, creo que eres muy simpática. Oye, yo voy a pasarme un tiempo por aquí. ¿Crees que te gustaría reunirte con nosotros dos y mi primo, para poder salir alguna vez?

-Sí, me encantaría, ya te comenté que apenas tengo amigos, pero lo malo es que trabajo, especialmente los fines de semana, solamente libro lunes y martes, y a la gente joven no suele gustarle salir en esos días.

-Es cierto, pero como yo estoy aquí por vacaciones, pudiéramos arreglarnos para al menos vernos uno de esos días. Mira, te voy a dar mi número de teléfono y así me llamas y quedamos. Voy a hablar con Carlo, mi primo, que también vino y es mayor que yo, para ver si quiere venir y así salíamos los cuatro. ¿Te gustaría?

-No lo sé. Nunca he salido así, con otros jóvenes. La verdad es que solamente hace un par de semanas que salí un día con unos compañeros de trabajo, pero todos ellos son mayores que yo y creo que sería diferente. Es posible que me guste más salir con ustedes.

-Sí, anímate Corina, a Julieta y a mí nos encantaría que vinieses con nosotros y con el primo de ella, un día de esos que libras, porque podríamos irnos al club a bailar. A nosotros nos gusta mucho bailar. ¿Sabes tú?

-¿Qué, bailar? Un poquito. No mucho, recuerda que no suelo salir. Pero me encantaría verles nuevamente. Sí, Julieta, te llamaré para ver si el lunes próximo podemos salir, así podría acostarme tarde ya que el martes también libro. Y ahora, me perdonan, tengo que marcharme porque mi madre se ha quedado sola en casa y se preocupa si llego tarde. Te llamaré, Julieta. De todas maneras, toma aquí tienes mi número del teléfono móvil por si quisieras llamarme tú. Ha sido un placer conocerles-. Estrechó las manos de ambos chicos y se marchó muy contenta por haber entablado conversación con gente que era más o menos de su edad. Era una sensación nueva para ella, y le había gustado.

CAPITULO III

No sabía por qué decidió no contarle nada a su madre, acerca de su encuentro en la cafetería con estos jóvenes, uno de los cuales resultó ser una chica que había nacido en Nápoles, Italia, tal como su madre y además se llamaba exactamente igual que ella. Era algo curioso y que le había dado que pensar a Corina, por eso consideró que era mejor esperar a ver qué podía averiguar con sus nuevos amigos, ya que en realidad podía ser que se tratara de una simple coincidencia. Ella no quería hacerse ilusiones, pero no podía negarse que estaba intrigada. Su vida continuó como siempre, trabajando en el hospital y asistiendo a clases a media tarde. Las mañanas las dedicaba a dormir porque era la única hora en que podía hacerlo. En el hospital le habían dicho que probablemente a principios de año le cambiarían el turno, pero de momento tenía que esperar. El Dr. Aguirre continuaba con su asedio amoroso, y Corina no sabía qué hacer. A ella le caía bien Marcos, pero entendía que no era conveniente tener una relación amorosa en el centro de trabajo. Además no conocía nada de él, y ella siempre tenía la preocupación de que si algún chico le preguntase un día algo sobre su familia, no sabría qué contestar ya que ella no sabía nada de quienes habían sido sus abuelos, si tenía tíos o tías, u otro familiar cualquiera. De hecho, ni siquiera había sido bautizada ya que su padre no profesaba la religión católica y ella no se le había inculcado el creer en tal o cual religión, por lo que ella misma no sabía si creía en Dios o no. Sus estudios primarios los había hecho en una escuela privada de corte laico, porque su padre se había esforzado mucho para que tuviese una buena educación, pero en esa escuela no se obligaba a los alumnos a practicar una religión en particular, de modo que aunque le enseñaron sobre las distintas religiones que practicaban los seres humanos, no tuvo que escoger ninguna. Sí sabía que la mayoría de sus compañeros de aula en la escuela primaria habían sido bautizados, y por ende tenían padrinos y madrinas. Ella tampoco tenía eso. Puede que en el fondo ella se sintiera rara dentro del grupo de sus compañeros de estudios, por ello siempre había querido saber sobre sus ancestros, pero nada, sus padres no le contaron nada.

Hoy estaba bebiendo un café en el saloncito para empleados del hospital cuando recibió una llamada a su teléfono móvil.

-Hola, Corina ¿te acuerdas de mí? Soy Julieta, la chica que conociste hace unos días en la cafetería de las tiendas.

-Sí, claro, no podría olvidarme, recuerda que te llamas como mi madre. ¿Cómo estás, y tu amigo Juan, creo que se llama?

-Estamos bien, si por eso mismo es que te llamo. Quería preguntarte si podemos recogerte el lunes próximo alrededor de las 8.

-Sí, sería perfecto, pero ¿qué planes tenéis?

-Bueno, recordarás que te hablé de mi primo Carlo, él también es italiano, pero habla muy bien el español, tal como nosotros y le parece muy buena idea lo que te comenté de salir los cuatro para ir a bailar. Espero que tú puedas también, porque no creas que fue fácil convencer a mi primo. Y Juan y yo estaríamos muy contentos si tú pudieses venir.

-Claro, yo puedo. Además tengo muchas ganas de salir y hacer algo diferente. Como les dije el otro día la realidad es que casi no tengo amigos y tampoco salgo mucho. ¿Cómo deberé vestirme?

-Normal, como cuando vas al cine o algo así. La gente del club al que vamos es gente joven como nosotros y ellos no se fijan en la ropa de los demás. Cada cual viste como le parece. El otro día cuando te conocimos te vi muy bien, así que entonces quedamos en recogerte el lunes a las 8.

-Descuida, estaré lista. Hasta entonces.

Corina le dijo a su madre que iría a una cena con algunos compañeros del trabajo y que seguramente vendría tarde. Aún no le había hablado de sus nuevos amigos.

Venía conduciendo Carlo ya que era el único que tenía licencia de conducir. Juan estaba haciendo los trámites para obtenerla pero aún no había tomado el examen, y Julieta aunque conducía en su país no se atrevía a hacerlo fuera de él. De todas formas, aparentemente los familiares de la chica consideraban que Carlo era el más formal de los tres ya que sabía que si no estaba en condiciones de conducir llamaría un taxi para que los llevasen de regreso a casa. Juan venía sentado al frente junto a Carlo, de modo que Corina se sentó en el asiento trasero al lado de Julieta.

Ambas chicas se saludaron afectuosamente con besos en las mejillas y los chicos saludaron desde el asiento delantero.

-Corina ¿tuviste algún problema para poder salir? Bueno, no sé ni porque te hago esta pregunta ya que tú igual que Carlo eres mayor de edad.

-No creas, aunque tenga ya 22 años, mi madre está acostumbrada a saber dónde voy y con quién. Si te digo la verdad, hoy le dije una pequeña mentirita, le dije que iba a salir con unos compañeros de trabajo. Como ella ya conoce a algunas de mis compañeras, no le importó.

-Oye, nosotros también somos personas de confiar. Pero claro, tú aún no nos conoces, es normal. No, si a mí no me molesta. Yo algunas veces hago lo mismo con mi padre, es que si conocieras al señor Gianni, sabrías lo que quiero decir.

-¿Gianni es el nombre de tu padre?

-Sí, Gianni Rossi, originario de Pimonte en la Región de Campania.

-Julieta, no sé por qué, pero todos esos nombres me son familiares. Recordarás que el día que me acerqué a preguntarte tu nombre, te dije que mi madre se llama igual que tú.

-Sí, lo recuerdo. Voy a hacer una cosa, como mi padre vino también en este viaje porque no quería que yo viajase sola con mi primo Carlo, ya que él es un italiano muy conservador, pues voy a aprovechar para preguntarle si conoció alguna vez a alguien que se llamase igual que yo. Es que a mí también me parece demasiada coincidencia. Pero bueno, dejemos eso para otro día, porque ya hemos llegado al club y antes de entrar quiero presentarte formalmente a mi primo Carlo.

Dejaron el coche en la entrada con el encargado de aparcarlo y mientras entraban en el club donde ya se escuchaba la música, Julieta aprovechó para presentarle a su primo a la chica que acababa de conocer.

-Mira Carlo, ella es mi nueva amiga, Corina Baum. Corina, él es mi primo Carlo Molinaro.

Ambos se estrecharon las manos y se saludaron cortésmente. Todos entraron al salón de baile. Como Carlo sabía que a su prima le interesaba mucho bailar con su amigo Juan, decidió ser el primero en comenzar a bailar y le pidió a Corina que bailase con él.

-Gracias, Carlo, pero te advierto que no soy muy buena bailarina.

-No te preocupes, yo tampoco lo soy, así que si nos pisamos los pies mutuamente, nadie podrá hacer una reclamación.

Ella tuvo que reírse con el comentario de él. Pensó que Carlo era un chico muy simpático, además de ser muy buen mozo. Según le había comentado Julieta, Carlo era mayor que ella, así que decidió preguntarle.

-Carlo, me dijo tu prima Julieta, que tú eres el mayor, yo tengo 22 años ¿qué edad tienes tú?

-Pues efectivamente, yo soy un viejo de 25 años.

-La verdad es que pareces mucho más joven. ¿Vives aquí en Alicante?

-No, yo vivo en mi pueblo en Castellamare di Stabia, en Nápoles.

-Por el nombre parece estar cerca del mar.

-Sí, igual que aquí. Te preguntarás cuáles serían las razones que yo tendría para venir aquí si estoy cerca del mar. Pues sí, no me tienes que decir, lo noto en tu cara que no entiendes. Lo que pasa es que mi prima Julieta medio que se enamoró de este chico Juan Soler una vez que se conocieron en un crucero que salía de Génova en Italia y como quería que todos le conociéramos insistió en pasar las vacaciones aquí. A mí me daba lo mismo porque no tenía nada importante que hacer este año, y nunca había venido a tu ciudad, de modo que decidí venir también. Lo que pasa es que al final mi tío decidió que él tenía que acompañarnos, es que no sé si Julieta te habrá contado que su padre es muy celoso con ella y además muy estricto.

-Sí, algo me dijo antes, y no lo veo raro ya que mi padre que en paz descanse, también era muy estricto.

-Lo siento, no sabía que tu padre había fallecido. Me dijo Julieta que tú tienes también algo de italiana, ¿es cierto?

-Pues sí, supongo, ya que mi madre también era de Nápoles y como le dije a tu prima casualmente se llama igual que ella, Julieta Rossi.

-Caramba, pues sí que es una casualidad porque creo que mi madre tuvo una hermana que se llamaba así y me parece que una vez comentaron que mi tío, Gianni, le había puesto el nombre de Julieta a mi prima, en recuerdo de su hermana.

-Qué interesante me suena todo. ¿Tú tío también vive en Castellamare di Stavia, como tú?

-No, ellos viven en Pimonte que está algo más alejado del mar, pero también pertenece a la Región de Campania, igual que donde yo vivo y a su vez pertenecen a Nápoles.

-¿Pimonte? Creo haber leído ese nombre alguna vez.

-No sé, no creo que sea un lugar muy famoso. La realidad es que no creo que sea un lugar turístico, pero bueno, nadie sabe. ¿Tu padre era también italiano?

-No, recuerda que mi apellido es Baum, mi padre era de origen alemán. Solo que en casa siempre hemos hablado español. Alguna vez quise aprender el alemán pero mi padre me quitó la idea de la cabeza. Del italiano sí entiendo algo, porque a mi madre algunas veces se le van palabritas en ese idioma. Además es más fácil de comprender cuando hablas español ¿no crees?

-Sí, es verdad. Que combinación tan rara la de tu padre y tu madre, porque calculando por tu edad supongo que habrás nacido en 1976 o algo así, porque yo tengo 25 y nací en 1974.

-Yo nací aquí en Alicante, en 1977.

-Entonces naciste después de la muerte del dictador.

-¿De Franco, dices? Sí, creo que él falleció en 1975 y alrededor de un año después de que él muriera fue cuando mis padres vinieron para aquí, pero la verdad, Carlo, quiero pedirte disculpas porque yo no sé nada de la historia de mis padres. Es más, te confesaré que eso es algo que siempre me ha mortificado, porque a pesar de las muchas veces que les pregunté ninguno de los dos quiso contarme nada. No sé si tengo primos o tíos, nada, no sé nada.

-Bien, pues en ese caso, cuéntanos como tus primos. Total, ser primos es lo más fácil del mundo, además por algún lado debemos estar emparentados porque tú también tienes el apellido Rossi igual que yo por parte de madre, ¿a ver si va a resultar que tu madre y la mía son hermanas?

A Corina le dio un salto en el corazón, de pronto pensó que no podía ser tan fácil que ella se hubiera encontrado con unos primos así de esta manera a pesar de que sus padres nunca le contaron nada. Pero aunque Carlo hizo el comentario de forma jocosa, a ella le sonó a verdad, porque era cierto, podía ser que fuesen parientes. Esa similitud de los apellidos no era corriente que sucediera. Le tenía que hacer unas cuantas preguntas por su madre, y ya sabía cómo comenzaría a hacerlo.

-De pronto eso que has dicho me ha sonado tan posible, que definitivamente no va a ser cierto. Pero sería maravilloso que tanto tú como tu prima Julieta fueran algo mío. Me encantaría ser vuestra prima.

-Pues, aunque no lo seas en realidad, puedes imaginarte que lo eres. Si después de todo, algunas veces los amigos nos resultan más fieles y nos demuestran más comprensión y amistad que muchos familiares.

-Carlo, tus palabras han sonado algo deprimentes, como si tú estuvieses enfadado con algún familiar.

-No, yo particularmente no, pero recuerdo haber escuchado cuando niño que una tía mía, hermana de mi padre, se había ido de la casa y todo el mundo estaba muy enfadado con ella. No pude saber por qué ella se había marchado, ni por qué a todos les molestaba eso. Pero es ahora hablando contigo sobre cosas de familia, que me recordé. ¡Caramba! Y si mal no recuerdo esa tía se llamaba Julieta, como mi prima. Pero yo no me acuerdo de ella porque esto que te cuento creo que pasó cuando yo tenía como un año o algo así.

Carlo no se daba cuenta, pero sus palabras causaron gran impresión en Corina. Se preguntaba si a pesar de todo, podrían darse las casualidades. Si no, qué cosa era esta de que estos chicos hubieran tenido una tía que se llamaba igual que su madre, Julieta Rossi, y que más o menos en la misma época en la que sus padres habían venido a Alicante, esta chica porque supuestamente era muy joven, según el cuento de Carlo, se había marchado de su pueblo en Italia y la familia se había enfadado con ella. Tenía unos nombres ahora con los cuales sabía que según su madre reaccionase cuando ella como al azar los mencionara, sabría si estaba sobre la pista o si era simple imaginación.

Estuvieron bailando un rato más, después pasaron a un salón donde había toda clase de bocadillos y dulces, así como unas bebidas refrescantes, incluyendo algunas que contenían alcohol. Corina se decantó por un refresco ya que a ella no le gustaban las bebidas alcohólicas. Sus amigos bebieron algún trago combinado, pero al parecer a ellos no les atraía tampoco el alcohol, de lo cual ella se alegró porque sentía que podía así confiar más en ellos, suponiendo que volviesen a salir otro día, antes de que Julieta y Carlo regresasen a Italia.

Ellos habían prometido al padre de Julieta estar en la casa de regreso antes de la medianoche, por ello llevaron a Corina a su casa antes, alrededor de las once y media. Se despidieron cariñosamente y quedaron en encontrarse otro día ya que todos habían pasado un rato muy agradable. Corina entró en su casa sintiéndose muy feliz, porque había compartido con gente joven como ella, había bailado y sobre todo creía que ya había encontrado parte de la información que necesitaba para saber de dónde procedía su madre.

Al día siguiente pudo desayunar con su madre, ya que era el único día en la semana que podía hacerlo. Ese día Julieta no se sentía muy bien, pues tenía un resfriado y cuando eso le sucedía se ponía muy mal ya que los nervios se le desataban ya que ella temía, y con razón, que pudiera darle un ataque de asma. Por esa razón, Corina decidió que no era un buen momento para cuestionar a su madre. No quería que por su culpa, ella se pusiera mala. La realidad era que tenía curiosidad por conocer cosas del pasado de sus padres, pero la tranquilidad de su madre era más importante, y no podía hacerle nada que la lastimara. Esperaría a un momento en el que su madre estuviese bien.

-Corinita, ¿qué tal te fue ayer en tu paseo con los compañeros de trabajo?

-¿Con los compañeros de trabajo?-, Corina había olvidado por un minuto que esa era la excusa que le había dado a su madre, -Ah, bien, como siempre, ya sabes que ellos son casi todos mayores que yo, pero al menos me entretengo un poco.

-Sí, hija mía, necesitas salir porque trabajas muy duro y luego con tus clases también, algunas veces me pregunto si no será demasiado, y si deberías darte un poco más de tiempo para ti. Hija, eres muy joven y veo que la juventud se te está yendo sin disfrutar de la vida. Yo me casé siendo algo más joven que tú porque tenía 20 años, pero antes de eso pude divertirme bastante de acuerdo a las posibilidades que teníamos en casa. Claro que yo no estudiaba como lo haces tú, pero trabajé por un tiempo en una oficina, y a mí me parece muy bien que trates de mejorar tu puesto de trabajo adquiriendo nuevos y más avanzados conocimientos, pero por otro lado, me da pena contigo, porque eres mi hija, y me duele que no pueda ayudarte para pagar los gastos de la casa. Nunca pude tener un trabajo por mucho tiempo.

-Mami, yo siempre pensé que tú nunca habías trabajado. Que te habías dedicado a atender la casa, a papá y luego a mí.

-La realidad es que yo trabajé antes de casarme, pero no pude quedarme en ese trabajo que me gustaba y el jefe era muy bueno conmigo porque a pesar de que cuando yo empecé a trabajar no tenía experiencia, solamente ligeros conocimientos de mecanografía y algo de taquigrafía, bueno esto último creo que ahora no se utiliza, pero en mi juventud sí. El caso es que en el año que estuve trabajando allí aprendí mucho y mi superior comprendía mis problemas con el asma que padezco desde niña, y cuando veía que me comenzaba a faltar un poco el aire, me ordenaba que dejase todo lo que estaba haciendo y que me sentara tranquilamente a hacer mis inhalaciones y que después que me sintiera mejor, entonces continuara. Siempre lamenté haber tenido que dejar ese trabajo, porque luego aquí ya no podía trabajar en una oficina. Tú sabes que hablo bien el español y lo leo también, pero no conozco muy bien la gramática, ya que mi idioma original es el italiano.

-Caramba, mami, hoy a pesar de sentirte mal, estas muy habladora. Nunca me cuentas cosas de ti y hoy ya me enteré de que habías trabajado y me has admitido que tu idioma es el italiano, con lo cual al menos ya sé que no naciste aquí, como yo.

-Yo nunca te he ocultado que soy italiana y que nací en un pueblecito de Nápoles.

-¿Será por casualidad Pimonte?-. Corina se arriesgó a hacer la pregunta.

-¿Dónde has oído hablar de ese pueblo?-. Julieta se había puesto pálida y sus manos le temblaban un poco.

-Ay, mami, no sé porque me preguntas de esa manera. El otro día vi algo por televisión que hablaba de Nápoles y mencionaron ese pueblo. Yo ¿de dónde si no iba a saber que existía?

-Es que como me lo preguntaste así. Sí, yo conozco ese pueblo.

-¿Le conoces o es el tuyo?-. Corina insistía a pesar de que se había prometido no atosigar a su madre hoy.

-¿Qué más da si es el mío o no? No creo que tú vayas a visitarlo nunca.

-Nadie sabe, mamita, nadie sabe. Un día me saco la lotería y nos vamos de viaje tú y yo.

Corina decidió dejar el tema y suavizar el asunto, porque notaba que su madre se estaba alterando un poco, solo que esa reacción de ella solamente le confirmaba que iba por buen camino. Seguramente su madre había nacido en Pimonte. Ya tenía una información, otro día le haría otras preguntas. Por ahora la dejó descansar.

-Bueno, mamita, hemos hablado mucho y me voy a recoger la casa y limpiar el polvo, porque luego yo quiero aprovechar para estudiar un poquito antes de ir a clase, que ya sabes que salgo de aquí a la escuela y de la escuela al trabajo.

CAPITULO IV

Esa noche en su descanso habitual, el Dr. Marcos Aguirre se le acercó nuevamente. Ella se replegó en su asiento cuando le vio entrar en la pequeña habitación. Este hombre tenía la virtud de ponerla nerviosa. Ella se sentía confundida cuando él la tocaba en el hombro o acariciaba sus cabellos. Era cierto que nunca había pasado de hacer eso, pero sus caricias le recordaban aquel beso que él le robase el día que saliera con el grupo de compañeros del trabajo a tomar algo y a bailar un poco. Ese beso que en principio podía decir que él le robase, ella reconocía que ella había correspondido al mismo, porque aunque no se podía explicar las razones, le había gustado. Ella había salido alguna vez con un chico pero su relación no había pasado de un ligero roce de manos y de que el chico tratase de besarla, sin conseguir nada pues hasta el momento no había encontrado un chico que le gustase como para permitirle un beso y mucho menos corresponderle ella. Con Marcos, había sentido unas sensaciones en su cuerpo que nunca antes sintiera. Por eso su presencia la alteraba. No quería sentir nada por él y por otra parte ¿era que ella sentía algo? Ese era su problema, que ella no podía definir qué era lo que sentía cuando él se le acercaba.

Esta noche, sin embargo, el Dr. Aguirre simplemente la saludó con un movimiento de cabeza, se sentó en un sillón y comenzó a leer unos papeles que traía en sus manos. Corina, lejos de sentirse agradecida de que en esta ocasión él la hubiese ignorado, le miró con extrañeza, y en cierta medida confundida. En su cabeza sentía un cúmulo de preguntas que ella misma no sabía responder. ¿Qué le sucederá hoy? ¿Cómo es que no me ha tocado los cabellos como lo ha hecho tantas veces y que luego me he enfadado con él por eso? ¿Y si antes me molestaba que los tocara, qué rayos es lo que me pasa que echo de menos que lo haga? Estaba incómoda con ella misma, porque todos los días cuando venía a tomarse su pequeño descanso, deseaba no tener que encontrarse con Marcos, y hoy que él había venido, lo que parecía molestarla era que él no le había hecho el menor caso. De pronto se encontró con que lo estaba mirando directamente sin disimular sin que ella se percatase de que lo hacía, hasta que él levantó el rostro y la pilló mirándole. Ella volvió rápidamente la cabeza, porque sentía vergüenza de lo que había hecho, pero cuando esperaba que él le comentase algo al respeto, lo que escuchó fue su voz despidiéndose.

-Hasta otro rato, Corina, que tengas buen día.

Se había marchado sin comentar nada sobre la forma tan descarada en la que ella le observaba. Eso sí que era raro, y Corina no lo entendía. ¿Será que ya no le gustó? Y al pensar esto, comprendió que le molestaba pensar que él no se sintiera ya atraído por ella. Pero como se terminaba el tiempo que podía tomarse de descanso, tuvo que poner a un lado sus pensamientos y volver al trabajo, aunque le quedaba un pequeño barrenillo en su cabeza, que con la atención que tenía que dispensar a los pacientes, fue desapareciendo poco a poco.

Unos días después recibió una llamada que la sorprendió, porque ella no le había dado su número de teléfono a Carlo y era él quien la llamaba.

-¿Quién habla?-. Corina respondió un poco desconcertada.

-Hola, Corina, soy Carlo, perdona que te llame a este número. Ya sé que no me lo diste, pero tenía algo que decirte que creo que te interesará escuchar, por eso le pedí tu número a mi prima Julieta.

-No, no pasa nada, Carlo, es que me sorprendiste, y no conocía tú voz.

-Es que como la otra noche estuvimos hablando de mi tío y me comentaste algo de tu madre, pues el asunto es que me atreví a tratar de sacarle información al tío Gianni.

-Sí, creo que me dijiste que ese era el nombre del padre de Julieta.

-Evidentemente, pues fíjate que sin hablarle de ti ni de tus comentarios, averigüé que la hermana de ellos, o sea de mi madre Gina y del tío Gianni, se llamaba Julieta. Bueno eso tú lo sabes ya porque te comenté algo de que por ella mi tío le había puesto a su hija el nombre de su hermana.

-Ya, ¿pero qué tiene todo eso que ver conmigo?

-Esa es la cosa, es que me enteré de que cuando su hermana se marchó de la casa de sus padres, lo hizo porque ellos no querían que siguiera de novia de un chico extranjero que ella había conocido un día en la academia, y ese chico era alemán y de apellido Baum.

-No, no puede ser, sería demasiada coincidencia. ¿Estás seguro, Carlo?

-¡Y tanto! Fíjate que después que me contó esto se emocionó mucho y se le aguaron los ojos, por eso no quise preguntarle nada más. Además, a él le sorprendió mucho que yo le cuestionara de modo que tuve que inventarle una mentira. Comencé a hacerle bromas sobre el nombre de mi prima, y a decirle que seguro que él le gustaba la historia esa de Shakespeare de Romeo y Julieta y que por eso le había puesto ese nombre a ella. Él se puso muy serio y fue él mismo quien comenzó a contarme una vez más lo del nombre de mi primita, aunque ya hacía muchos años que yo había escuchado esa historia. Lo único nuevo fue lo que me dijo del que era novio de su hermana, por eso decidí llamarte, porque no sé pero me late que tú y yo vamos a ser primos. ¿Qué te parece la idea?

-Me encantaría que fuese verdad. Yo siempre me he sentido muy sola sin tener hermanos y no haber conocido nunca a un tío o un primo. Ojalá que todo fuese cierto, sería la una gran felicidad. Pero, ¿tu tío no te contó por qué razón su familia no quería al novio de su hermana?

-No, no me dijo nada, pero recuerda que yo no continué la conversación porque lo noté muy emocionado recordando a su hermanita porque creo que ella era menor que él y no quise lastimarlo, ya es mayor y creo que su corazón no anda muy bien que digamos. Decidí contártelo todo enseguida porque puede que con esa información puedas sacarle algo a tu mamá. De todas maneras, yo he estado pensado en una treta que se me ha ocurrido.

-¿Qué es lo que has pensado? Me estás asustando.

-Fíjate, ¿qué te parece si una tarde de esas que libras llevaras a tu madre a la cafetería donde conociste a mi prima y nosotros dos, es decir, Julieta y yo, llevamos a mi tío Gianni? Puede que si se ven en persona ser reconozcan o al menos puedan hablar y así todos saldríamos de dudas. Si son hermanos, festejaremos por tener una prima española, y si ni siquiera se han conocido nunca, pues les presentamos y seremos todos buenos amigos.

-¿Sabes una cosa, Carlo? Serías buen escritor, porque se te ha ocurrido una buena treta. No creo que mi madre pueda enfadarse por eso. Después de todo, si no se conocen, pues no pasaría nada malo, y si es cierto que son hermanos, creo que yo me sentiría muy contenta de haber colaborado para que volvieran a verse y limaran todas las asperezas que puedan tener del pasado. ¿Has comentado esto con tu prima?

-No, no he hablado con ella, necesitaba preguntarte antes porque no sabía si a ti te parecería bien. Pero, descuida, yo conozco bien a Julieta, y estoy seguro de que si las cosas son como pensamos tú y yo, la primera en alegrarse va a ser ella. Eso déjalo de mi cuenta. Entonces, quedamos en que me avisarás el día y la hora, ¿de acuerdo?

-Perfecto y mil gracias Carlo. Ojalá que de verdad fueses mi primo, ya te quiero como si estuviera convencida de que lo eres. Gracias.

-Ciao.

-Hasta pronto.

CAPITULO V

Mientras conducía su automóvil de regreso a casa, una tarde luego de haber terminado su jornada en el hospital, el Dr. Marcos Aguirre pensaba en su encuentro unos días atrás con la enfermerita tan bonita que trabajaba en el mismo turno que él, de viernes a sábado que era cuando le tocaba acudir a cubrir la posición de médico de guardia en ese hospital. El resto de sus días laborales era en el turno de día y solamente dos días a la semana, ya que él estaba comenzando a trabajar en su consulta particular donde ejercía su especialidad médica que era la de tratamientos de enfermedades del pulmón, pero llevaba muy poco tiempo en ella y aún no tenía demasiados pacientes, por ello no quería abandonar su trabajo en el hospital. Esa muchachita le gustaba un montón, no solamente por sus hermosos ojos azules que hacían un contraste muy agradable con su cabellera de un negro tan oscuro que parecía azul, y su boquita con unos labios ni muy gruesos ni muy finos, pero con una sonrisa encantadora. Lástima que ella casi siempre estuviera tan seria, porque cuando se sonreía para él era como si le alumbrasen los rayos del sol. Pero es que aparte de todo, ella tenía un cuerpo divino, cuando se acordaba de su cinturita de sus bien torneadas piernas, ese pecho turgente que parecía querer escaparse de la blusa de su uniforme. No, no podía pensar mucho en eso porque le entraban unos deseos inmensos de poseerla de tenerla toda para sí, pero no, tenía que controlarse. Ya había comprendido que ella no era una mujer fácil. La realidad es que él no tenía intenciones de casarse con nadie, no por el momento. Primero tenía que labrarse una posición más segura y prometedora que en el presente, ya que no quería seguir bajo la tutela de sus padres y mucho menos dependiendo del patrimonio familiar. Para pasar un rato cualquier mujer le venía bien, y si esta niña no fuera tan mojigata, pero en el fondo, puede que hasta esa forma de ser de ella, le gustase. No quería pensar más en ella, porque él no quería enamorarse, y mucho menos de una compañera de trabajo. No, trataría de ignorarla, de hacer como que no la veía. Por eso, el otro día cuando entró en el salón de descanso, disimuló todo lo que pudo con esos papeles que llevaba en la mano, los que en realidad tenía para tirarlos a la basura, pero no quería que ella se diera cuenta de lo mucho que le gustaba. Sin embargo, hubo un momento en el que sintió que ella le miraba, pero cuando él volvió la vista, ella miró a otro lado, de modo que él consideró que seguramente había sido producto de su imaginación el pensar que ella le estaba mirando. Bien, no pensaría más en ella. No quería perder el tiempo, ella no era fácil y no parecía estar interesada en él y además nunca se iría a la cama con él y de planes de casarse, nada de nada, el matrimonio no era para él. Al menos, no por el momento.

Corina tenía una compañera de trabajo con quien algunas veces iba al cine o de compras por las tiendas, una vez fueron también a la playa, pero eso había sido el año pasado y como Corina no sabía nadar ya que sus padres nunca la habían llevado a la playa antes, sentía vergüenza y no quiso volver, a pesar de que Sonia Pérez, quien tenía el mismo turno que ella en el hospital, trataba de animarla ya que notaba que su compañera Corina era un poco seria para su edad, y no podía comprender cómo era posible que una chica joven y guapa como su amiga no se exhibiera más.

-Creo que como sigas así, nunca encontrarás novio, porque no te digo marido, ya que si no tienes novio, por supuesto que jamás te casarás.

-Sonia, no me reproches tanto, sabes que además de las horas que pasamos aquí en el hospital, yo también estudio y no me queda apenas tiempo libre para nada. Si al menos pudiera conseguir que me dieran el turno de tarde, porque eso de trabajar por la noche la verdad es que es agotador.

-Es cierto, a mí también me cansa. Pero yo tengo planes, porque no pienso quedarme toda la vida en este hospital. Y en cuanto a lo de estudiar no me cuentes. Tú sabes que yo también lo hago, lo que pasa es que quisiera cambiar de oficio, ya no me gusta tanto ser enfermera como antes, por eso ahora lo que estoy estudiando es para convertirme en agente de turismo. Sí, no te rías, es bonito eso de viajar aunque no puedas ir tú sino que se lo recomiendes a otras personas, así también tienes oportunidad de conocer gente, y alguna vez puede que venga el príncipe soñado a comprar un pasaje o a pedir que le haga un plan de viajes y ¿quién sabe y lo pueda conquistar?

-Eres una soñadora empedernida, Sonia. Pero no te lo encuentro mal, todo lo contrario, es cierto que de vez en cuando hay que soñar. Yo misma ahora estoy viviendo un sueño, y espero que se me haga realidad.

-No me dirás que estás enamorada.

-No, no se trata de amor, se trata de familia. Tú sabes, porque te lo he contado, el problema que tengo que mis padres nunca me han querido comentar nada sobre quiénes o dónde vivían sus parientes cercanos. Y yo creo que todo el mundo tiene que tener familia.

-Sí, es verdad, yo tengo muchos primos y tíos. Es cierto que tú nunca me has hablado de tus parientes.

-Es que no los tengo o no sé si los tenga. Pero creo que ahora estoy en una situación en la cual es posible que averigüe algo, al menos en lo que respecta a familiares por parte de madre. No sé. Otro día te cuento más porque ya tenemos que volver a la sala de urgencias.

-Sí, es verdad, pero no te olvides de contarme, mi amiguita, ya sabes que a mí me encanta escuchar cosas que parecen de novela, y esta historia tuya no puedes negar que parece un cuento.

Ambas salieron del saloncito de descanso, riéndose como lo que eran dos chicas jóvenes y con una vida por delante. En ese momento entraba el Dr. Aguirre, quien las saludó amablemente pero sin prestar demasiada atención a ninguna de las dos, en especial a Corina, lo cual a la chica le molestó bastante, aunque ella misma se preguntaba porque tenía que enfadarse cada vez que él la ignoraba. Su compañera Sonia notó el mohín de disgusto en la cara de su amiga y una vez en el pasillo no pudo evitar el preguntarle.

-Corina ¿qué es lo que te pasa con el Dr. Aguirre? ¿Es que te cae mal, o es que te gusta?

Corina se ruborizó, porque ella no se había respondido la misma pregunta que le hacía su amiga y que más de una vez le pasar por su mente. ¿Era que él le caía mal o era que le gustaba demasiado?

-Sonia, no te puedo contestar. La verdad es que ni yo misma lo sé.

-Pues hace rato que noto algo raro entre vosotros dos. Recuerdo la noche que salimos un grupito de aquí que fuimos a tomar algo y bailar un poquito. Esa noche, querida, bien que se pegaban el uno y la otra y a mí no me podrás negar que entre vosotros hubo un besito apasionado.

-Ese es el problema, Sonia. Yo sé que sucedió eso y no pretendo negarlo. Precisamente lo que me sucede es que siempre me molestaba mucho cuando después de aquello cada vez que él entraba al saloncito y me veía me tocaba la cabellera, o una mano, inclusive un día hasta se atrevió a besarme una oreja. Eso me molestaba y se lo dije, pero es que desde el día que le comenté mi disgusto, ya no ha vuelto a tocarme y casi ni me mira, y es lo que no me puedo explicar, no sé si me molestaba más que tratase de acariciarme o que me ignore por completo. ¿Puedes tú entenderme? Porque la verdad es que yo misma no me comprendo.

-Pues sería bueno que te aclarases, porque por lo que he escuchado no creo que el Dr. Aguirre se quede con nosotros por demasiado tiempo.

-¿No? ¿Se va de viaje?

-No, tonta, es que tú sabes que él siempre ha querido trabajar en lo que es su especialidad.

-Si supieras que nunca le pregunté cual era su especialidad, y eso que en realidad antes hablábamos bastante, pero eso fue antes del famoso beso que tú recuerdas. Es que a mí me da un poco de corte iniciar una conversación con él. Tengo miedo de que se crea que estoy loquita por sus huesos.

-¿Y no es la verdad?-. Su amiga se burlaba de ella, pero en el fondo de su corazón Corina ya estaba pensando que se sentiría muy mal si el Dr. Aguirre se marchaba del hospital, se había acostumbrado a verle aunque fuese una noche a la semana, cuando él tenía el turno de noche igual que ella.

-No, de verdad es que no se su especialidad-. Cambió el tema porque ya estaban llegando al salón principal.

-Pues se dedica a algo que a ti te interesa mucho, precisamente porque tu madre tiene un problema de salud que él podría ayudarte a tratar. Es especialista en enfermedades pulmonares. Y ya hablaremos después, porque si seguimos con la cháchara nos van a despedir a las dos.

Había quedado con sus nuevos amigos Carlo y Julieta en verse en la cafetería de las tiendas donde se habían conocido. El acuerdo era que ellos llevarían al padre de Julieta y ella llevaría a su madre.

Estaban sentadas Corina y su madre en una mesita de la cafetería tomando unos helados cuando los amigos italianos de Corina entraron junto a un hombre algo mayor, como de unos 50 años, de pelo negro y con canas incipientes en las sienes. Era alto y buen mozo, a Corina le agradó su aspecto. Tan pronto entraron en la cafetería, Carlo y Julieta se acercaron a la chica saludándola.

-Hola, Corina, qué sorpresa encontrarte de nuevo aquí. Mira te presento a mi padre Gianni Rossi.

Julieta, la madre de Corina había palidecido, la cucharilla que llevaba a la boca casi se le cae de la mano y por su parte el padre de la Julieta joven, la prima de Carlo, también se quedó azorado y sin poderlo evitar se acercó a ellas.

-Ma, se sie la mia sorellina-. Pronunció estas palabras en italiano dirigiéndose a Julieta y tratando de abrazarla.

-Fratello caro, il tempo non ci vediamo.

Corina entendía algo el italiano por eso comprendió que Gianni era el hermano mayor de su madre y que tanto uno como la otra se habían asombrado de haberse encontrado después de mucho tiempo de no verse, pero ambos mostraban una alegría muy grande en sus rostros.

-Papá, hablemos español, porque aunque Corina entiende algo de italiano, es mejor que digáis estas cosas en el idioma de ella-. Julieta había comprendido la verdad, que su padre y esa señora que se llamaba como ella eran hermanos y que esta era la hermana de quien habían oído hablar cuando chicos y que se había marchado de Italia sin despedirse porque se iba con un chico.

Corina se emocionó mucho presenciando el encuentro de estos hermanos que no se veían desde hacía más de 23 años. Ella, por su parte, se sintió feliz, porque gracias a la casualidad o al destino, o a lo que fuera, ahora sabía que aparte de su madre tenía otros familiares. De pronto tenía un tío, el Sr. Gianni Rossi, y dos primos, Julieta y Carlo. Aunque al principio su madre se había quedado algo nerviosa, luego comenzó a charlar con su hermano a quien no había podido olvidar a pesar de que tanto ella como Pedro habían evitado lo más posible el comentar cosas del pasado y por eso no mencionaban jamás a sus familiares que habían quedado atrás.

Los jóvenes dejaron que la pareja de hermanos que recién se habían reencontrado hablasen de sus cosas mientras ellos se apartaban un poco, y se alegraban mutuamente de haber encontrado a otra persona que también era miembro de la familia.

-Te lo dije, Corina, que al final de todo íbamos a ser primos. Y no sabes lo mucho que yo me alegro. Sin saber porque el primer día que nos vimos me caíste muy bien, y yo se que a mi prima Julieta también, por eso ella y yo nos pusimos de acuerdo para este encuentro.

-¿Y qué puedo decir yo? Creo que es uno de los días más felices de mi vida. Primero porque acabo de encontrar a parte de mi familia, y también porque hacía mucho tiempo que no venía a mi madre tan feliz y esa carita de alegría que ha puesto al reencontrarse con su hermano bien vale todo el esfuerzo que han hecho amigos, o ¿debería llamaros primos?

-Claro que sí, prima Corina-. Julieta abrazaba a su nueva prima y Carlo se había unido al abrazo.

-Tal parece que hubo algo mágico en el que nos decidiéramos a venir a pasar las vacaciones aquí en Alicante. Tenemos que agradecerle a tu amigo Juan, ya que gracias a tu interés en compartir estos días cerca de él nos ha dado la oportunidad de conocer a nuestra prima que ni siquiera sabíamos que existía y también que tu padre haya tenido un poquito de felicidad ya que el pobre hombre estaba muy triste desde que murió tu abuelo, el Alexandro Rossi, que era el jefe de la familia. Tú no conoces la historia, Corina, pero el abuelo, bueno que también era tu abuelo aunque no le conociste, siempre fue quien controló todos los movimientos de su familia. Yo creo que ninguno de sus hijos se atrevió nunca a contradecirlo, y aparentemente por lo que hemos sabido posteriormente, solamente tu madre fue quien tuvo el coraje de no hacer caso de sus órdenes, porque yo cada día me convenzo más de que él era quien no quería que tu madre tuviese una relación con el que fue tu padre.

-Es posible, porque ahora que lo pienso, puede que por esa razón mi padre nunca me quiso contar nada de su familia ni de la de mi madre. Quizás él pensaba que era muy doloroso lo que ellos tuvieron que hacer para salvar su amor. Si antes admiraba mucho a mis padres, ahora cada día los admiro mucho más. Yo no sé si yo tendría tanto valor para mantener una relación así en contra de todo el mundo.

-Eso lo dices porque no te has enamorado nunca-. Julieta hablaba como si ella tuviera una gran experiencia en el asunto y solamente era una jovencita de 18 años.

-¡Mira quién habla!-, su primo Carlo no pudo contener la risa ante el comentario de su primita, ya que él a sus 25 años se consideraba un hombre mayor.

-Chicos, chicos, venid que quiero que conozcáis a mi hermana-, Gianni se había puesto de pie para ser él quien presentase a su hermana menor a su hija y a su sobrino. —Carlo, sobre todo tú tienes que acordarte de cuando en casa comentábamos sobre mi hermanita menor que se había marchado y tanto mi madre como mi padre se quedaron desconsolados. Ella nunca supo que mi madre no le pudo perdonar a papá que hubiese renegado del chico que quería casarse con ella. Total, todo por una estúpida guerra en la que él había tomando el bando que todos sabemos que era el equivocado.

-Bueno, papá, ya eso pasó, afortunadamente nosotros nos encontramos con Corina aquí, o más bien debo decir que ella fue quien nos encontró porque aparentemente al escuchar mi nombre, algo le dijo que teníamos que ver con ella. Y se ha demostrado que era verdad, algunas veces el corazón sabe más que la razón.

-Mi niña grande, hay que ver lo bien que te expresas siendo aún tan joven. Estoy muy orgulloso de ti-. Gianni no podía ocultar su satisfacción al ver a su hija hablar con tanta madurez. Le había gustado escucharla ya que eso demostraba que tenía sentido común.

-Ven aquí, niñita, mi sobrinita que se llama como yo-. La madre de Corina dio un abrazo apretado a aquella chica que tenía su nombre, puesto en recuerdo del suyo.

-Mamá, ahora no me dirás ya nunca más que no hay que hablar de la familia. No voy a discutir las razones que papá y tú tuvieron para hacer lo que hicieron, pero te digo la verdad, me siento muy contenta de haber encontrado a pare de tu familia, y por lo que veo son personas encantadoras, tenía que ser porque tú también lo eres. Solamente espero que ahora podamos mantener el contacto, porque aunque el tío y mis primos viven en Italia y nosotras aquí en España, hay muchas formas de mantener el contacto, está el teléfono, el Internet, nosotras podemos un día viajar a Italia para conocer a los padres de Carlo y que tú puedas recordar el lugar donde naciste. No, mami, no llores ahora-. Julieta no había podido evitarlo, había pasado tanto tiempo que no veía a nadie de su familia, tantas veces habían hablado ella y Pedro de la posibilidad de contactarles, pero él siempre se negaba. Ella lo comprendía, después de todo era a él a quien no querían, porque era judío, y su padre no podía sacarse de su mente todo lo que le habían inculcado en la época de la guerra de los Aliados contra Adolfo Hitler, ya que él había sido miembro del ejército de Mussolini, un fascista que había apoyado la lucha del alemán contra el pueblo judío, por eso a pesar de que el pobre Pedro no tenía la culpa de nada y mucho menos su hija Julieta, él se obstinó en negarse a esa relación. Pedro nunca le perdonó ya que él y su familia habían sufrido mucho por culpa del nazismo y del exterminio de los judíos por parte de Hitler. Para evitarle problemas a su propia familia, ni siquiera a ellos Pedro les había dicho lo que iban a hacer, y es que él quería formar un hogar junto a su amada Julieta, especialmente después de saber que por un día que habían sido débiles y no habían podido aguantar los deseos del uno por el otro, existía una consecuencia, y era que ella estaba embarazada. Pedro nunca quiso que a ella la mirasen mal en su pueblo, pero tampoco quería perderla ni al hijo que venía, por eso un día se habían puesto de acuerdo y sin que nadie lo supiese, con unas pocas pertenencias se habían marchado primero a Francia y de allí a España, y encontraron que el mejor lugar era Alicante porque aunque no se podían permitir una casa cerca del mar como le convenía a Julieta, al menos allí había paz y alguna que otra vez se podían acercar a la Playa de San Juan, donde no tenían que pagar para poder bañarse y estar cerca del mar. Por otra parte Pedro había aprendido español en una academia de idiomas a la que asistía cuando en el salón contiguo donde enseñaban mecanografía y taquigrafía, un día se encontró a Julieta y desde entonces habían estado unidos hasta el último día de su vida.

-Mamá, te has quedado muy pensativa, ¿no estás contenta de haberte encontrado con tu hermano Gianni y con estos primos tan simpáticos?

-Sí, hija, es que este encuentro ha traído a mi mente recuerdos de otra época y como es natural he pensado en tu padre y también en que lamentablemente tanto él como yo nos hayamos perdido la fraternidad y el amor al estar lejos de nuestras familias. Tienes razón, ya no nos apartaremos más. Lo único que lamento es que no pueda comunicarme con algún familiar de Pedro, porque hoy veo las cosas de distinta manera. Me bastó con volver a ver a mi hermano mayor y sentir la alegría que él experimentó al verme, para darme cuenta de todo lo que me perdí y que te hicimos perder a ti, hijita.

-Bueno, ya todo eso pasó. Ahora lo que tenemos que hacer, Julieta, es lo que ha dicho tu hija, mantener el contacto, comunicarnos y visitarnos cada vez que podamos, ya que en fin de cuentas ellos nuestras hijas y mi sobrino soy muy jóvenes y tienen mucho tiempo por delante, y la verdad es que hoy día gente de nuestra edad no es tan vieja como se consideraba antes-. Gianni quiso poner punto final a un tema que sabía era muy delicado. En otra ocasión se podría volver a hablar del mismo, pero el momento ahora era para festejar, no para recordar cosas malas.

-Se me ocurre, Gianni, que la semana próxima, el martes que Corina libra, vengáis a comer a casa. Me gustaría una reunión familiar para volver a reanudar nuestros lazos.

-¿Qué piensas preparar, mami, una lasaña?

-No, qué va, aquí lo que van a comer estos italianitos es una comida típicamente alicantina, una paella de conejo.

-Perfecto, me encanta la idea, hermana. Entonces nos veremos nuevamente la semana próxima, pero ahora vamos a tomar unos bocadillos y a beber algo ya que hay que celebrar este encuentro tan emocionante.

De ese modo la familia Rossi se reencontró y Julieta la madre de Corina volvió a sonreír como cuando era una jovencita y todo el grupo pasó una tarde alegre y feliz, haciendo planes para el futuro.

CAPITULO VI

-El futuro, estoy pensando qué será de mí en el futuro, cuando deje el hospital-. Marcos Aguirre estaba en su nueva consulta, revisando algunos archivos de pacientes que ya comenzaban a contactarlos y como es natural, él tenía que planificar muy bien cuáles iban a ser sus pasos más adelante, ya que sabía que era importante para él mantener el contacto con el hospital, después de todo, muchos de sus nuevos pacientes les había conocido allí, y por otra parte, allí era donde había adquirido mucha práctica y más conocimientos sobre su especialidad al tener que tratar casos de urgencia relacionados con la misma. Por otra parte, él sentía que un rinconcito de su corazón estaba atado a aquel hospital, a pesar de que se negase la posibilidad de una relación seria con la enfermerita que tanto le gustaba, lo cierto es que siempre tenía su rostro y, ¿por qué negarlo?, también su figura, en la mente. Ella le robaba el sueño, especialmente desde la noche aquella en que logró besarla, algo que había querido hacer desde el primer día que la vio entrando por la puerta del saloncito de descanso del hospital. Todo los compañeros le habían comentado algo sobre su nuevo despacho donde ejercía su práctica privada, menos Corina, ella no le había dicho nada, bueno, es que de hecho, hacía muchos días que ni siquiera le hablaba. Podría ser por aquella ocasión en la que él había hecho el papel de que la ignoraba. Bueno, no quería pensar más en ella, porque estaba viendo que se le estaba haciendo una obsesión.

Corina llegó ese viernes en la noche al hospital, un poco ansiosa porque llegase su hora de descanso, quería ver al Dr. Aguirre, después de que su amiga Sonia le había dicho que era probable que él se despidiera del hospital, había sentido una especie de angustia pensando que ya no le volvería a ver. Algunas veces ella creía que era masoquista, porque por una parte creía que él no tenía buenas intenciones con ella y a pesar de todo a ella le gustaba mucho este chico. El beso de aquella noche, el primero y único que había dado a un hombre en la boca, no lo podía olvidar. Esa noche sintió cosas que nunca había sentido antes y que solo de pensarlas la hacían ruborizar, porque sentía que era pecado, a pesar de que ella no practicase ninguna religión, pero no era tonta, sabía que su atracción por ese hombre era muy física, que le gustaría que él la volviese a besar y que la acariciara y poder ser su mujer. "Madre mía, pero qué cosas me están pasando por la mente, creo que este hombre me está volviendo loca", Corina se reprochaba sus propios pensamientos, pero no los podía evitar, eran tan libres como eso que ella sentía por él, lo quisiera o no, ella estaba enamorándose perdidamente de Marcos Aguirre.

Cuando entró en el saloncito de descanso, casualmente allí estaba el Dr. Aguirre bebiendo de una taza de café con leche. Con un gesto de la mano él la saludó cortésmente, y ella se decidió a hablarle.

-Marcos, me ha comentado Sonia que piensas dejar el hospital.

-Rápido corren las noticias por aquí.

-No, no es eso, es que ella me comentó que te ibas a dedicar a tu consulta particular y yo tenía que pedirte un favor.

-Claro, mujer, lo que tú digas. ¿En qué puedo ayudarte?

-Bueno, la realidad es que es difícil para mí pedírtelo porque yo sé que estás comenzando a ir por tu cuenta y yo no gano mucho dinero aquí, así que…

-No me dirás que quieres irte a trabajar conmigo.

-No, claro que no es eso. Es que mi madre padece de asma desde pequeña y algunas veces le dan unos ataques muy fuertes y la verdad en esos momentos olvido todo lo que se de enfermería porque me pone muy nerviosa verla sufrir, y es sobre eso sobre lo que te quería hablar.

-Ah, se trata de tu madre. Por un momento pensé que te gustaría trabajar conmigo como mi asistente.

-Bah, tú sabes que yo no estoy tan preparada para esa tarea. Ya me gustaría. De entrada porque supongo que tendría un horario mejor que aquí. Creo que me estoy haciendo vieja rápidamente porque me lo paso trabajando durante las horas en las que cualquier chica de mi edad estaría durmiendo. Pero no creas que me quejo. Después de todo es un trabajo y me ha ayudado mucho especialmente después que mi padre murió. Tuve suerte de encontrarlo.

-Hablando en serio, Corina ¿te gustaría venirte a trabajar conmigo en mi consulta particular? Te pagaría mejor que aquí y además me vendría muy bien tener a una persona conocida y de confianza trabajando conmigo. Recuerda que estoy empezando en ese tipo de negocio y es mejor hacerlo junto a alguien en quien puedas confiar.

-No creo que me estés hablando en serio. Mira que te tomo la palabra. Es que de verdad, yo aparte de trabajar sigo estudiando porque estaba tratando de mejorar mis conocimientos de enfermería y conseguir una certificación oficial, así que si pudiera trabajar en un horario mejor que el que tengo aquí, sería una maravilla.

-Además estarías junto a un joven doctor que a ti no te cae tan mal. ¿Me equivoco?

-Marcos, no hagas eso, porque ya echaste a perder lo bonito de tu ofrecimiento. Tú sabes que yo te tengo aprecio, pero no estoy en planes de relacionarme con ninguna persona en estos momentos. No puedo, y no me gusta que me digas esas cosas porque me haces sentir como si yo fuera una mujer fácil.

-No te enfades mujer, si todo eso te lo he dicho para mortificarte. Ya tú deberías conocerme, yo puedo ser muy coqueto y muy apasionado cuando quiero, pero el trabajo es el trabajo y lo respeto porque de mi profesión es de lo que vivo, más bien, de lo único que quiero vivir. No te preocupes, si te decidieras venir a trabajar conmigo, yo jamás te faltaría al respeto. Sé que eres una mujer decente, me lo has demostrado y en serio yo necesito alguien en quien confiar. ¿Te vienes o no conmigo?

-¿Podría consultarlo con mi madre antes de tomar una decisión? Además no olvides lo que te dije de su enfermedad, ¿crees que podría llevarla a tu consulta un día? Me gustaría que me dijeses cómo está ella en realidad. ¿Podrías?

-Bueno, a las dos cosas te diré que sí. Consulta lo de trabajar conmigo con tu madre y me la traes un día a la consulta, le haré un reconocimiento a fondo y veremos qué podemos hacer por ella.

-Gracias, Marcos, gracias.

-Por nada mujer, si en realidad quien debería estarte agradecido soy yo, si es que por fin te decides a trabajar conmigo.

Ella estaba que no cabía dentro de sí, él le había pedido que fuese su ayudante, eso quería decir dos cosas, o al menos una, pero ella pensaba que era porque confiaba en su trabajo en primer lugar y en segundo lugar porque a él le gustaba tenerla cerca. Bueno, cualquiera de las dos razones era buena para Corina. Ella era consciente de que tenía que hacer un buen trabajo y de eso no cabía la menor duda, ya que ella era eficiente y muy seria en lo que hacía, y en cuanto a la otra razón, que a ella le gustaba pensar que era cierta, la de que él quería tenerla cerca, esa era muy importante ya que ella sabía ya que le encantaba estar cerca de él.

CAPITULO VII

Ese martes, después de tantos años de no ver a una familia reunida, la casa de Corina y Julieta se llenó de nuevas voces que alegraron el ambiente hasta ese momento algo triste y solitario. Julieta había preparado unos aperitivos que degustaban todos en el saloncito mientras se terminaba de hacer la paella de conejo que ella había guisado con mucho amor para su hermano y sus dos sobrinos. Julieta se sentía inmensamente feliz. Ella había aceptado la solución que Pedro había tomado para resolver sus problemas amorosos y entonces pensó que no se podía hacer otra cosa. De entrada, si su padre hubiera sabido que ella estaba embarazada y especialmente y para mayor agravio, de un judío, pueblo al que su padre despreciaba, por razones estúpidas desde el punto de vista de ella y de la gran mayoría de la gente antes y sobre todo después que terminó la guerra y todos pudieron saber los horrores cometidos por los nazis. Ahora, gracias a la casualidad, y también al interés de su hija, ella podía estar con su hermano querido, a quien sabía le había causado un profundo dolor cuando se marchó. Él sí supo que se iba con Pedro, pero ella se negó a decirle dónde pensaban ir, porque temía que su padre se enterase y lo impidiera y por otra parte porque en realidad no sabía muy bien cuál sería su último destino. Hoy les podía ver no solamente a Gianni, sino a su preciosa hija que se llamaba como ella y que se le parecía a cuando ella era una jovencita también, más o menos cuando conociera a Pedro. Pero bueno, tenía que dejar de pensar porque si seguía así se le iba a quemar el arroz. Su familia hablaba y reían en el salón y el corazón de Julieta se llenó de gozo.

-Esta paella está deliciosa, hermanita. La verdad es que desde jovencita te encantaba cocinar pero claro solamente hacías platos de pasta que es lo que más nos gusta a los italianos, aunque también nos gusta el risoto, pero claro no se hace igual que esta paella que nos has preparado.

-Gracias, hermano, me siento muy contenta de que podáis disfrutar de mi comida y sobre todo me siento tan feliz como cuando éramos niños y no teníamos preocupaciones ¿recuerdas Gianni que yo siempre te seguía a todas partes porque eras mi hermano favorito?

-Bueno, es verdad que tú eras más apegada a mí que nuestra hermana Gina, la madre de Carlo, pero creo que era porque eras muy chica, pues yo te llevo casi 7 años. Hablando de Gina, anoche conversamos por teléfono y le conté que nos habíamos encontrado. Ella y yo nos pusimos de acuerdo para una cosa que les iba a comentar a ustedes dos, Julieta y Corina. Y espero que podamos hacerlo.

-¿Qué es eso tío Gianni?-. Le sonaba raro llamarle tío a una persona que acaba de conocer, pero lo decía porque era lo que siempre había anhelado, tener una familia, y ahora ya la tenía.

-Sí, hermano, cuéntanos, y dime además cómo está mi hermana Gina.

-Bueno, pues lo que queremos es precisamente que puedas verla en persona, no tú sola, sino también tu hija Corina.

-¿Cómo? ¿Es que ella piensa venir a España?

-No, qué más quisiera ella, pero ella tiene una tiendecita de artículos para los turistas, y no la puede dejar por el momento. Aunque tiene un par de empleados, pero esta época es de mucho movimiento y ella tiene que supervisarlo. Además, Julieta lo que no sabes es que ella y su esposo el papá de Carlo, no viven en Pimonte, ellos viven en Castelamare di Stabia, en la costa.

-¿Entonces, cómo podremos vernos? Yo no puedo viajar, nosotras no tenemos dinero para eso.

-Eso ya está resuelto, precisamente lo que hablamos Gina y yo fue de que yo os invitara a vosotras dos para que vinierais con nosotros cuando terminen nuestras vacaciones aquí.

-Pero, es que yo estoy trabajando en el hospital, y no sé si podré.

-Hija, la verdad es que sé que es precipitado, pero sería tan lindo que pudierais acompañarnos, además supongo que tendrás vacaciones allí donde trabajas.

-Sí, lo que pasa es que nunca las he pedido porque necesitaba el sueldo, pero tendría que preguntar.

-Bueno, pues mañana mismo preguntas y si no hay problemas se van con nosotros por lo menos por dos semanas, ya más adelante veremos qué otra cosa podemos hacer. Anda, anímate muchacha, también tú necesitas un descanso y también conocer al resto de la familia en Italia. Vosotras no necesitáis ningún permiso especial del gobierno para viajar ya que tanto Italia como España pertenecen a la Unión Europea, así que lo único que tenemos que hacer es comprar los pasajes. De modo que, sobrina Corina, rápidamente haz las averiguaciones pertinentes para no perder el tiempo y comprar los pasajes para que podamos irnos todos en el mismo vuelo.

Corina no cabía en sí de gozo, esta nueva familia no solamente la habían tratado desde el primer momento como si se hubiesen tratado toda la vida, sino que además eran sumamente buenos pues a pesar de que su madre les había, en cierta forma, abandono, ellos querían verla. Sí, preguntaría en su trabajo, pero ¿y la oferta del Dr. Aguirre? Bien, tendría que explicarle, primero estaba el atar los lazos con su nueva familia.

En las oficinas administrativas del hospital no le pusieron ningún impedimento ya que ella podía utilizar todo un mes de vacaciones, y ella simplemente pedía un par de semanas, ahora lo único que necesitaba era esperar a que llegase el viernes y comentar con el Dr. Aguirre sobre su oferta de trabajo. Por otra parte, quería concretar con él la visita de su madre a su oficina para que la diagnosticara sobre su enfermedad. De momento, había llamado a su madre para comentarle el resultado sobre su petición de vacaciones y posteriormente llamó a su prima Julieta, quien se puso loca de contento al saber que su prima y su tía viajarían con ellos a Italia. No quería perder tiempo pues ya el tío le había explicado que era importante confirmar todo para que pudiesen viajar juntos.

Ese viernes esperaba ansiosa a que viniese el Dr. Aguirre. Ella esperaba que él no le pusiese objeciones a lo que iba a hacer, y que continuase en su idea de que ella fuera a trabajar con él, porque a pesar de desear ansiosamente viajar con su familia y conocer al resto de la misma, por otra parte no quería perder la oportunidad de trabajar con Marcos, no solamente porque él le atraía, y eso ya ella no se lo negaba más, sino porque era una buena oportunidad de mejorar en su trabajo, ya que no solamente ganaría mejor sueldo sino que tendría un horario de trabajo más cómodo.

Marcos Aguirre entró en el salón y notó lo nerviosa que se encontraba Corina, ya que ésta se levantó rápidamente del asiento que ocupaba para acudir a su lado.

-Hola Dr. Aguirre, necesitaba hablar con usted.

-Corina, tú me vuelves loco, unas veces me tratas de tú y otras de usted.

-Perdón, es complicado, porque aquí somos compañeros de trabajo, pero si por fin me voy a trabajar en su oficina privada, supongo que tendré que tratarte de usted.

-Bueno, la realidad es que da mejor impresión a la gente, aunque a mí en lo particular me parece una tontería, yo siempre he sido muy sencillo y no vivo del qué dirán. Pero ahora no estamos en la consulta, así que puedes tratarme de tú. ¿Qué querías preguntarme?

-El caso Marcos es que voy a tomar un par de semanas de vacaciones aquí en el hospital.

-¿Cuándo será eso?

-Bueno, dentro de 10 días. Es que ha pasado algo. Yo no he hablado nunca contigo de mi familia.

-Es cierto, no sé nada de ti. Pero la realidad es que nosotros hemos hablado muy poco, y casi siempre ha sido de trabajo. ¿Qué hay con tu familia?

Entonces ella le contó lo más brevemente que pudo toda su historia familiar, desde la época en la que pensaba que no tenía a nadie más que a su padre y a su madre, que él era judío alemán y su madre italiana, y que recientemente había encontrado a unos parientes de su madre y que ellos querían que ellas les visitasen por al menos quince días.

-Es que Marcos, por una parte necesitaba que vieras a mi madre antes de viajar, y por otra no sé si después de lo que te he contado de mis vacaciones, aún querrás que me vaya a trabajar en tu consulta particular.

-No te preocupes, por el momento yo puedo resolverme solo en mi consulta. Eso sí, tan pronto regreses, me gustaría que te incorporaras al trabajo lo más pronto posible. Y en cuanto a tu madre, trámela el próximo martes. ¿Tú tienes libre ese día, no?

-Sí, y me sentiría más tranquila si la ves. Así podré viajar sin menos preocupaciones ya que tú me dirás lo que debo hacer y el tratamiento que ella deberá seguir. Gracias, Marcos-. Impulsivamente, por lo agradecida que estaba le tomó las manos y le besó en la mejilla, saliendo enseguida del saloncito.

Marcos se acarició la mejilla que Corina había besado.

-Que chica tan extraña. Unas veces parece que no quiere saber nada conmigo y otras es tan cariñosa que me tiene confundido. Pero ya me hice el propósito de no tener nada personal con ella, ya que de verdad me conviene su ayuda en la consulta y eso de tener amoríos con los empleados nunca ha funcionado. Lo sé muy bien por mi padre, ya que a él por poquito le cuesta el matrimonio con mamá.

CAPITULO VIII

Fernanda de la Cerda estaba muy contenta pues ya su hijo se iba a presentar ante sus amigos de la Alta Sociedad como lo que era un médico de prestigio, ya estaba bien de ese trabajito en el hospital. Su marido, Álvaro Aguirre, era tan poco amigo de las relaciones sociales como lo era Marcos, pero ella no, ella no provenía de una familia de abolengo pero procuró mejorar su situación casándose con Álvaro, y no permitiría que su hijo cayera en la misma vulgaridad de su padre, quien a pesar de haber nacido en alta cuna, era demasiado campechano con todo el mundo. Álvaro no se daba su lugar. Ya bastante había soportado ella las tonterías de su marido. Su hijo se casaría bien, con una chica de su linaje, por ejemplo con Neus Sardá, esa chica hija de su mejor amiga de la juventud, que pertenecía a lo mejorcito de la sociedad de Barcelona. Ella tenía una fortuna considerable y además era muy guapa, alta, rubia y con unos preciosos ojos verdes. Fernanda sabía que Neus tenía intenciones de conquistar a su hijo Marcos, pero éste, el muy tonto, se hacía de rogar. Siempre que ella le recordaba que debía llamar a Neus y que sería bueno que saliese un poco más con ella, Marcos siempre le contestaba que le dejase en paz, que a él le caía muy bien esa chica pero que no quería nada con ella. La madre estaba muy molesta con el hijo. Ella quería a toda costa que su hijo se casase bien, con una persona de su nivel social. Nunca aceptaría una novia que no estuviese a la altura de él. Por eso ahora se sentía mucho más confiada, pues su hijo al fin había aceptado que su padre le ayudase a montar su consulta privada en el área de Benidorm, donde la clientela seguramente sería gente de categoría. Ella tenía que pasar un día a visitar a su hijo a la consulta, pero esperaría, ya que él aun no tenía un asistente y le había dicho que ya había hablado con alguien del hospital para que se fuese a trabajar con él, pero no lo haría hasta dentro de unas tres o cuatro semanas, así que ella esperaría para así poder ver bien no solamente cómo estaba acomodada la consulta sino también para conocer personalmente a ese asistente que su hijo decía y que aparentemente era muy bueno. Ya daría ella la última palabra, o ¿se pensaría su hijo que ella no iba a opinar? Faltaba más.

-No te preocupes, Corina, tu madre está perfectamente. Es cierto que tiene que cuidarse porque el asma muchas veces se le presenta como resultado de una alergia, y también situaciones emocionales pueden afectarla, pero yo la veo bastante bien. Además ella es una mujer sana y muy joven aún, ella parece más tu hermana mayor que tu madre, y no creas que es un cumplido. Es la realidad. Yo sé que ella ha sufrido mucho porque ya me contaste algo y además la muerte repentina de tu padre con solamente 46 años debió haberle hecho mucho daño, pero el tiempo todo lo cura. Y yo te pronostico que es probable que un día tu madre pueda conocer a alguien que se enamore de ella y le de esa felicidad que perdió.

-Ay, yo no quiero pensar que mi madre pueda querer a otro hombre que no sea mi padre. No estaría bien-. Corina y Marcos estaban charlando en el saloncito de descanso del hospital. Ella había llevado a Julieta a la consulta de Marcos y aunque allí ya él la había tranquilizado respecto a la salud de su madre, ahora entraba en más detalles con ella, porque pensaba que ella no se había quedado del todo satisfecha, pensando que quizás él había dicho que todo estaba bien porque su madre estaba delante de ellos.

-Eso no sería nada más que un egoísmo por tu parte, Corina. Ella tiene derecho a volver a ser feliz. Tu madre no es un viejita que ya vivió demasiado, ella tiene aún muchos años por delante y no deberías decir lo que dices. La verdad es que no me pareces tú cuando te oigo decir esto. Siempre he pensado que eras una chica muy noble y que te preocupabas muchos por los demás, y negarle la oportunidad a tu madre de poder rehacer su vida, no es nada propio de ti.

-Es quizás que soy egoísta como dices, pero no me imagino ver a mi madre al lado de otro hombre, no sé, me parece que sería una traición al recuerdo de mi padre. Piensa en que ellos pasaron mucho para poder estar juntos y salvar su amor.

-Sí, es cierto, pero eso no implica que porque tu padre lamentablemente muriese tan joven, ella tenga que dejar de vivir. No sería justo.

-Bueno, no sé, no quiero hablar de eso. De todas maneras no creo que a ella le interese pensar en otro hombre. Pero cambiando el tema, me alegro que me digas que está bien porque como vamos a hacer ese viaje, estaba preocupada.

-Corina, no te enamores de Italia o de un italiano.

-Ay, Marcos, ¿qué te ha dado hoy que solamente hablas de enamoramientos? Yo voy a conocer a mi familia que por razones que escapan a mi entendimiento no pude conocer antes y estoy ansiosa por verles y además por estar en la tierra en la que nació mi madre, pero no voy con planes de buscar novio, si es a eso a lo que te refieres.

-Más o menos. Lo que quiero decir es que no me dejes esperando y no vuelvas, ya que sabes que necesito tu ayuda en mi consulta. Eso es lo más importante ahora para mí.

-No te preocupes, que tan pronto regrese, me despido del hospital y me voy a trabajar contigo.

-Eso es lo que quería escuchar. Ahora discúlpame porque me acaban de llamar que tengo un caso de urgencia. Nos vemos luego antes de que te marches a casa.

La realidad es que ya no se volvieron a ver por un tiempo porque cuando ella terminó su turno esa mañana, él estaba complicado con un caso urgente que no podía dejar de lado, y ella estaba muy cansada y no le podía esperar. En los días que siguieron no hubo oportunidad de que volvieran a conversar, sin embargo ella ya tenía la dirección y el teléfono de la consulta de él, así que tan pronto ella y su madre regresasen de Italia le llamaría para ponerse de acuerdo de cuándo comenzaría ella a trabajar como su asistente.

El día siguiente, antes de que ella tuviese que irse al trabajo, la visitaron Julieta, Juan y Carlo. Ellos sabían que ella no dispondría de mucho tiempo pero tenían necesidad de verla.

-Hola, Corina, no te vamos a entretener, pero como ya tenemos los pasajes tuyos y de tu madre, te los quisimos traer para que los tengáis en vuestras manos. Espero que ya casi tengan preparado el equipaje-. Julieta era quien hablaba.

-No, prima, la verdad es que no hemos preparado nada, en realidad tengo que comprar un par de maletas ya que nosotras nunca hemos viajado y no he tenido tiempo de hacerlo.

-Si quieres, me avisas cuando vayas a ir y yo te acompaño.

-Gracias, Julieta, me gustaría sí, porque yo no tengo mucha idea de esas cosas, y seguro que tú sabrás mejor que yo.

-Corina, para que no se te haga tarde, como hemos traído el auto que alquilamos aquí, vamos a llevarte al trabajo, así no tendrás que irte tan pronto.

-Ah, qué bueno, sí, así os invito a un refresco antes de salir y hablamos un ratito.

Cuando llegaron al hospital, Carlo amablemente se apeó para acompañar a su nueva prima a la puerta. En ese momento también llegaba Sonia, la amiga de Corina, que les miró algo asombrada.

-Nancy, ven acércate, te voy a presentar a mis primos.

-Pero no era que tú no tenías primos ni tíos, ni nada.

-Sí, chica, pero ya te había contado que había encontrado a parte de mi familia hace unos días, no te hagas la boba, que ya te dije que nos íbamos con ellos a Italia, ven que te voy a presentar. Carlo, mira te presento a mi compañera Sonia Pérez.

-Mucho gusto, Sonia, me alegra conocerte-. Carlo se había quedado impresionado al ver a la compañera de trabajo de su prima, ya que Sonia era una chica moderna que vestía a la moda y se veía muy guapa y con mucha soltura. Tenía el pelo color castaño, largo, muy largo y eso era lo que más atraía a Carlo de cualquier chica, a él le encantaba una mujer con pelo largo. Por eso no disimuló su satisfacción al conocer a Nancy.

Como Nancy era muy desenfadada, rápidamente se dio cuenta de la impresión que había causado en el primo de su amiga y compañera.

-Carlo, yo también estoy muy contenta de haberte conocido.

-Corina, ¿sabes qué? La próxima semana que ambas libran podías invitar a tu compañera Sonia para que viniese con nosotros al club, allí donde fuimos aquella vez ¿te acuerdas?, Sonia ¿a ti te gusta el baile?

-Sí, Carlo, yo adoro bailar, y especialmente las piezas modernas, aunque también disfruto mucho bailando música suave.

-Bueno, pues es un hecho, ya nos pondremos de acuerdo ¿cierto, Corina?-. Se dirigía a su prima, aunque no apartaba los ojos de Sonia, la muchacha le había impresionado.

-Perfecto, primo. Ahora, vamos Nancy, que se nos hace tarde. Ciao, queridos.

Las dos chicas corrieron hacia la puerta de entrada.

Más tarde en su hora de descanso coincidieron en el saloncito.

-Corina, la verdad es que no me habías contado que tenías un primo tan guapo.

-Será porque no me fijé. Solo me interesaba saber que era mi primo.

-Sí, claro, será por eso, o porque tú solamente tienes ojitos para tu doctorcito.

-Nancy, déjate ya de esas bromas. Tú sabes que entre el Dr. Aguirre y yo no hay nada.

-No habrá nada, pero ya te pidió que te fueses a trabajar con él. Por alguna parte hay que empezar.

-Una cosa es trabajar con él y otra tener una relación de tipo personal.

-No, y que seguramente a ti no te gustaría tener nada personal con él, como que no te gusta nada. ¿Y qué crees, que yo soy boba? Chica, si desde el primer día que llegaste aquí él no te quita la mirada de encima y tú te pones de lo más nerviosa cuando está cerca. Yo lo he notado, y ¿sabes por qué? Porque tengo ojos en la cara, y ese hombre está para comérselo, así que no te niego que a mí también me gusta un montón, pero ya sé que nunca podré aspirar a nada con ese muñeco, porque él está por ti, cariño, si no te das cuenta es que eres tonta de remate.

-Será como tú dices, pero si me voy finalmente a trabajar con él no podrá haber nada entre los dos. No sería profesional. Además, yo creo que hasta tiene novia.

-Sí, eso dicen, pero yo no lo creo, lo que pasa es que él es un tipo de hombre de esos que hay ahora que quieren todo sin dar nada.

-No sé lo que quieres decir con eso.

-Mira, Corina, algunas veces me tengo que enfadar contigo, la verdad niña es que tú no pareces de esta época. ¿Me vas a decir que nunca has tenido novio o algún ligue? Tenías que entender lo que te dije. Es que ese hombre es como todos que quieren acostarse con una sin tener que casarse. Total, hoy ya casi nadie se casa.

-Es verdad, ya yo me he dado cuenta de que la mayoría de los jóvenes tienen relaciones íntimas sin casarse, y de hecho se van a vivir juntos, hasta tienen hijos y no se casan. En mi caso no sé lo que voy a hacer, no soy nadie para juzgar a los demás, lo que pasa es que de verdad aún no he encontrado al hombre que me haga perder la cabeza así de esa manera.

-¿Ni siquiera el doctorcito?

-Sonia, hay que ver que te pones pesada. Siempre estás con lo mismo. ¿Qué quieres que te diga? ¿Qué me gusta él? Pues sí, me gusta, pero eso no quiere decir que me voy a entregar a él así como así.

-Esperemos, el mundo da muchas vueltas.

-Bueno, cambia el tema ya, porque de verdad me estoy enfadando contigo. Tú me conoces bien porque desde que empecé a trabajar aquí que ya tú llevabas un tiempito, fuiste mi mejor y única amiga, pero chica, últimamente la has tomado con el mismo asunto. Y no quiero hablar de eso, de verdad. No quiero ni pensarlo, porque me hace falta tener ese trabajo, así que suponiendo que me guste mucho él, me voy a aguantar porque no puedo ni quiero tener nada con él. Terminaría mal la cosa.

-Vale, está bien, no te molesto más. Ahora me tienes que contar cosas de tu primo el italianito que te trajo hoy. La verdad es que es guapísimo.

-Y yo creo que tú le gustaste a él también. Lo malo es que se vuelve a Italia pronto así que no se si podrás tener con él alguna amistad.

-Eso déjalo de mi cuenta, que si yo quiero, puedo.

-¡Engreída!

La semana siguiente se reunieron los primos, con Juan y Corina. Sonia la compañera de trabajo de Corina también estaba con ellos, se había propuesto conquistar al primo de Corina, y ella estaba segura de que lo lograría. Entraron en el club, y como en realidad Corina no era muy buena bailarina y sabía además que Sonia estaba empeñada en ligarse a Carlo, tal como ella decía, les dejó y se fue a mirar unos cuadros que estaban en el salón contiguo al de baile. Un chico vino a invitarla para bailar y bailó con él un par de piezas, ya que veía a su primo Carlo y a Sonia muy juntitos y hablándose en el oído.

-Esta Sonia es tremenda, acaba de conocer a Carlo y ya está con él como se le conociera de toda la vida. Yo no podría hacer eso aunque quisiera. Creo que cada persona es como es. No es que crea que ella es mala, es que a mí me daría mucho corte hacer eso-. Corina pensaba estas cosas viendo que cada vez se aproximaban más Carlo y Sonia

Luego intercambiaron de parejas y estuvieron bebiendo refrescos y comiendo unos bocadillos hasta que Carlo comentó que debían marcharse ya que él aparte de llevarles a todos tendría que llevar también a Sonia a su casa y como ella vivía lejos, la llevaría la última y después iría él al lugar donde paraban todos.

-Pero, Carlo, podrías llevar a Sonia primero y luego nos vamos todos juntos.

-Sí, podría querida Julieta, pero no lo voy a hacer. Tú sigue en tu romance con Juan que yo me sé mis cosas. ¿Está bien?

-Bueno, yo no quiero estropearte nada. Entonces llevas primero a Corina a su casa y luego Juan y yo nos vamos en un taxi.

-No, señorita, yo te llevo a ti a casa y Juan se va en un taxi y luego llevo a Sonia a su casa, y no hay nada más que hablar.

-Chico, que pesado te pones. Es que como eres el mayor te crees que puedes darle órdenes a todo el mundo.

-Pues sí, mocosa, usted va para casita conmigo y luego yo hago lo que estime conveniente. ¿De acuerdo?

Así lo hicieron, y todos se dieron cuenta de la maniobra de Carlo, era obvio que quería quedarse a solas con Sonia después de dejarles a todos. Nadie comentó nada porque aparentemente Carlo tenía un carácter fuerte y especialmente Julieta no quería discutir con él, Juan no quería opinar porque no quería problemas, y Corina que se imaginaba también cuál era el plan de su primo aceptó su decisión. De modo que llevaron primero a Corina a su casa y luego Carlo dejó a Juan en la suya y a su prima en el lugar donde estaban parando junto a su tío Gianni. De modo que después se dirigió a casa de Sonia para llevarla.

Cuando se quedaron solos Sonia y Carlo, ésta que era bastante atrevida y se había sentado en la parte de adelante del auto junto a Carlo, le tomó por un brazo y recostó su cabeza en su hombro. A Carlo le encantó este gesto y se preparó para lo que él consideraba que sería una noche extraordinaria.

Corina se acostó esa noche pensando que su amiga era demasiado atrevida. Todos se habían dado cuenta de lo que planeaban hacer ella y Carlo, y al parecer a la única que le había parecido mal era a ella. Tanto Julieta como Juan reaccionaron como si eso hubiese sido completamente normal. ¿Será que debe ser así, que cuando te gusta alguien no tienes que esperar a que pase un tiempo y sencillamente te unes a esa persona como si la conocieras de toda la vida? Ella querría poder ser así, porque sabía que tenía demasiadas inhibiciones, porque siempre le inculcaron que una mujer decente debía esperar al matrimonio para tener relaciones íntimas con un hombre, sin embargo había descubierto que aquellos que le repetían esta consigna constantemente, habían violado sus propios parámetros, ya que ella era el resultado de una relación antes del matrimonio. Si mis padres fueron capaces de hacerlo ¿por qué yo no? Se preguntaba y sabía que tenía que observar muy bien todo a su alrededor y aprender ya que a ella lo que le faltaba era experiencia. Ya vería cuál era el cuento que le haría su amiga mañana en el trabajo.

-Fue divino, mi amiga, tu primo es un hombre fabuloso. Es tan apasionado y además está tan bueno. La verdad es que disfruté mucho con él. Pasamos una noche fenomenal, espero que se repita antes de que se marche.

-Sonia, yo te creía más recatada. ¿Me vas a decir que te acostaste con mi primo al que acabas de conocer?

-Sí, y ambos lo deseábamos, por lo tanto lo hicimos, y no me arrepiento de nada. Me gustó mucho, porque él es un hombre que sabe lo que nos gusta a las mujeres.

-No sigas, no sigas, que la cara se te debía caer de vergüenza. Mira que hacer eso con un hombre la segunda vez que lo ves en tu vida.

-Algún día tú probarás y entonces verás que no es tan complicado. La primera vez se te hará difícil porque no sabes nada ni cómo cuidarte, pero después lo disfrutas y ya.

-Sonia, hablas como una perdida.

-No, hablo como una mujer de hoy, que estoy liberada y sin prejuicios. ¿Tú que te crees que todas esas muchachitas que ves por ahí que a lo mejor son más jóvenes que tú nunca han visto a un hombre desnudo? ¿O que están esperando a perder la virginidad el día que se casen? Esa prima que acabas de conocer, ¿sabes si ya ella se acostó con Juan? Yo diría que sí porque ellos se gustan a rabiar se les nota por encima de la ropa. ¿No lo crees? pues si es así como piensas, te veo muy mal porque hoy las cosas ya no son así. Eso estaba bien en la época de mis padres, pero hoy no, las mujeres tenemos los mismos derechos que los hombres y si ellos no esperan al matrimonio para tener relaciones sexuales, no hay razón por la cual nosotras no podamos hacerlo también. Eso sí, te tienes que proteger, no solamente para no quedar embarazada porque ¿quién quiere un hijo así?, sino también porque si no conoces bien al hombre con el que te vas a la cama, puede ser que te contagies de alguna enfermedad venérea o algo peor. Eso tú lo sabes, porque eres enfermera, y aquí hemos tenido casos así, tú los has visto y has tenido que atenderlos.

-Sí, es verdad, pero yo no sé si podría hacerlo. Te confieso que algunas veces he sentido ese deseo que tú dices, pero no, hay algo que me impide hacer una cosa así.

-Bueno, yo no estaré presente seguramente, pero creo que algún día te verás presionada y como eso puede suceder, lo mejor es que estés siempre preparada, y te voy a comentar algo privado, a mí quien me habló de esta manera, y se lo agradezco mucho fue una tía que tengo que nunca se casó, pero, mi hijita, tuvo miles de novios, por lo menos eso se decía en la familia, que ya sabes cómo es, toda la gente mayor la criticaba, pero a los más jóvenes nos encantaba escucharla. Sí, a mí me gustó hacerlo con tu primo Carlo, es tan dulce y lo hace tan bien, que estoy esperando la próxima vez que nos veamos porque quiero repetirlo.

Corina se quedó pensando en lo que le contaba su amiga. Era cierto, alguna vez había estado cerca de un chico que le había hecho sentir esos deseos carnales, pero ella siempre se había contenido, y cuando aquella noche Marcos la había besado y tocado de esa manera, ella tuvo que hacer un esfuerzo muy grande para no caer rendida a sus pies, y ahora que se sabía enamorada del que sería su jefe, pensaba si él tratase de acercarse a ella de esa manera ¿sería capaz de negarse? ¿Ella debería estar preparada por si sucedía? Pensando en esa posibilidad se sintió un calorcito que le subía por todo el cuerpo y unas ansias tremendas de tenerle a su lado. Tenía que preguntarle a Sonia qué debía hacer para estar preparada ya que ella no tenía la menor idea y eso no se lo podía preguntar a cualquier persona.

Volvieron a salir todos juntos una vez más y tal como le había dicho Sonia, se repitió la historia con Carlo, ya después no pudieron verse en el grupo porque Corina no tenía mucho tiempo libre y ella no había preparado aún sus maletas que había ido a comprar una tarde antes de ir al trabajo, con su prima que le aconsejó para que comprase lo que necesitaba, y no mucho más ya que al llegar a Italia seguramente todo el mundo tendría presentes para ellas y ya entonces verían qué más les hacía falta.

Como no pudo ver al Dr. Aguirre antes de marcharse de viaje, Corina le llamó por teléfono para despedirse y confirmar que a su regreso su puesto estaría esperando por ella.

-Desde luego, Corina, no tienes por qué preocuparte. Yo mantengo mi oferta, iros tranquilas tú y tu madre. Disfrutad todo lo que podáis, así cuando regreses tendrás más energía para trabajar y te garantizo que tenemos bastante trabajo. Pero no te preocupes, de momento ya me arreglaré. Un abrazo.

-Gracias, Marcos. Te veré en un par de semanas. Ciao.

-¿Qué, ya comenzaste a practicar el italiano?

-No te rías, muchas veces utilizo esa expresión, no olvides que mi madre es italiana. ¡Hasta pronto!

CAPITULO IX

Fue emocionante para la chica verse montada en un avión, ya que nunca antes lo había hecho. Además, lo mejor de todo era que iba su madre a reencontrarse con su pasado y ver de nuevo a seres queridos que hacía demasiado tiempo que no veía, y ella a conocerles, algo que la emocionaba mucho. Al fin podía decir que tenía una familia como todos los demás.

Volaron al aeropuerto de Fiumicino en Roma y allí tomaron un coche que los llevó por carretera al pueblo donde vivían el hermano de Julieta, su mujer y su hija. La madre de Julieta se había separado de su marido Gianni un poco antes de ellos viajar a España. No se lo habían contado a la madre de Corina porque era un asunto delicado y que Gianni tenía esperanzas de poder resolver próximamente, es más creía que la llegada de su hermana le ayudaría a convencer a su mujer Bianca para que le perdonase. En el camino, por carretera, Gianni aprovechó para comentar con su hermana lo que le había pasado con su mujer.

Pretextando un cansancio que en realidad no sentía, Corina aparentó estar dormida, no era por maldad sino por sana curiosidad que quería saber lo que su tío y su madre hablarían.

-¿Qué te pasó con Bianca, Gianni? Me resultó muy extraño que ella no os acompañase al viaje que hicisteis a Alicante. Como no me comentaste nada, me gustaría saberlo antes de llegar a tu casa.

-¿Qué quieres que te diga, Julieta? Tú llevas demasiado tiempo alejada de nosotros, pero a ti te consta que yo siempre estuve enamorado de mi mujer Bianca. Ella era muy cariñosa siempre contigo y tienes que recordarte bien de ella.

-Sí, claro que me acuerdo de ella, si creo que era solamente un o dos años mayor que yo, y ella siempre estuvo enamorada de ti. ¿Qué le has hecho esta vez? Yo recuerdo que cuando erais novios la pobrecita sufría mucho porque tú eras un picaflor, si nadie pensaba que al final os casaríais. Pero yo no puedo imaginarme lo que puedes haber hecho ahora, porque por lo que me contó mi hija Corina, eres un hombre muy serio y estricto que ni siquiera dejaste ir a tu hija sola con el primo a Alicante.

-Mi hermana, una cosa es la relación de un padre con sus hijos, porque a ellos hay que enseñarles que no pueden hacer todo lo que les parezca, pero a uno la vida algunas veces le pone en aprietos. Mira, te voy a contar lo que nos pasó. Hace como dos meses Bianca tenía entradas para ver en un concierto en vivo a no sé qué cantante. El caso es que como tú recordarás a mí siempre me ha gustado jugar a las cartas, igual que a nuestro padre, quien fue el que me enseñó a jugar. El caso es que ese día estaba en el café donde juego con los amigos, y se me fue el santo al cielo y olvidé por completo lo del concierto. Bianca estuvo varios días sin hablarme, pero pude conseguir que nos devolvieran el dinero de las entradas y le compré otras para el mismo cantante que iba a actuar unos días después en un lugar algo más lejos, pero que podíamos ir.

-Supongo que ese día no se te iría el santo al cielo, y la llevarías al concierto.

-Pues ese es el problema, ese día no es que me pusiera a jugar a las cartas, es que me encontré con una mujer que me volvió loco y ¿qué quieres, hermana? La sangre es débil y ahí sí que me entretuve. Bianca, esta vez no me perdonó, todo lo contrario, se marchó a casa de su familia y me ha dicho que no piensa volver. Por eso fui yo solo con los muchachos, ya que ella no quiso venir. Dice que esta vez no me va a perdonar, y eso que cree que lo que me había pasado era lo mismo de la vez anterior, que me había quedado jugando. Y la verdad es que yo no puedo vivir sin ella, por eso he estado tan triste estos días que pasamos en Alicante.

-¿Qué piensas hacer, entonces?

-Voy a tratar de convencerla para que venga a verte y a conocer a mi sobrina. Puede que entre los dos podamos lograr que me perdone. ¿Me ayudarás?

-Haré lo posible, porque la verdad es que lo que le hiciste a mi no me ha gustado nada. Te portaste como un sinvergüenza.

Corina que escuchaba la conversación, sufrió un desencanto grande. De modo que este tío italiano que parecía tan serio, era un mujeriego que ya con una hija mayor andaba buscando amoríos por ahí. Qué sorpresas le da a uno la vida. Primero se había enterado de que ella era producto de un amor fuera del matrimonio, luego su amiga Sonia le contaba que había tenido relaciones íntimas con su primo Carlo, a quien acababa de conocer, y le sugería que era probable que su prima Julieta se estuviese acostando con su amigo Juan. Ahora se enteraba de la infidelidad de su tío. Ella nunca pensó que la gente pudiese ser tan libertina, su padre no lo hubiera aprobado. ¿Su padre? Pero si él había embarazado a su madre siendo soltera. No, al parecer iba a tener que cambiar muchas de las ideas que tenía hasta la fecha. El mundo no era como ella se lo había imaginado.

Al parecer, como se había enterado por su cuñada Gina, que Julieta, su cuñada estaba en camino de su casa, Bianca había decidido volver, pero tenía que aclararle a su esposo Gianni, que no se imaginase que era porque le había perdonado. Es que quería recibir a su cuñada Julieta, a quien hacía un montón de años que no veía y por la que siempre había sentido un afecto verdadero.

A Gianni se le alegró el rostro cuando entraron a la casa y vio a Bianca allí recibiendo a Julieta y a Corina. Ella ni le miró. La madre de Corina se dio cuenta de que las cosas seguían mal, pero iba a tratar de ayudar a su hermano.

-Ciao, ti viaggio? Come è a tutti? Bienvenidos-. Bianca iba de uno a otro abrazándoles y besándoles, pero cuidándose mucho de acercarse a su esposo.

-Bien, estamos bien, gracias-. Julieta abrazaba a su cuñada con un abrazo fuerte y sentido. Tantos años sin verla. Qué alegría.

-Cara Bianca, qué gusto volver a verte. Tenemos muchos de que hablar, yo sé que tengo cosas que contarte, pero creo que tú también. ¿Qué te pareció mi hija Corina? Yo encontré a mi sobrina Julieta muy guapa y muy lista-. Ambas se abrazaron y se fueron caminando hacia la cocina porque Bianca les había preparado una buena comida y quería mostrársela a su cuñada.

Gianni suspiró algo confundido, su mujer estaba de vuelta en casa, pero no parecía muy dispuesta a conversar con él. Tendría que esperar a ver si su hermana Julieta conseguía algo con ella.

Los jóvenes entre tanto se fueron al saloncito, desde donde Carlo llamó a su casa para informarle a su madre que pasaría la noche allí en casa del tío Gianni y que por la mañana viajaría en el autobús a Castelamare di Stabia. No, él no sabía si sus primos irían con él, pero esperaba que ellos viajasen después, ya que su nueva tía le había dicho que tenía muchos deseos de ver a su hermana Gina.

Julieta llevó a Corina a su cuarto ya que su prima lo compartiría con ella. A Corina le encantó la recámara de Julieta, era tan femenina y tan bonita con unos colores muy alegres. Luego, su prima le mostró su ropa colgada en el armario y le ofreció tomar de allí lo que necesitara ya que ambas eran algo parecidas de talla, aunque Corina era algo más alta de Julieta.

-No creo que deba tomar tu ropa Julieta, tú eres muy joven y ya yo soy mayor, no creo que me queden bien.

-Tú estás rematadamente loca. Solamente tienes cuatro años más que yo, y además pareces mucho más joven de lo que eres. Claro que usarás algo de mi ropa, especialmente luego por la noche que vamos a salir. Quiero presentarte a alguien.

-Ya estamos con las presentaciones. Julieta ¿es que tengo algún otro familiar por aquí?

-No, chica, se trata de Paolo, mi novio.

-¿Tu novio? No, no, espera que te entienda. ¿Tú no eres novia de Juan Soler, el chico que conocí en Alicante que salía contigo?

-Sí, y no. No me pongas cara de asombro. Te explico. Mi novio oficial es Paolo Salvatore, además aunque yo soy cinco años más joven que él, ya hemos hablado de matrimonio, aunque la verdad no tengo apuro en casarme.

-¡Julieta! Eso no responde lo que te he preguntado. Si eres novia oficial del tal Paolo, no entiendo entonces cuál es el papel de Juan en tu vida.

-Bah, Juan está bien para cuando voy a España, porque ya lo he visto allí en otras dos ocasiones, solamente que ha sido en Barcelona. A mí me gusta mucho y pasamos muy buenos ratos juntos, ya me entiendes.

-No, francamente no te entiendo. Perdona, prima, yo es que estoy un poco anticuada, creo, porque hay muchas cosas que no comprendo. Yo te he visto besando y abrazando a Juan, y no sé si habrá algo más, y ahora resulta que tu novio es otro. No, no lo entiendo.

-Porque efectivamente eres una anticuada. Claro que yo tengo que tener alguien con quien divertirme y disfrutar cuando voy a España, y la verdad es que me encantan los besos y las caricias todas que me hace Juan, pero lo cierto es que yo no me pienso casar con él.

-¿Te puedo hacer una pregunta personal?

-Claro, para eso somos primas. Pero luego me tocará a mí, ¿de acuerdo?

-De acuerdo. Si no quieres no me contestes, porque puede que te ofendas. ¿Tú te has acostado con Juan?

-Desde luego, ¿cómo si no iba a poderte hablar de sus caricias? De verdad, prima, yo creo que a ti te educaron en un convento.

-No, si de hecho no practico ninguna religión, pero mi papá era muy estricto y había muchas cosas que estaban prohibidas para mí. Pero ya veo que yo debo ser la que está mal.

-No, yo no digo que tú estés mal, solamente te digo que nos sabes todas las cosas ricas que te estás perdiendo.

-¡Madre mía! No sé si escandalizarme o morirme de la risa con tus ocurrencias.

-De momento, trata de vivir un poquito, primita, porque aunque yo soy joven, ya me he dado cuenta de que la vida es corta y no vale la pena vivir con tantos prejuicios.

-Debes tener razón, porque no eres la primera persona que me lo dice.

-Ah, entonces tienes novio.

-No, no tengo novio, ni puedo decir que tenga un enamorado, aunque te confieso que hay alguien que me gusta mucho, lo que pasa es que yo no puedo actuar así como tú me dices, tengo miedo.

-¿Miedo a qué? ¿A ti no te enseñaron en la escuela lo que es el sexo y que las personas lo que tenemos que hacer es cuidarnos para no tener problemas?

-Sí, algo aprendí, pero mientras mucha gente que conozco ya lo ha llevado a la práctica, te confieso que yo no lo he hecho.

-Yo no puedo creer que nadie se te haya acercado tratando de tener algo contigo.

-No, yo no he dicho eso, lo que he dicho es que yo no lo he hecho. Mira, el chico este que te digo que me gusta, me besó una vez y además me tocó un poco.

-¿Te besó? Ya es algo ¿qué te toco, una mano?-. Julieta se reía porque le hacía mucha gracia que su prima que era mayor que ella hablara así como si fuera una niñita.

-No, me rozó un poco los pechos, ¡pero yo no le dejé! Enseguida que comenzó, le quité las manos de mi cuerpo.

-Pues más boba fuiste tú. No ibas a perder nada con que te tocara los pechos. Miento, perdiste la oportunidad de saber lo rico que es y lo bien que se siente.

-¡Julieta! Yo cada minuto que pasa me asusto más al escucharte.

-No te asustes, que todas las chicas de hoy pensamos igual. Tienes que espabilarte, primita, la vida no es ahora como a principio de este siglo. Las cosas han cambiado mucho. Hoy las mujeres no tenemos que privarnos de nada, ya que los hombres no lo hacen.

-Hablas como mi amiga Sonia. Ella me dice lo mismo que tú. Mi padre, sin embargo, siempre me decía que las mujeres teníamos mucho que perder, que por eso no debía nunca estar sola con un hombre, y que...

-Perdona que te interrumpa, pero yo aunque no conocí a tu padre, y respeto mucho tu amor por él y la pena que tienes porque falleció, te diré que tu padre estaba equivocado. Las mujeres como tú que no saben nada de nada, son las que tienen mucho que perder. En estos días que estarás aquí con nosotros y luego en el pueblo del primo Carlo, ya verás cómo te pongo al día de la vida de hoy. Lo que quiero decirte Corina es que no es que tengas que ir regalándote a cualquiera, porque no es así la cosa, pero tampoco tienes que ser tan cerrada, hoy el mundo es diferente. De entrada ya no es como antes, en la época de las abuelas o puede que hasta de nuestras madres, ellas no podían permitirse el lujo de tener una relación con su enamorado antes de casarse, porque luego ni el mismo hombre que la había privado de su virginidad, se quería casar con ella, y todo el mundo le viraba la espalda.

-¿Entonces fue por eso?-. Corina creía que pensaba, pero lo había dicho en voz aunque no muy alta, pero si audible para su prima.

-¿Eso, qué? ¿Se puede saber a qué te refieres?

-Nada, cosas mías. No era nada importante. Sigue contándome, porque es verdad que a pesar de ser más chica que yo, hablas de cosas de las que no tengo la menor idea y que te confieso nunca me he atrevido a preguntar. ¿Te imaginas que le hubiese preguntado algo así a mi madre?

-No, ni loca, lo normal es aprender estas cosas con las amigas mayores que una, o puede que hasta con un novio. Yo aprendí mucho con Paolo. La verdad es que por eso creo que me voy a casar con él, porque nos llevamos muy bien y ninguno de los dos es celoso.

-Yo creo que yo no podría compartir a la persona amada con otra mujer. Igualmente te digo que no me gustaría irme con otro hombre si estoy enamorada de uno en particular.

-Bueno, eso dices ahora, pero la vida da muchas vueltas. Ojalá que las cosas te salgan como tú esperas, pero tienes que arriesgarte un poco si quieres encontrar un amor en tu vida.

-Está bien, señorita sabionda, no le voy a discutir. Ya veo que en estas cosas eres más lista que yo, así que de ahora en adelante cuando tenga alguna duda te preguntaré-. Corina se reía ya que le hacía mucha gracia escuchar a su prima a quien ella consideraba una niña, hablar como si fuese una mujer adulta y con mucha experiencia de la vida.

Ese día no salieron pues lo cierto es que todos estaban algo cansados, y quedaron en que después de un par de días irían a visitar a Gina la madre de Carlo y así pasarse unos días con ellos en la playa. Carlo sí que se marchaba al día siguiente, él tenía obligaciones ya que trabajaba y no podía faltar tan seguido a su trabajo. Esa noche se despidió de sus primas, ya que saldría temprano en la mañana.

En un momento en el que se habían quedado a solas Julieta y Bianca, la primera se acercó a su cuñada y le puso el brazo sobre los hombros.

-Querida Bianca, pensé que ya nunca más te volvería a ver. He sentido mucha nostalgia, te aseguro que no ha habido un día en el que no haya pensado en papá y en mamá, pero tú sabías porque yo te lo dije, que tenía que marcharme.

-Sí, me lo contaste, y yo te prometí no decirle nada a nadie, porque las mujeres tenemos que apoyarnos las unas a las otras. Si te hubieras quedado, tu padre nunca te hubiera permitido casarte con Pedro y por lo que tú sabes habrías estado marcada ya para toda la vida. Recuerdo cómo era la gente en aquellos tiempos. Todo el mundo tan cerrado de mente. Hoy todo ha cambiado. Yo no puedo controlar a mi hija Julieta, ella entra y sale a su santa voluntad, y no soy yo sola, eso nos pasa a todas las madres de ahora. Los jóvenes de hoy viven con una libertad que nosotras nunca pudimos tener y eso que no somos tan mayores. Tú misma, todavía eres una mujer muy joven. Yo creo que podrías volver a enamorarte.

-Estás loca Bianca, yo nunca podría querer a nadie como quise a mi Pedro.

-No es eso lo que he dicho. Es probable que no, pero lo que no sabes si podría suceder es que cualquier día conocieras a otro hombre con el que te llevaras bien y que fuera bueno contigo y quisiera casarse. No me digas que te negarías, porque no te lo creo.

-No creo que eso vaya a suceder nunca.

-Pues no hables tal alto. ¿Olvidaste ya a Giancarlo?

-¿Giancarlo? ¿Aquel joven que era amigo de mi hermano Gianni?

-Sí, el mismo. Quiero que sepas que sigue soltero, nunca ha habido una que haya podido pescarlo, porque ese se enamoró de ti cuando te vio por primera vez que eras una niña con coletas. No te puedes imaginar lo que sufrió cuando desapareciste. No podía creer que te habías ido y con otro hombre.

-Pero si yo nunca tuve nada con él. Yo le recuerdo, pero no me viene a la mente ninguna cosa que él haya hecho o dicho para que yo pensara que le gustaba.

-Es que él era muy corto de joven. Hoy no lo es tanto, tiene a casi todas las mujeres del área detrás de él, porque aparte de verse muy guapo, ha ganado mucho dinero. No sé si recordarás que se dedicaba a la cría de corderos. Pues hoy tiene una granja enorme y los vende a los restaurantes del área que tienen hornos de asar, y ha hecho una fortuna, creo que también exporta al extranjero. De eso no sé muy bien, tendrías que preguntarle a tu hermano.

-Hablando de Gianni, veo que no van muy bien las relaciones. ¿Me equivoco?

-No, no te equivocas. La realidad es que tú sabes que tu hermano siempre fue un poco pica flor. Cuando nos casamos estuvo unos cuantos años portándose muy bien, pero en los últimos años, no sé si será porque tiene miedo a ponerse viejo o porque hay alguna lagarta que le persigue, pero yo sé que me está engañando. Yo he tratado de hacerme de la vista gorda, pero no puedo, yo siempre le he sido fiel y espero lo mismo de él.

-¿Quieres que yo hable con él?

-¿Para qué? No creo que te haga caso. Si está enrollado con una, no la va a dejar por ti.

-No sé si tenga algo, yo no vivo aquí, lo que sí sé es que todo el camino acá ha estado hablándome de lo triste que estaba porque tú te habías marchado de casa. Dice que tú te crees que él te engaña pero que no es cierto.

-Y tú le creíste, claro. Se ve que hace mucho que no tratas con tu hermano. Yo sé que anda con una, o al menos que ha estado con una no hace tanto.

-¿Cómo puedes estar tan segura, es que le viste?

-No, pero una mujer sabe eso, no hace falta ver nada, se nota enseguida. ¿No me digas que con todos los años que estuviste casada nunca te pasó?

-Pues la verdad es que no. Pienso que Pedro nunca me engañó. Si lo hizo, fue demasiado listo porque yo no me enteré. Es más prefiero pensar que nunca lo hizo. Después de todo ya él no está y no podría preguntarle.

-Perdóname, Julieta, no quise hacerte sufrir. Yo sé que Pedro era el amor de tu vida. Es que yo estoy muy dolida con Gianni. No es que ya no le quiera más, pero no puedo aceptar que me la esté pegando con alguna sinvergüenza de por aquí. Creo que merezco su respeto, y si lo que quiere es el divorcio que me lo diga, pero que no me mienta. Eso no se lo tolero.

-Bien, bien, no te acalores. Yo voy a hablar con él. Tengo que saber qué es lo que se trae entre manos. A mí tampoco me gustaría saber porque te está haciendo algo así.

Más tarde Julieta tuvo la oportunidad de conversar con su hermano.

-Tienes que pedirle perdón, hermano. No hay otra solución. Bianca está muy dolida y tiene razón. Ella siempre te ha sido fiel, y tú actúas como si fueras un crío. Ya está bien, la vida es muy dura y no sabemos lo que nos puede durar la felicidad, lo sé por experiencia, para que tú por una tontería y un ratico de satisfacción, pierdas lo que has conseguido por toda una vida, a una mujer que te quiere y el respeto de los que también te admiramos en el pasado y yo, particularmente, me sentiría muy defraudada si cayese tan bajo. Es hora ya de actuar como un hombre. Parece mentira, tú que eres el mayor, que a estas alturas de tu vida, te metas en estos líos. Si le vas a pedir perdón y prometes ser como debes ser, un marido fiel y constante, te ayudaré, de lo contrario, creo que de lo contrario nos regresamos a España, mi hija y yo. No creas que te hablo de esto como una especie de chantaje. Tú me pediste ayuda cuando veníamos camino del aeropuerto para acá. Creo que lo mejor para ti será hablar claro con tu mujer. Ella seguramente se pondrá furiosa al principio, pero luego verá que has tenido mucho coraje haciéndolo.

-Lo voy a hacer, hermana. Creo que tienes razón. Además, todo este tiempo que ella estuvo lejos de mí, sirvió para hacerme comprender que ella es la mujer que quiero y que ninguna aventurilla merece la pena que yo pierda su amor.

Julieta nunca había tenido ese tipo de problema con su marido, Pedro siempre le había sido fiel. Ella lo sabía, porque como dijo Bianca, una mujer que quiere a su compañero sabe de verdad cuándo este la engaña.

Finalmente marcharon todos a casa de los padres de Carlo, y los días se les fueron pasando sin casi darse cuenta. Les estaba viniendo muy bien el descanso y el estar rodeada del cariño de su familia. Corina y Julieta no deseaban que llegase el día de regresar a su casa.

CAPITULO X

-Hijo, ¿Tienes por fin alguien que te ayude en la consulta? Te veo muy poco, pero cuando lo hago, noto que estás muy cansado.

-Sí, mamá, ya tengo ayudante, solamente tengo que esperar unos días más porque ahora está de vacaciones.

-¿Cómo va a estar de vacaciones si aún no ha comenzado a trabajar?-. Fernanda de la Cerda no podía comprender las cosas de su hijo.

-No, aún no ha comenzado a trabajar conmigo, pero lo hará tan pronto regrese de las vacaciones de su trabajo anterior. Pero ya está al llegar. Mamá, te pido por favor que no te pongas tan nerviosa respecto a mis cosas, yo sé cómo manejarlas.

-Hijo, yo no quiero intervenir en tus asuntos. Lo que sucede es que me preocupo. Ya hace unos días Neus me comentó que habías salido con ella, pero que se notaba que estabas agotado.

-¿Dime una cosa, Neus te cuenta todo lo que hace, o lo que hacemos ella y yo?

-No, claro que no. Lo que sucede es que la pobrecita te quiere, tú lo sabes, y estaba bien preocupada por ti.

-Ya le diré yo que no se preocupe tanto, y sobre todo que no te llene la cabeza de problemas a ti. Tienes bastante con tus ocupaciones en el club, con tus amigas y cuidando a papá.

-Tu padre no necesita de mis cuidados, ya sabes cómo se pone cada vez que trato de intervenir en algo que hace o dice.

-Pues a mí me sucede otro tanto, mamita, y ahora un beso que me marcho-. Marcos besó a su madre en la mejilla y se marchó. Estaba enfadado, más con Neus que con su madre. Estaba bien que él estuviera saliendo con ella, porque era cierto que la chica era muy guapa y le gustaba cómo les miraban cuando estaban juntos. Además a su madre le hacía mucha ilusión. Ella quería a toda costa que se casara con Neus. Su pobre madre rica, tanto presumir, lo mismo que había hecho toda la vida, ella no cambiaba, ni el paso del tiempo, ni las cosas que habían pasado ella y su padre durante la guerra en España, nada hizo que ella dejara de ser una persona que vivía más del qué dirán que de sus propios sentimientos. Su padre le había contado que cuando ellos se casaron a ella le encantaba presumir de tener amistad en los círculos donde se movía la familia del dictador, mientras que él, Álvaro Aguirre, se había tenido que adaptar igual que sus padres a que los sueños que habían tenido en el pasado se terminasen, ya que el padre de Álvaro a pesar de tener una inmensa fortuna era partidario de la República y no de Franco. Pero todo eso pertenecía a la historia. Álvaro nunca quiso mezclar su ideología con sus sentimientos por Fernanda, sin embargo ella seguía metida en su papel de ser una figura de la Alta Sociedad.

-Hoy cuando vea a Neus le hablaré-. Marcos estaba saliendo con esta chica, casi por darle gusto a su madre, aunque no podía negar que ella le agradaba. Parecía una buena persona, además era muy preparada porque había recibido una esmerada educación. La verdad es que con ella se podía quedar bien en cualquier parte, por su físico, porque era la envidia de sus amigos, por su cultura, porque sabía expresarse con corrección y tenía tema de conversación, y en el orden afectivo, no podía negar que ella era muy cariñosa y complaciente con él. Ya hacía unas cuantas semanas que salía con ella. Lo que no sabía Marcos era que a los efectos de su madre, y para la misma Neus, ella era su novia. Al menos ella hablaba de él como si estuvieran comprometidos y Fernanda nunca negó a cualquiera que venía a corroborar la noticia, de que la misma era cierta.

Neus calmó el enfado de Marcos por ella haberle comentado a Fernanda que él se veía agotado, como siempre lo hacía, con sus mimos y sus caricias, y una buena dosis de lloriqueo para lo cual era experta. Marcos la creyó y casi que se sintió mal por haberle reclamado. Pobrecita chica, si en realidad lo que pasaba era que estaba preocupada por él.

CAPITULO XI

En Italia, un día que se encontraba toda la familia pasando un rato agradable junto al mar, después de que Bianca había tenido una conversación con su esposo Gianni y al final se habían arreglado, todos estaban muy felices. Corina había animado a su madre a ponerse el traje de baño ya que ella estaba renuente a hacerlo a pesar de la insistencia de su hermana Gina y de su cuñada. Cuando regresaban nadando hacia la orilla, un hombre se acercó a darle la mano a Julieta para ayudarla a salir del agua.

-Gracias, es usted muy amable-. Julieta alzó la vista para agradecer propiamente a quien la ayudaba, cuando se dio cuenta de que esa cara ella la había visto antes. –Giancarlo, no puedo creerlo, caramba, tanto tiempo sin verte. Hola ¿cómo estás, vives aquí, vino tu familia?

-Calma, Julieta. Te contestaré todas tus preguntas. Estoy bien, no vivo aquí y no, mi familia no vino porque la única familia que me queda es una tía solterona y ella vive en Roma.

-Entonces ¿qué haces por aquí, estás de vacaciones?-. A todas estas, Corina miraba con ojos aprensivos a este hombre alto y guapo con unas incipientes canas en las sienes, no demasiado delgado, pero tampoco obeso que tan amablemente había ayudado a su madre y al que ella le hablaba tan amistosamente.

-La realidad Julieta es que tu cuñada me comentó un día que ibais a venir por aquí y como yo tenía unos asuntos de negocios que tratar en el área, aproveché para venir a saludarte. Ya me dijeron que tienes una hija, debe ser preciosa porque tú sigues igual de linda como cuando te fuiste.

Julieta no esperaba esas palabras, después de la muerte de Pedro, ya ella se había hecho a la idea de que ningún otro hombre le haría un cumplido, y además recordaba que Giancarlo la había pretendido cuando era jovencita pero ella prefirió a Pedro.

-Corina, ven acércate, te presento al Sr. Giancarlo Mussi. El era amigo nuestro, de tu padre y mío cuando éramos jóvenes.

-Hola, Sr. Mussi, encantada en conocerle.

-Igualmente, Corina, tus padres hicieron un buen trabajo porque eres una hermosa ragazza.

-Gracias, señor. Usted también es muy simpático.

Giancarlo no sabía si mirar a Julieta o a su hija. Había encontrado una Julieta tan hermosa como él la había conocido siendo ambos unos chicos que casi que habían crecido juntos, pero su hija era también muy bella. En ese momento le pasó un pensamiento extraño por la mente, él había ido a ver de nuevo a su Julieta, ya que siempre que pensaba en ella lo hacía así, la llamaba "mi Julieta" y es cierto que la encontraba muy bien que no parecía tener los años que ya supuestamente tenía, pero su hija le había ganado en todo ya que no solamente tenía el pelo negro y brillante de su madre cuando más joven sino que sus ojos de un azul profundo hacían un magnífico contraste con ese pelo. De pronto, Giancarlo se quedó un poco sin saber qué hacer.

-Ven, Giancarlo, aquí está la familia. Ven para que hablemos todos ya que hace tantos años que no nos vemos. Tengo entendido que te va muy bien en los negocios. ¿Ya tienes hijos tú también?

-No, no tengo hijos, es que no me casé. Esperaba por ti.

Julieta prefirió tomar a broma el comentario y por supuesto se echó a reír.

-Giancarlo, sigues tan bromista como cuando éramos chicos.

Corina mira a su madre y a Giancarlo y no podía creer lo que venía. A ella parecían agradarle los comentarios de este hombre. ¿Quién era él? Sin embargo, lo que más la asombraba era que él también la miraba a ella de una forma a la que no estaba acostumbrada, o más bien como la podrían mirar los chicos de su edad y no un señor que podría ser su padre.

-Julieta, vas a tener que contarme muchas cosas. Tienes que saber que cuando te fuiste creía que estabas enfadada conmigo.

-¿Por qué había de estarlo? No recuerdo haber tenido ningún problema contigo. Además, mis razones para marcharme ya pertenecen al pasado y francamente no me gustaría hablar sobre esas cosas.

-Está bien, no te voy a molestar. Pero si quiero recordarte que un día antes de que te fueras te había pedido ser mi novia.

-Pero, Giancarlo, yo siempre pensé que esas eran bromas. Siempre fuiste así, nunca hablabas en serio, por eso nadie creía lo que decías. Además, suponiendo que lo que dices haya sido verdad, eso pasó hace demasiado tiempo. Yo me casé, y como sabes tengo una hija, esta chica guapa que está a mi lado-. Sonrió apretando los hombros de Corina con un fuerte abrazo.

-Bueno, basta ya de tanta charla, vamos a comer que ya la comida está esperando por nosotros en el patio de la casa. ¿Giancarlo, te quedarás a comer con nosotros, cierto?

-Si me invitas tan amablemente, Gina, claro que sí.

Se sentaron todos a comer, a beber y a charlas como buenos italianos que eran todos. Corina era la única que no lo era, pero igual participaba de la charla y las bromas que se hacían. Eso de estar reunidos en un grupo familiar cada día le gustaba más y pensaba que el día de mañana cuando ella se casara tendría muchos hijos para poder reunirlos a todos junto a la mesa y poder departir como ahora lo hacían todos.

Después de comer, los jóvenes se marcharon a dar un paseo y solamente quedaron junto a la mesa los anfitriones, Gina y su esposo Lino Molinaro, Bianca y Gianni, y Julieta y Giancarlo. Estuvieron conversando de asuntos triviales y en un momento en el que pudieron quedarse alejados de los demás, Giancarlo aprovechó para acercarse a Julieta. Esta se veía rozagante pues en los pocos días que llevaba de visita en Italia había engordado un par de kilitos y además el sol, la ropa más juvenil y la alegría que había en su rostro, la beneficiaban mucho.

-Julieta, en serio, lo que te dije antes era verdad. Yo te había pedido ser mi novia, y un día supe que te habías ido con tu novio, el alemancito aquel que te rondaba y que no le caía bien a nadie.

-Bueno, puede que no le cayera bien a alguna gente, pero a mí sí, por eso lo quería y por eso me casé con él.

-Sí, te entiendo, hoy comprendo muchas cosas que entonces escapaban a mi entendimiento. Recuerda que también mi familia era un poco enemiga de los judíos. Yo no soy así, y ahora te hablo en serio. Ya soy mayor, tengo casi la edad de tu hermano Gianni, y por mi negocio he tenido que tratar con mucha gente, y además la vida te va demostrando que esos rencores sin sentido deben dejarse atrás.

-Me alegro mucho escucharte, porque la verdad no te iba a permitir que hablases mal de gente como la familia a la que perteneció mi marido Pedro. Recuerda que él era mi esposo, pero además Corina le adoraba y sigue amándole a pesar de que falleció hace más de dos años ya. Prefiero oírte decir lo que acabas de comentarme.

-¿Sabes, Julieta? Es cierto que te estuve esperando, pero la verdad es que a pesar de que no me casé, no he estado solo. Tuve una compañera por muchos años, pero ella se cansó de esperar a que yo me casara y no hace mucho me abandonó.

-Entonces era que no te quería tanto.

-No lo sé, pero es que también hay que comprenderla, ella ya se estaba poniendo mayor, pues era más o menos de mi edad, y no quería seguir siendo mi amante. Perdona que lo diga así, pero es que así hablaban de ella por acá. Yo la comprendí y me pareció bien que tratara de organizar su vida en otra parte, porque lo cierto es que yo no me iba a casar con ella. No, con la única mujer que me hubiera casado hubieses sido tú, pero no quisiste.

-No, no quise. Pero ya sabes que de eso ha pasado mucho tiempo.

-Nunca es tarde para volver a comenzar, Julieta. Yo sigo solo y tú estás sola también.

-¿Estás tratando de enamorarme como cuando éramos jovencitos?

-No veo la razón por la que no pueda hacerlo. Ya te dije que soy libre, nunca me casé, y tú ahora estás sola también. Después de todo yo fui tu primer amor.

-No, no, espera un momento. Es verdad que tú me decías algunas cositas cuando éramos jóvenes pero de ahí a que fueras mi primer novio va un largo trecho. Mi primer novio, y mi primer amor fue Pedro el hombre con quien me casé y tuve mi hija. Me parece que debías dejar ese tema, Giancarlo, si quieres que sigamos hablando, porque no estoy para estas cosas, ya no soy una niña y tengo una hija por quien velar.

-Julieta, hablas como si fueses una vieja, yo no creo que tengas más de 40 años.

-Tengo 43 y yo creo que es una edad para no perder el tiempo hablando bobadas.

-Enamorarse y tener una relación no es una bobada.

-Puede que no, para otras personas, pero yo no estoy por la labor. Lo siento. Y como veo que quieres seguir en el mismo tema, discúlpame pero te dejo, voy un momento adentro a ayudar a mi hermana Gina.

-Julieta, espera....-. Se quedó con la palabra en la boca y en realidad más impresionado con el carácter que había demostrado la que en una ocasión había sido una muchachita inocente y que apenas hablaba de lo que pensaba. Lo cierto era que esta Julieta le había agradado aún más que la que había conocido hacía casi 25 años atrás. Tendría que buscar otra ocasión para volver a hablarle. También había notado lo hermosa que era la hija, esa niña Corina era una belleza. Pensó que él no estaba actuando como un hombre serio que era, porque estaba teniendo pensamientos sobre una chica que podría haber sido hija suya. Se recriminó por no controlar lo que pensaba, pero ya sabemos que algunas veces nos difícil controlar lo que decimos, mucho más lo es lo que pensamos.

Gianni se reunió con él y juntos estuvieron un rato bebiendo un poco de vino chianti y recordando cosas de su juventud cuando ambos eran inseparables, hasta que Gianni se casó y Giancarlo se dedicó con más seriedad a sus negocios.

CAPITULO XII

Marcos no había dejado del todo el hospital, y ese viernes en la noche se encontró con Sonia, la compañera de Corina.

-Hola Sonia ¿has sabido algo de tu amiga Corina?

-No, nada, al parecer debe estar pasándolo muy bien en Italia. No me extraña, después de haber conocido a algunos de sus parientes, comprendo que debe estar la mar de entretenida paseando por allí con los italianos. Ay, ¡Cómo me gustaría poder estar allí con ella! Creo que si un día puedo viajar, al primer país que voy a visitar es Italia. ¿Has estado alguna vez allí?

-Sí, he visitado algunos lugares en Italia y es verdad que sus ciudades son muy bonitas y los italianos son muy agradables, pero no creo que la cosa sea como dices de que Corina tenga que estar allí más entretenida de lo que pueda estar aquí. Tampoco nosotros en Alicante somos tan aburridos.

-No te piques, que la cosa no va contigo. Lo que quise decir es que la pobrecita es la primera vez que viaja y la familia de ella es muy agradable. Yo salí un par de veces con un primo de ella y la verdad es que nos divertimos mucho.

-Bueno, pues si por casualidad ella se comunicase contigo, recuérdale sobre lo de su trabajo que ya me está haciendo falta. Yo sé que tú sabes que ella se va a trabajar conmigo.

-Claro, cariño, si yo creo que es lo mejor que le pudo haber pasado. Especialmente contigo.

-¿Se puede saber por qué hay tanta ironía en tu voz?

-¿Irónica yo? No, hijo, no lo que pasa es que ella me dijo que tendrá un buen horario y ganará más ¿qué otra cosa te imaginaste?

-Nada, no me imaginé nada. Bueno, recuerda, si le hablas dile lo que te dije. Hasta luego.

-Creo que a éste le ha molestado un poco que le dijera que Corina está divirtiéndose en Italia. No lo dice claramente pero yo pienso que sí, que le fastidia un poco. Ya veremos cuando ella vuelva.

Marcos no creía estar molesto porque Corina se divirtiese en Italia, todo eso no era más que ideas absurdas de la boba de Sonia que ya se había dado cuenta él de que era bastante superficial, nada parecida a su compañera. Que se divierta, a mi me parece bien, después de todo ella solamente es mi futura empleada, nada más, y por otra parte, también yo me divierto aquí, porque estoy saliendo bastante seguido con Neus, y con alguna que otra chica porque Neus no tiene el control absoluto de mis movimientos. Hablando de ella, tengo que preguntarle qué pensaba hacer esta noche porque él prefería ir directamente al apartamento de ella, ya que no tenía muchos deseos de salir.

-Ay, mi amor ¿por qué no me avisaste antes? Si hubiese sabido que vendrías a mi casa no hubiese hecho planes con mis amigos. Por cierto, les dije que tú vendrías. ¿Por qué no haces un esfuercito y te acercas? Total solamente vamos a cenar, luego si tú lo deseas nos venimos a mi departamento.

-Bueno, qué se le va a hacer. Te recogeré luego para encontrarnos con tus amigos.

Neus sentía que ella tenía bien amarrado a Marcos. En los últimos días habían salido con bastante frecuencia y además, él quería venir a su casa, al menos un par de días a la semana. Ella aprovechaba esos días para demostrarle que no encontraría ninguna otra mujer que le hiciese tan feliz como lo hacía ella. Se esmeraba en sus caricias, en sus besos, en corresponder a cuanta cosa se le pasara a él por la cabeza hacer. En esos momentos, ella quería ejercer de amante, de esposa, de novia, de dueña y señora de su corazón y de su vida.

Marcos en realidad se dejaba querer, porque ella le resultaba agradable y como él no tenía intenciones futuras con ella, más que la de poder disfrutar de su amor y sus encantos físicos, seguía haciéndole el juego. Ya habría tiempo para terminar si hacía falta hacerlo. Desde luego, él no pensaba casarse por ahora, y de hacerlo, no sería con Neus, eso estaba clarísimo.

CAPITULO XIII

Corina le comentó a su madre sobre este nuevo amigo que le había conocido, el tal Giancarlo.

-Nunca hablaste de él. Bueno, la verdad es que nunca hablaste de nada de tu pasado, pero me ha sorprendido la forma tan familiar con la que te trata. Por otra parte no me gusta mucho su forma de mirar. El otro día en la playa que me miró, tuve la sensación como que me desnudaba con su mirada.

-Giancarlo siempre da esa impresión, pero no creo que se atreva a hacer o decirte algo que te pueda ofender. Es que aunque ya ni me acordaba, te lo juro, es cierto que él me estuvo algo así como enamorando cuando yo ya estaba saliendo con tu padre. Desde luego, a mí no me interesaba. Ahora quiere hacerme ver que le sigo gustando. ¡Qué tontería!

Corina recordó las palabras de Marcos, quien le había dicho que su madre era aún muy joven y que algún día posiblemente ella se podría volver a enamorar, algo que ella entonces encontró descabellado, pero ahora con el comentario de su madre, le pareció que podía suceder.

-Mamá, quiero que me respondas con sinceridad, ¿a ti te gusta el tal Giancarlo?

-Hija, no es fácil contestar. Tú eres mi hija y la verdad puede que te suene mal lo que te conteste. A mí me cae muy bien él. Piensa que le conozco desde muy joven y si es cierto, como dice, que nunca se casó pensando en mí, creo que eso a cualquier mujer le gustaría escucharlo.

-Mamá, definitivamente, te gusta.

-No es tan sencillo, Corina. Una cosa es que me pueda gustar su físico y su forma de hablar o de hacer las cosas, pero recuerda que yo estuve casada con el mejor hombre del mundo. No habrá nunca nadie en mi vida que pueda sustituir a tu padre.

-No es que yo piense que tú lo sustituyas, nada más es que presiento que a ti te atrae ese hombre.

-No lo sé, la verdad. Creo que no puedo ser más sincera.

-¿Y si por casualidad él te pidiera que te quedases aquí con él, qué harías?

-Eso no creo que va a suceder, así que no puedo contestarte a algo que no va a pasar.

-Pero ¿y si pasa?-. Corina insistía, no tanto porque le molestase que su madre pudiera volver a enamorarse y pudiera encontrar de nuevo la felicidad. Ella no era para nada egoísta y quería demasiado a su madre para no desearle lo mejor. Sin embargo, ella quería volver a España, necesitaba regresar, para trabajar con Marcos. Ella quería ese trabajo, le pagaría bien y le gustaba lo que iba a hacer.

-Te has quedado callada de pronto, ¿no será que tú lo que temes es que yo quiera quedarme en Italia?

Corina se puso roja como un tomate, su madre la conocía demasiado bien, y podía leer sus pensamientos. Ella temía que su madre comprendiese lo que ella misma no se decía, que quería volver más por estar cerca de Marcos, que por el trabajo que él le había ofrecido.

-No, no me contestes. No te preocupes, cariño, yo voy a volver contigo a Alicante. Si es cierto que Giancarlo está interesado en mí, con el tiempo podrá demostrarlo, de todas maneras por ahora yo no tengo interés en tener una relación amorosa con nadie.

-Pero supongo que os comunicareis. Creo que deberías darle la oportunidad de que con el tiempo pueda demostrarte que es serio y también tú puedas saber si te interesa o no.

-Sí, claro, nos vamos a comunicar. Tú sabes que yo no acostumbro a entrar en tu ordenador porque no tenía nunca nada que buscar ahí, pero ahora te voy a pedir que me enseñes algunas cositas porque ya veo que hoy todo el mundo se comunica así. Además, también les he prometido a mis hermanos que les voy a escribir por ese medio. Y ahora que, gracias a ti y a tu insistencia, nos hemos encontrado de nuevo, no les quiero volver a perder. Lo único que siento, y de verdad te lo digo, es que no tenga ninguna información sobre la familia de tu padre. Por lo que me han dicho mis hermanos, no quedó nadie de ellos por aquí. En realidad tu padre se había alejado de su familia bastante, yo creo que inclusive antes de salir conmigo, ya no se trataba mucho con ellos y luego cuando supieron que éramos novios, todos le volvieron la espalda, porque le consideraban un traidor. Ya sabes, cosas de la guerra. Gente que mantiene el odio a pesar del tiempo transcurrido y de no haber participado ellos en la misma.

Gianni las acompañó a Roma para tomar el avión de regreso a España. Corina le llevaba un mensaje de Carlo a su amiga Sonia, pues al parecer a su primo le había causado muy buena impresión esta chica. Se despidieron todos la noche anterior con una cena en un restaurante del área donde también estuvo presente Giancarlo, y había venido la familia de Castelamare di Stabia, también a despedirse. Risas, llanto, besos, abrazos, una familia que se había vuelto a encontrar y que ya no pensaban cortar esos lazos. Gianni estaba contento porque él no sabía cómo lo había logrado su hermana Julieta, pero al parecer su conversación con Bianca había surtido efecto y su mujer le había perdonado. Claro que él tuvo que jurarle que no volvería a jugar más las cartas en ese lugar. Él esperaba cumplir su promesa. Al menos, por ahora lo haría.

Ambas mujeres llegaron a casa el sábado por la tarde y decidieron no salir el domingo. Necesitaban descansar y Corina debía prepararse porque al día siguiente comenzaba a trabajar en la consulta del Dr. Aguirre.

Llevaba una semana trabajando allí y ya se sentía más cómoda porque conocía todos los manejos de la oficina, ya también él la había entrenado para manejar unas máquinas que le servían para averiguar datos sobre sus pacientes, ya que él estaba demostrando que confiaba plenamente en ella, y por eso Corina comprendía que debía hacer su mejor esfuerzo para que todo marchase bien. Muchas horas del día las pasaba ella sola en la oficina poniendo al día los archivos, revisando cuentas y haciendo llamadas. Solamente estaba ocupada con el doctor cuando él tenía su horario de visita de los pacientes, algo que sucedía cuatro veces a la semana. No era un horario muy agotador. Recibía a sus enfermos desde las 2 y media hasta las 6 de la tarde. Ella tenía que comenzar a trabajar a las 10 de la mañana para tenerlo todo preparado y salía a almorzar a las 12 y media, regresando justo antes de que llegase el primer paciente. Luego cuando se marchaba el último paciente, lo cual sucedía siempre antes de las 7 de la noche, ella podía marcharse. Se había matriculado por la noche para continuar sus estudios, así que muchas veces se iba directamente de la consulta a la escuela.

Ese día, un martes por la tarde que comenzaban después de las 3 porque el doctor tenía una reunión y habían cancelado los turnos anteriores a esa hora, estaba Corina escribiendo una carta a una firma suplidora de medicinas, cuando una señora algo mayor, muy elegante y vistosa hizo su entrada en la oficina.

-Señorita, por favor, ¿puede avisarle al asistente del Dr. Aguirre?

-Yo soy esa persona ¿en qué puedo servirla, señora?

-¿Cómo, usted, una mujer? ¿Es usted asistente del Dr. Aguirre?

-Sí, señora, pero le repito ¿puedo ayudarla en algo?

-No, desde luego que no. Usted no puede ayudarme en nada. ¿Está el Dr. Aguirre?

-No señora, hoy vendrá un poco más tarde. ¿Tiene cita con él?

-¡Qué cita ni que ocho cuartos! Yo no necesito una cita para ver a Marcos.

-Señora, le ruego que no se altere. Solamente le pregunté para ver el listado y saber a qué hora le tocaría verle.

-Mire, niña, usted no sabe con quién está hablando. Ya le dije que yo no necesito cita para ver a Marcos.

-Bueno, pues entonces dígame su nombre por favor para avisarle que usted ha venido.

-Oiga, la verdad es que usted es muy insistente. Yo no tengo que avisarle cuando vengo ni para qué vengo. Faltaba más.-. Fernanda de la Cerda, se había dado media vuelta y se dirigía a la puerta de la calle cuando en ese momento entraba Marcos.

-Mamá, ¿qué haces por aquí? ¿Cómo no me avisaste que venías?-. La saludó con un abrazo y un beso, mientras Corina se quedaba de una pieza, así que esta señora que actuaba tan insolentemente era la madre de Marcos.

Ambos, madre e hijo, entraron al despacho particular de Marcos, mientras la señora dirigía una mirada de odio sobre Corina, que se había quedado de una pieza al darse cuenta de que la señora que había reclamado la presencia del doctor de una forma tan poco amable, no era otra que su madre. Ella no se sentía culpable de nada, le había contestado cortésmente, pero la señora no quiso atender a razones. En fin, ya vería si el doctor le reclamaba algo cuando se marchase su madre. Por ello siguió trabajando en lo que hacía, esperando a que llegase el primer paciente.

Ya era cerca de la hora de la primera cita de ese día, el paciente había llegado y Corina le había pedido que aguardase ya que el doctor estaba en una reunión, pero que pronto le atendería, y es que no acababan de salir del despacho, ni la madre, ni el hijo. No se podía entender lo que hablaban en el despacho madre e hijo, pero sí que el tono de voz de cada uno era alto y descompuesto.

Cuando habían entrado en su despacho, Marcos le reclamó a su madre la forma incorrecta en la que se había dirigido a Corina.

-Pero faltaba más, de modo que en lugar de poner a esa señorita en su lugar, me reclamas a mí, que soy tu madre, como si yo no tuviera derecho de venir a visitar a mi hijo cuantas veces me diese la gana. Esa chica no es nadie para impedírmelo.

-Por lo que pude escuchar, mamá, ella no te impedía nada, simplemente te pedía información para avisarme. Ella no sabe que eres mi madre, y además, yo tampoco te esperaba. Quiero que sepas que si vienes en un momento en el que estoy atendiendo a un paciente, con dolor de mi corazón tendré que decirle a mi ayudante que te diga que no puedo atenderte.

-Hijo, cómo has cambiado, esa no es forma de tratar a tu madre.

-La que efectivamente no ha cambiado y se ha adaptado a la época y las costumbres actuales eres tú, mamá. Tú sigues siendo la señorona que pisotea a todo el mundo al que consideras inferior a ti. No me gusta mucho que seas así.

-Encima me tratas mal-. Fernanda sacó un pañuelito del bolso y fingió secarse unas lágrimas.

-Bueno, mamá, ya está bien. Ahora que estás aquí quieres hacerme el favor de decirme qué es lo que querías.

-Muy sencillo, que esta noche vengáis tú y Neus a cenar con nosotros. Tu padre ha hecho una reserva en un restaurante nuevo que le han comentado y quería que estuvierais vosotros dos también.

-Pues no puedo garantizarte que iré. Si quieres díselo a Neus, seguramente ella aceptará encantada.

-Pero hijo, es que quiero que estén conmigo los dos. Me gusta mucho verles juntos.

-Sí, ya lo sé. En fin, ahora no te puedo confirmar. Ya te llamaré cuanto termine la consulta, pero ahora, por favor, márchate ya, que tengo pacientes esperando por mí.

Había pasado más de un cuarto de hora y ya Corina estaba a punto de llamar al doctor por el intercomunicador, cuando se abrió la puerta del despacho y salió Fernanda de la Cerda, ni siquiera volvió el rostro para mirar a Corina, se dirigió a la puerta y salió dando un ligero portazo, nada digno realmente de la alcurnia que quería reflejar en todas sus cosas.

El doctor Aguirre atendió a todos los pacientes de esa tarde y cuando salió el último, llamó a Corina a su despacho.

-Corina, quiero que me expliques qué es lo que ha sucedido hoy con mi madre que ha entrado tan enfadada.-. A Corina le molestó la pregunta porque ella no había hecho nada incorrecto, y se la estaba cuestionando como si fuese culpable de algún crimen.

-Señor, la señora me ha pedido ver a su asistente y cuando le he dicho que era yo, se incomodó mucho y me pidió verle a usted, como no estaba y yo no conocía a la señora le pregunté si tenía cita y esa pregunta parece que la incomodó. Yo lamento que ella se haya enojado conmigo, y si a usted le parece que ella ha actuado bien y que necesita prescindir de mis servicios, pongo mi puesto a su disposición. Eso sí, le aclaro que no he faltado al respeto a su madre de ninguna manera, y si a ella le molesta que yo sea su ayudante y usted está de acuerdo, pues ya sabe, no se sienta mal conmigo, ya buscaré otro empleo.

-Corina, ¿quieres parar de decir tonterías? Nadie te ha recriminado por nada. Simplemente te pregunté qué había pasado porque conozco a mi madre y ella es una persona que puede ser muy agradable cuando quiere, pero también consigue ser muy ofensiva. No es tu culpa, ella pensaba que mi ayudante era un hombre y lo cierto es que yo nunca le aclaré que eras tú. En cuanto a tu puesto de trabajo, nadie quiere que lo dejes. Yo soy el que determino quien trabajará conmigo y hasta el momento estoy muy satisfecho de tu labor. No le hagas caso a mi madre. Ella es demasiado protectora conmigo y no se acaba de dar cuenta de que ya soy un hombre y no puede controlar mis actos. Tranquila, ya me imaginaba que era algo así lo que había sucedido, lo que pasa es que mi madre ve fantasmas en todas partes. Fíjate para hacer que se te pase el mal rato te voy a invitar a cenar esta noche. Espero que no tengas clases hoy.

-Cuánto lo lamento señor, pero sí tengo clases, y además mi madre me espera para cenar. Se lo agradezco de cualquier forma. De todas maneras usted no tiene porque hacer nada para que se me pase lo que usted llama un mal rato. No ha sido nada. Además su madre parecía tener mucha prisa en verle, y además no es culpa de ella que usted no le hubiese informado que su asistente era yo, una mujer. Algo que aparentemente a ella le ha molestado mucho. Le repito, muchas gracias por la invitación, pero no es necesaria. Si no necesita nada más, con su permiso me marcho, porque si no llego tarde a mi clase. Hasta mañana.

-Hasta mañana, Corina.

Marcos se sentía molesto con su madre, ella parecía seguir viviendo en la época en la que los empleados se trataban bajo la ley del palo como se decía antiguamente. Ella se portó muy mal con Corina, y además, malditas las ganas que tengo yo de alternar con Neus hoy, encima teniendo que hacerle carantoñas delante de mi madre para que ésta se sienta feliz. Cada día me están haciendo caer más en su trampa. Yo sé que a mi madre le encantaría que me casara con Neus, porque ella piensa que es la mujer perfecta para mí, tan educada, tan fina, tan guapa, tan formalita, con tan buen gusto. Pobre madre mía, ella no entiende que Neus no es la mujer de mi vida, que es verdad que me gusta, que cuando estoy a solas con ella y tenemos relaciones me hace sentir bien, porque ella sabe mucho y es una experta haciendo el amor, pero de formalita y adinerada como cree mi madre que es, no es nada de eso. Desde luego, por mi boca mi madre jamás sabrá sobre el tipo de relación que tenemos Neus y yo, porque ella se cree que simplemente la cortejo platónicamente para llegar un día al matrimonio. No es que yo sea un tipo de esos que espera que la mujer sea virgen para casarme con ella. Eso no me interesa, yo soy de esta época, lo que quiero es alguien que me quiera por mí mismo, no por mi dinero y posición. En fin, hoy tendrá que darle gusto a mi madre, saldré con ella y papá y además con Neus, total Corina no quiere ir a cenar conmigo, eso sí que me hubiera gustado. Otro día será, eso espero.

Corina no tenía clases en realidad, pero no quería comenzar a flaquear con Marcos. Hoy él había tenido una buena excusa para invitarla, pero ella no podía salir con él. Quería mantener la distancia entre ella y su jefe, porque quería mantener su empleo.

Cuando llegó a su casa encontró a su madre muy contenta porque había recibido un mensaje por Internet de su familia en Italia, y cada vez que alguien de allí le escribía era una buena noticia para ella. Desde que habían regresado del viaje, Corina había notado a su madre más dispuesta a enfrentarse a la vida. No era solamente que se la veía más alegre, era que ya apenas tenía episodios de asma, tal parecía que lo que le había dicho

Marcos de que los nervios eran un factor que hacía que ella se pusiese mal era cierto. Estaba tomando un medicamente para eso y al parecer le había sentado bien. La noticia de hoy y que aparentemente había alegrado mucho a Julieta, había venido de Giancarlo, que también se escribía con ella. Este le decía que en unos días era posible que él pasara unos días en Alicante, porque acababa de entablar una relación comercial con una firma de ese lugar y ahora que ya sabía que tenía gente conocida allí, le había prometido al gerente de esa compañía que viajaría para visitar sus instalaciones allí y de paso saludar a unos parientes.

-Nosotros no somos parientes de él, mami. Él es simplemente un amigo que tuviste en la juventud. No me dirás ahora que piensas acogerle en casa.

-No, nunca haría eso. Sabes que yo me cuido mucho de que nadie tenga una mala opinión de nosotras dos que somos unas mujeres solas. No, si él viene, vendrá a un hotel, aunque no podrá impedirle que venga a visitarnos.

-Ya eso es otra cosa. Y ¿tienes idea ya de cuándo va a venir?

-No, no tiene fecha todavía. Me escribió que me avisaría con tiempo. Pero la verdad es que me gustaría mucho que viniese.

-Ojalá, mamá, ojalá.

CAPITULO XIV

Sonia, su amiga y antigua compañera de trabajo, también había dejado el hospital, pero no como ella para trabajar en un consultorio. Ella quería desde hacía mucho tiempo, estudiar para agente de viajes y ahora se le había presentado la oportunidad de trabajar media jornada en una oficina de este tipo, y ganaría experiencia allí mientras que terminaba sus estudios para esa especialidad.

Esa noche se encontraron y fueron a tomar unos vinitos en un lugar céntrico, donde podían pasar un buen rato, charlar de sus cosas y también, como decía Sonia, exhibirse en un sitio donde acudían muchos chicos jóvenes y guapos, tal como muchachas como ellas. Algunas veces se le había acercado alguien a la mesa que siempre ocupaban, para tratar de entablar conversación con alguna de ellas. Hoy estaban allí, y ella le contaba a su amiga lo que había pasado con la madre de Marcos.

-No me sorprende, esa señora es muy encopetada. Suerte que su hijo salió al padre, porque Álvaro es un señor estupendo.

-¿Álvaro, así llama el padre de Marcos?

-Sí, y aunque él es el que tiene dinero, siempre ha sido un hombre muy sencillo, mientras que la mujer hace alardes de grandeza. Total, todo el mundo sabe que ella trabajaba de mucama en la casa del que es su esposo hoy, cuando eran jovencitos. Lo que pasa es que él se enamoró de ella y lejos de perder el tiempo, le propuso matrimonio. Ella tuvo mucha suerte, porque según dicen los chismosos, su marido no era el único hombre que había estado en su vida.

-Sonia, de verdad que eres tremenda. Yo nunca me hubiese imaginado que esa señora habría hecho lo que has insinuado.

-No he sido yo quien lo ha dicho, déjame aclararte eso, es lo que he escuchado en el mismo hospital donde trabajábamos. Lo que pasa es que tú nunca te enteras de nada, hija, tal parece que estás en el mundo de visita.

-Para decir la verdad, creo que todos estamos de visita. Que yo sepa nadie se ha quedado.

-Tú sabes lo que yo quiero decir, no te me hagas la sabionda jugando con las palabras que te digo. En resumen, esa señora se da muchos aires de grandeza, pero la verdad es que quien es verdaderamente importante es el buenazo de su marido, y creo que Marcos se parece más al padre que a la madre. Si no, ¿dime una cosa, de dónde crees que sacó el dinero para montar el magnífico consultorio que tiene y donde ahora trabajas tú? De lo que cobraba en el hospital imposible. Estoy segura de que su familia ha sido quien se lo ha montado.

-Yo no lo sé, y a decir verdad, no me interesa. No quiero meterme en las cosas privadas de mi jefe. Creo que es más saludable para mí mientras menos cosas sepa yo. Y además, nosotras hemos venido aquí a entretenernos un raro, no a chismorrear de la familia de mi jefe.

En esos momentos, se acercaban a ellas, dos jóvenes con intenciones de invitarlas a bailar, y Corina que casi siempre se negaba, en esta ocasión, con tal de no seguir hablando del mismo tema, aceptó la invitación y se perdió con su pareja en el enorme grupo de personas que bailaban en el salón.

El chico que había sacado a bailar a Corina era muy agradable y ella se alegró que haber aceptado su invitación. Se enteró de que se llamaba Jorge González, que era estudiante del último año de la carrera de Derecho y que actualmente trabajaba en un bufete de abogados, aunque tenía pensado abrir el suyo tan pronto terminase la carrera.

-Perdona, Jorge, pero supongo que ha de costar bastante dinero el abrir un bufete de abogado para ponerte por tu cuenta. Claro, eso no es asunto mío y perdona porque no quiero meterme en cosas que no sé, considerando que recién acabamos de conocernos.

-No me importa que opines, porque tienes razón, lo que pasa es que mi padre también es abogado y aunque ahora apenas ejerce porque está casi retirado, toda su fortuna la hizo así ejerciendo y te confieso que es él quien me va a ayudar. De momento, lo abriremos como González y González, Abogados. Te podrás imaginar que es porque mi padre va a trabajar conmigo, o debería decir que yo voy a trabajar con él. Pero el propósito de mi padre es que yo comience con él para que tome más experiencia y además así podré poco a poco quedarme con sus clientes actuales, ya que mi padre tiene ganas de colgar la toga.

-En ese caso, te felicito, creo que es bueno lo que vas a hacer y me alegro que a pesar de que no nos conocemos me lo hayas contado.

-Es que no nos conocemos aún, pero yo aspiro a conocerte un poquito más. Te confesaré que antes de pedirte que bailaras conmigo, ya llevaba un buen rato observándote y tengo la impresión de que eres una muchacha muy sensata y no tan loca como las chicas de ahora. Sí, ya sé lo que me vas a decir que un joven como yo no debería hablar así, pero es que yo soy algo diferente, a mi esto del baile no me gusta tanto, me animé por mi amigo, el que sacó a bailar a tu compañera, y luego yo fui quien le animó a pedirle a ella otro baile, para así poder yo bailar contigo.

-Suena muy gracioso eso que me dices. La verdad, Jorge, es que tú no me pareces ser muy mayor, aunque te confieso que yo no soy muy buena para conocer las edades de la gente.

-Pues para que sepas, no soy tan joven, ya cumplí 27 años, debía haber acabado mi carrera el año pasado pero tuve un accidente de coche y me lastimé una pierna y perdí un curso, por eso espero terminar en unos meses. Y tú ¿querrías decirme tu edad?

-No veo por qué no. Voy a cumplir 23 años próximamente. Aunque puede que te parezca mayor porque como no suelo salir mucho a bailes o fiestas o a salones como este, no actúo como la mayoría de las chicas de mi edad.

-Tú pareces mucho más joven de la edad que tienes. Te lo aseguro. Es que como te pintas tan poco y no llevas ropas tan descaradas como las niñas de hoy, puede que te creas que te ves mayor, pero yo creo lo contrario.

-Gracias por tu opinión, pero debo aclararte una cosa, si no llevo la misma ropa que otras chicas de mi edad no es porque no me gusten, es que en realidad no me las puedo comprar. Lo siento yo no soy una niña de dinero. Tengo que trabajar para vivir y para ayudar a mi madre.

-Espero que no te hayas enfadado por lo que te dije, es que a mí me gusta cómo te ves, y la verdad es que yo no soy el tipo de hombre que está buscando una mujer de posición para acercármele a ella y ver lo que puedo sacar. Si me acerqué a ti fue porque me gustaste.

-Gracias, Jorge, me alegra que me digas eso. Pero creo que ya debemos ir a sentarnos, hace un momento que terminó la música.

-Ah, sí, es verdad. Ni cuenta me había dado. ¿Os vais a quedar un rato más?

-No creo, de hecho ya habíamos pensado marcharnos. Es que mañana tengo que trabajar y mi amiga también.

-Si quieres yo puedo acercarte a tu casa. Tengo el coche en la puerta.

-Jorge, apenas nos conocemos. ¿No te parece que vas demasiado rápido?

-No, el pedirte que me dejes llevarte a tu casa no quiere decir nada. Además, mi amigo vendrá también y llevaremos a tu amiga a su casa después. Vamos ¿si vosotras aceptáis?-. Se dirigía a ambas ya que su amigo y Sonia también se habían acercado a la mesa.

-A mí me suena fabuloso, porque de lo contrario tendría que tomar el autobús y a estas horas tardan mucho más.

Así fue que el chico que había conocido en la discoteca la acompañó a su casa, no sin antes pedirle su número de teléfono para llamarla y poder quedar con ella en otra ocasión. Corina se lo dio porque pensó que este chico era muy agradable y que ya era hora de que ella comenzase a vivir la misma vida que otras jóvenes de su edad. Eso le había dicho su prima Julieta, que no perdiese el tiempo, que cuando viniese a ver se sentiría ya demasiado vieja para compartir y disfrutar con la gente de su edad. Tenía que aprovechar su juventud.

Cuando Marcos llegó a su despacho ya Corina tenía preparado todo para la primera cita que tenía ese día. Ella parecía muy tranquila y feliz esa tarde, y él se preguntaba qué podría haber sucedido, ya que el día anterior, la pobrecita había tenido que soportar las majaderías de su madre que aparentemente veía fantasmas en todas partes y por lo que parece el hecho de que su ayudante fuese una mujer y no un hombre no le había hecho mucha gracia. Doña Fernanda como siempre, pensaba su hijo, queriendo controlar mi vida. Pero esta vez no podrá. Corina es mejor que cualquier hombre para este puesto. A los pacientes ella les cae muy bien y a mí también, y me lleva muy bien toda la oficina. Así que ni se imagine mi madre que le voy a hacer caso, no voy a dejar fuera a Corina.

A media tarde, cuando solamente quedaba un paciente por ver, y mientras el Dr. Aguirre estaba en la consulta con otra persona, llegó una guapísima mujer, alta, de pelo rubio, de unos hermosos ojos verdes, con un traje que le quedaba como un guante y luciendo todo el esplendor de su belleza. Hasta el paciente que esperaba, tuvo que volver la cara para verla de nuevo porque ella era de ese tipo de mujer que todo el mundo tiene que mirar porque aun sin proponérselo, y ella sí se lo proponía, llamaba la atención de toda la gente.

-Buenas tardes-. Dijo con su voz armoniosa.

-Buenas tardes, señorita, ¿en qué puedo ayudarla?

-Pues fíjese, es que pasaba por aquí y decidí entrar a conocer el nuevo despacho de mi novio y saludarle. ¿Cree que él podría verme ahora?

Corina se sintió molesta, sin saber porqué. Después de todo era normalísimo que el Dr. Aguirre tuviera novia. A ella eso no le tenía que importar. Pero al parecer, si le importaba porque de pronto sintió unos celos tremendos de aquella belleza de mujer. Claro, si esta chica era su novia, lo normal es que ella a los ojos de él luciera como una provinciana

acabada de llegar del campo. Trató de reponerse y contestar con la mayor
corrección. No tenía que notar nada, esta chica no debía saber lo que ella
estaba pensando.

-Bueno, el doctor está ahora terminando la consulta con un paciente y le
espera otro, pero creo que podré anunciar, su nombre es….

-Neus, Señorita Neus Sardá. Pero puede decirle solamente que es su
novia. Gracias. Me sentaré mientras espero-. Neus había acudido al
consultorio siguiendo el consejo de la que ella esperaba que llegase a
ser su suegra. Se había dado cuenta de lo que le había dicho Fernanda
era cierto. La secretaria o ayudante de Marcos era muy joven y también
algo guapita. Nada del otro mundo, se decía ella, pero tiene unos ojos
preciosos. Bien, pero con mi visita de hoy se dará cuenta de que ella no
tiene nada que hacer, que Marcos es y será siempre mío. Yo no le voy a
perder, no puedo, necesito un hombre como él de su posición social que
me ayude a mantener la mía, porque cada día mi fortuna va mermando
más y más y no hay muchos hombres casaderos donde escoger. Además
ya él es mío, como yo soy suya, y supongo que eso tendrá algún valor.
Seguro que sí, el es un hombre que no sería capaz de hacerle daño a
nadie, y yo sé lo que tendría que hacer en el caso de que se pusiera difícil.
Él siempre ha creído que ha sido el primer hombre en mi vida y eso tengo
que mantenerlo siempre porque no le puedo permitir que piense otra
cosa.

Cuando salió el paciente que estaba con el doctor, Corina entró en la
oficina de Marcos y le dijo:

-Doctor, afuera queda solamente un paciente, pero acaba de llegar su
novia y dice que si puede recibirla un momento.

-Está bien, dile que pase y cierra después la puerta, por favor.

Marcos estaba francamente molesto, ayer la visita de su madre, hoy la de
Neus diciendo que era su novia. ¿Quién le había dicho a ella que ellos
eran novios? Ellos tenían una relación y él siempre se lo había dejado
claro a ella, que si bien era cierto que le gustaba mucho, él se consideraba
libre y sin compromiso y que de momento no tenía intención alguna de
casarse, y que el día que decidiera hacerlo, no sabía si ella sería la escogida

para ser su esposa. Ahora viene con el cuentecito de que es mi novia. Seguro que viene aconsejada por mi madre, porque quieren molestar a Corina. Pero ya se van a enterar las dos.

-Pasa, Neus, pasa-. La había recibido en la puerta de la oficina y le había dado un ligero beso en la boca-. También a él le convenía eso delante de Corina, porque no quería que ella se creyera que él estaba aún detrás de ella. Sí, mejor que pensara que él tenía novia.

-¿Qué necesitas, querida? Ahora cómo ves estoy muy ocupado. Tengo un paciente esperando por mí-. Decidió actuar como si no se hubiera percatado de que ella también venía a husmear.

-Oh, no, querido, no venía a pedirte nada. Solamente que estaba cerca y como no conocía tu oficina pensé en hacerte una visita, pero si quieres me voy o si no te importa, te espero y así nos vamos juntos.

-Está bien. Espérame, pero no en la salita de afuera. Ve por esa puerta de la derecha y allí hay un saloncito donde tengo una mesita, un refrigerador y sillas, verás que es un saloncito de descanso para pasar a tomar algo entre paciente y paciente. Espérame allí. Yo iré a buscarte cuando termine. El paciente que entra ahora no tardará mucho en irse.

Corina se sintió extrañada de que él la llamase para que pasara el paciente que esperaba, porque la tal Neus no se había marchado. El paciente terminó y cuando se marchó, Marcos salió a donde se encontraba Corina y la despidió hasta el día siguiente.

-Hasta mañana, Corina. No se preocupe, yo me ocupo de recoger y cerrarlo todo. Que pase buena noche.

Seguro que esto me lo está haciendo porque le dije ayer que tenía clases y no quise ir a cenar con él. Total, a mí no me importa, que se quede con su novia, yo voy a llamar a Jorge y le voy a aceptar su invitación para ir al cine mañana, para que venga a recogerme a la oficina. Ya verá el doctorcito Aguirre que a mí él me importa un bledo.

Neus se había quedado esperando por Marcos en el saloncito, tal como él le había pedido. Lamentaba haber hecho esta visita, efectivamente la ayudante de Marcos era una muchacha muy bonita, pero nada le hizo ver que él tenía un interés por ella, porque le había dado un beso delante de la chica y luego le había pedido que le esperase. Claro, ella esperaba, pero estaba aburridísima. De haber sabido que él no tenía nada con esta chica como sospechaba Fernanda no se habría dado el viaje hasta aquí, y así se hubiese evitado esta espera absurda en este salón tan incómodo para ella. No tenía ni siquiera un butacón cómodo en el cual sentarse. Que va, ella no vendría más por aquí. Cuando quedara con él, le diría que la recogiese, ella no volvería a este lugar. El tiempo se le hizo larguísimo, casi se queda dormida esperando, hasta que finalmente vino Marcos y le dijo que ya era hora de irse a casa.

-¿Cómo a casa? ¿Vas a venir conmigo a casa?

-No, te voy a llevar a tu casa. Yo me voy a mi departamento. Necesito descansar, hoy no tengo deseos de otra cosa. Lo siento, no sé si tú viniste a buscarme porque querías tener un encuentro conmigo hoy.

-Marcos, no tienes necesidad de decir las cosas de esa manera. La verdad es que me haces sentir como si yo fuera una mujer de la calle. Si yo me acuesto contigo es porque eres mi novio y sé que a ti te gusta.

-Sí a mí me gusta, pero quien me lo propuso fuiste tú, no yo. ¿Te olvidaste ya del día que me invitaste a subir a tu casa? Yo acepté, porque no te puedo negar que me gustas, y porque la verdad no tengo ninguna otra mujer en estos momentos.

-Calla, calla por favor, que cada cosa que dices me hace sentir peor.

-No te pega para nada esa pose, Neus. Tú y yo nos conocemos. Es más, si lo quieres terminamos la relación y no pasa nada. Yo seguiré saludándote como si un hubiese pasado nada entre nosotros, así que ya sabes, decide tú.

-No, querido, no te enfades. Tú sabes que yo te quiero, es que algunas veces dices unas cosas que la verdad me suena algo mal y me lastimas mucho-. Y para poner énfasis en lo que decía tomó un pañuelito para secarse unas supuestas lágrimas.

Marcos ya conocía las artimañas de Neus, pero prefería seguirle el jueguito, porque como acababa de decirle, era cierto que no tenía ninguna otra mujer y ella, de momento, le estaba dando lo que él como hombre necesitaba, así que se hizo el compasivo y cambió de actitud.

-Vamos, nena, no te pongas triste. No me hagas caso, es que estoy cansado como te dije, pero creo que sí que me voy contigo a tu casa, me doy una ducha y luego me das esos masajitos en la espalda que tú sabes y que a mí me gustan tanto.

Corina mientras tanto había llamado a Jorge, el chico que había conocido hacía unos pocos días atrás. Él la venía llamando por teléfono constantemente pero ella siempre tenía una excusa para no salir con él. Hoy, sin embargo, era ella quien le llamaba, y como quien no quería la cosa le comentaba sobre una película que ponían en el cine cerca de su trabajo. Jorge no podía creerlo, finalmente iba a salir con esa chica que estaba tan guapa y que le daba tanto de lado que ya estaba a punto de no volver a llamarla. Perfecto, mañana iría a recogerla a la oficina, sí, estaría en la puerta esperando a que ella saliese.

Ese día ella trató de esmerarse en su arreglo personal, hasta se puso un perfume que le habían regalado hacía algún tiempo, pero que usualmente lo guardaba para ocasiones muy especiales. Quería verse bien, y que cuando su jefe llegara al despacho se sorprendiera al verla tan compuesta.

Efectivamente, su treta resultó porque Marcos no pudo evitar mirarla de arriba abajo cuando entró por la puerta del despacho. Lanzó un silbido y le comentó.

-Pero qué tienes hoy, muchacha, estás guapísima. Perdón Corina, es que realmente te ves muy bien.

-Gracias, doctor-. Ella ahora siempre le llamaba así, no quería usar confianzas con él.-Es que hoy cuando salga tengo una cita y quiero verme presentable.

-¿Será que viene tu novio a verte?

-No tengo novio y usted lo sabe. Siempre con las mismas cosas, doctor usted no cambia.

-No he dicho nada que pueda ofenderte, es que tú misma me has dicho que tienes una cita y la verdad es que nunca te había visto tan guapa y tan arregladita como hoy. Bueno, quien quiera que sea se va a quedar con la boca abierta cuando te vea.

Corina sintió como si él se burlase de ella y lamentó haber hecho todo esto. Total, en el fondo ella sabía que su plan era mortificarlo, pero al parecer a él solamente le causaba gracia. En fin, ya estaba hecho y ahora solamente esperaría a que fuese su hora de salida. Ojalá que Jorge estuviera en la puerta esperándola como ella le pidió.

Jorge había aparcado frente al edificio de la consulta, así que se quedó recostado en su coche, que era nuevo y muy llamativo porque su padre lo había comprado recientemente y él se lo había pedido prestado para impresionar a la chica.

Corina se entretuvo un rato para dar tiempo a que Marcos saliese también y como quien no quiere la cosa, coincidir con él en la salida, de este modo, él podía comprobar que la venían a recoger. Cuando salió y Jorge la vio se adelantó a su encuentro para saludarla dándole la mano, pero ella se le adelantó y le besó en la mejilla, y se fue con él tomados de la mano hacia el coche que estaba aparcado allí mismo a pocos pasos de ellos.

Marcos pudo ver el gesto afectuoso de Corina con aquel muchachón, al que él no le calculaba más de 25 años, pues ciertamente Jorge se veía muy joven, a pesar de que efectivamente tenía 27 años tal como le había comentado a la chica antes. De todas maneras, a Marcos le molestó la confiancita de este chico con su ayudante, pues él creía que ella no tenía novio ni nada por el estilo. No se esperaba una cosa así, y aunque él estaba saliendo con Neus y la trataba como a su novia e inclusive la había besado delante de Corina, pensaba que eso era diferente porque él era hombre y lo normal era que tuviera mujeres, mientras que ella no, ella siempre le había parecido una niña muy seriecita y la verdad, la había visto actuar con tremenda naturalidad, saludando a este joven que la recogía con un beso. Tendría que enterarse quien era este joven y qué tipo de relación había entre él y su ayudante.

CAPITULO XV

Esa noche se la pasó pensando en su situación, sabía perfectamente que desde el día que había conocido a Corina se había quedado prendado de ella, pero todo lo que había hecho desde entonces era alejarla de él. Si bien era cierto que la había contratado para que trabajase con él, desde el primer momento había dejado claro con ella que lo hacía por cuestiones profesionales, nada relacionado con el corazón. Marcos no se comprendía a sí mismo. En estos momentos cuando pensaba que era posible que la perdiese definitivamente pues ya la había visto con otro joven, era que se preguntaba si no había ido demasiado lejos, por una parte en seguirle el jueguito a Neus y a su madre. Total, él no amaba a Neus, y sabía además que ella no se le había entregado porque le amaba, sino para tratar de conquistarlo, ya que algunas veces notaba que ella quería hacer algo con tal de quedar embarazada y confiando en que él era un hombre de bien, y que además tendría a Fernanda de su parte, la chica se arriesgaba a pesar de que era notable el disgusto que los críos le causaban. Por eso Marcos se cuidaba él, no esperaba que ella lo hiciese. Sin embargo, él se estaba dejando envolver entre los arrumacos de Neus y la insistencia de su madre que seguía pensando como pensaban las señoronas en la época en que ella se había casado con su padre. En realidad, Marcos no comprendía la actitud de su madre, porque ella no era de noble cuna, todo lo contrario, su familia era bien humilde y ella estuvo sirviendo en la casa de sus abuelos. Tuvo suerte porque su padre se enamoró de ella y se portó correctamente. Álvaro, a pesar de provenir de una familia muy pudiente y de historial de abolengo, tenía ideas libertarias, por eso en el pasado se había reunido con gente de izquierda, de esos que no se habían conformado con perder la guerra civil. Los años le habían hecho calmarse y no meterse ya más en asuntos de política, especialmente cuando comprendió que una cosa era lo que había sido la República

Española en sus principios y otra bien diferente aquella a la que aspiraban sus compañeros de universidad que eran izquierdistas y poco a poco, al terminar la guerra civil en España, se adaptó a una nueva forma de vida. Sin embargo, la que supuestamente debía haber tenido ideas más liberales era su madre, porque ella procedía de una familia cuyo padre había sido minero en Asturias antes de la guerra, pero ella actuaba completamente diferente, tal parecía que los papeles se habían cambiado entre su madre y su padre. Su madre quería una esposa con nombre socialmente conocido para su hijo. Y él, Marcos, por desgano, por molestar a Corina, no sabía bien porque, pero el caso era que le había seguido el jueguito y ahora comprendía que si seguía así perdería al amor de su vida. De modo que esa noche de insomnio decidió que su vida iba a cambiar. No quería ser un desgraciado. Él iba a luchar por ser feliz junto a la mujer que amaba.

Al día siguiente, cuando entró llamó a Corina a su despacho.

-Dígame, doctor. Necesita algo.

-Sí, Corina, necesito hablar contigo, pero no aquí. Sé que estás viendo a un chico, porque te vi ayer con él, pero no creo que sea tu novio.

-Perdóneme doctor, pero eso pertenece a mi vida privada, y no creo que a usted le interese.

-Te equivocas, me interesa mucho. Tú sabes que siempre me ha interesado. No, no me digas que no, porque tú yo nos conocemos desde hace mucho tiempo. Sabes que desde el primer día que te vi en el hospital, me gustaste.

-Eso me lo dijo un día, pero se ve que las cosas cambiaron posteriormente. Hoy usted tiene novia, y yo salgo con un chico.

-Yo no tengo novia, esa chica que vino a verme dice que es mi novia, pero no lo es. Al menos, no es la mujer con la que yo me quiero casar. La única mujer a quien yo le pediría matrimonio eres tú-. Mientras hablaba se había levantado de su sillón detrás de la mesa del despacho y se acercaba a Corina, quien algo temerosa también se había puesto de pie e hizo amago de dirigirse hacia la puerta.

-No, no te vayas, tienes que escucharme-. Y la sujetaba por los brazos buscando su boca con la suya.

-Doctor, por favor, no me haga esto. No, no me ofenda. Yo no soy una cualquiera.

El la soltó rápidamente y ella se tambaleó un poco.

-Corina, no trato de ofenderte, trataba de besarte porque lo estoy deseando desde hace demasiado tiempo. Ya no sé si podré aguantar mucho más.

-Pero su novia, y su madre ¿qué dirán de esto que usted dice?

-No me importa lo que diga mi madre ni Neus, ninguna de las dos puede controlar lo que yo siento. Sí, Corina, no te marches, escúchame, es verdad lo que te digo. Yo te deseo desde el día en que te vi y no quiero perderte.

-Ese es el problema, Marcos, me deseas. No hay amor en tus palabras y por eso tendré que dejar el trabajo. Lo siento porque me gustaba lo que hacía y me sentía bien aquí, pero no podré seguir un día más sabiendo lo que pretendes. No, no me voy a ir a la cama contigo. Si eso es lo que buscas, te equivocaste conmigo Marcos Aguirre.

Ella se dirigió a la puerta, tomó su bolso de un cajón de su mesa y se fue a la calle. Las lágrimas corrían por su rostro. Lo estaba perdiendo todo, un buen trabajo, un futuro, y la posibilidad de estar junto al hombre que amaba, pero no, de esa manera no podía ser. Ella no iba a ser la amante de Marcos Aguirre.

Marcos se quedó paralizado en el medio de su despacho. Se dio cuenta del tremendo error que había cometido. Corina lo amaba, de eso estaba seguro, pero él había actuado como un imbécil dejándole saber que él la deseaba. Era cierto, nunca le pasó por su mente que no le hablaba a ella de amor, sino de deseo. Y por eso ella se había molestado. Estaba desconsolado porque se había marchado, pero a la vez, feliz porque comprendía que la actitud de ella no podía decir otra cosa más que ella estaba enamorada de él. Y él, es que él también la amaba ¿por qué demonios no se lo dijo?

Corrió hacia la entrada pasando por delante de un paciente que llegaba en ese momento, pero ya no vio rastros de Corina, y tuvo que regresar al despacho. Ese día atendió a sus pacientes casi como un autómata, dando excusas porque "su ayudante estaba indispuesta".

Cuando el último paciente se marchó llamó a Corina por teléfono a su casa. Le contestó Julieta.

-Dígame doctor Aguirre ¿cómo puedo ayudarle?

-Necesito hablar con Corina. ¿Está en casa?

-Bueno doctor, ella llegó muy temprano, me dijo que se sentía mal y se encerró en su cuarto.

-¿Me permite ir a verla?

-Sí, claro, usted es su jefe y mi médico. Además si ella se siente mal, es mejor que vea a un médico porque a mí no me ha querido decir qué es lo que le duele. Dice que es la cabeza, pero no sé, se apretaba mucho el pecho. Sí, doctor Aguirre, por favor, venga a verla. Esta niña me tiene preocupada.

Marcos se presentó en casa de Corina en menos de una hora. Julieta le abrió la puerta y le dijo que Corina aun seguí en su cuarto, que ella se estaba poniendo nerviosa porque su hija no quería abrir la puerta y ella sentía que no paraba de llorar.

-Pobrecita mía-. Marcos entró y le pidió permiso a Julieta para tocar a la puerta del dormitorio de Corina. A pesar de tocar varias veces, ella no abrió.

-Corina, por favor, ábreme, soy yo, Marcos. Vengo a pedirte perdón.

-No hace falta, váyase, no quiero verlo, váyase.

-No me iré de aquí hasta que no abras esa puerta. Es más si no lo haces, soy capaz de tirarla yo mismo. Ábreme ya, por favor. ¡Ahora!-. Su voz sonaba ahora más fuerte, al principio le había hablado suavemente, pero en vista de la negativa de la muchacha se envalentonó y casi que gritaba.

Corina, finalmente abrió la puerta, pero se alejó de la misma. No quería el roce con él. Sin embargo, él la abrazó, a pesar de su resistencia mientras le hablaba.

-Tonta, más que tonta, si es que yo te quiero, no quiero perderte, quiero que seas mi mujer, y es más, ¡Julieta!-, Alzó la voz llamando a la madre de Corina.

-Dígame doctor, ¿qué pasa?-. La pobre mujer estaba asustada porque había escuchado todo y no sabía qué sucedía.

-Pasa, señora, que oficialmente le pido la mano de su hija. Quiero casarme con ella. ¿Me concede usted su aprobación?

Julieta no entendía nada, y Corina tampoco. Hasta el momento, ella estaba luchando con él tratando de salirse de sus fuertes brazos que la tenían prisionera, pero cuando escuchó lo que él le decía a su madre no sabía si llorar o reír. No podía creer lo que estaba escuchando.

Julieta no contestaba y Corina y Marcos se habían quedado esperando lo que ella dijese. De pronto pareció darse cuenta de lo que sucedía y se acercó a ellos.

-Claro, doctor Aguirre, yo concedo la mano de mi hija, pero no sé si ella quiere aceptarle como esposo. No me ha contado nunca nada, ahora es que me entero de que hay algo entre ustedes.

-Es que en realidad no había nada todavía, pero lo habrá, seguro que lo habrá. ¿Verdad, Corina, contesta, quieres casarte conmigo?

-Sí, sí, quiero, pero entonces no entiendo. Tu madre, tu novia, yo…

-Ya sé que no entiendes, yo mismo no entendía nada hasta anoche que me la pasé pensando en nosotros. Corina, yo no lo quería aceptar porque no tenía intenciones de casarme, no por ahora, pero ya sé que solamente así serás mi mujer, de modo que no puedo esperar, quiero que te cases conmigo. Y no me importa lo que opinen mi madre, ni esa chica que tú crees que es mi novia. La realidad es que su yo me dejaba llevar por mi madre y por ella, y en cierta forma para demostrarte que no me interesabas, pero no era cierto, siempre me has importado mucho, y sé que te tú eres la mujer con quien quiero pasar el resto de mi vida. Basta con que tú me ames, y eso ya lo he podido comprobar, y yo también te quiero. ¿Qué más necesitamos para ser felices?

Se abrazaron y salieron al saloncito donde les esperaba Julieta.

-Ahora, hijos, no creen que sería bueno que me informáis de todo lo que ha estado sucediendo durante ese tiempo que vosotros os conocéis. Creo que tengo derecho a saberlo.

Corina no sabía qué era lo que le contaría a su madre, porque creía que ella encontraría que lo que había sucedido entre ellos no era muy normal, pero luego recordó que su madre también había sido joven, que también se había enamorado y que había luchado tanto por su amor que prefirió el exilio antes que perder a su amado. Sí, su madre comprendería. Además, entre Marcos y ella no había nada que se interpusiese. Ni problemas de guerras pasadas, ni cuestiones de herencias, ni nadie que dijese que no. Pero es que Corina no sabía lo que les aguardaba.

Finalmente y luego de tener una conversación con su futura suegra, contándole todo lo que se podía contar y que era bastante ya que entre ellos en realidad no había sucedido nada de lo cual tuvieran que avergonzarse, se decidió que antes de formalizar la relación, Marcos debía hablarlo en su casa. Era cierto que él era mayor de edad, que tenía su trabajo y futuro asegurados y no dependía de sus padres, pero en ese aspecto Julieta era muy insistente. Tal como a ella le interesaba conocer qué tipo de relación había entre su hija y Marcos, entendía que a los padres de él les sucedería lo mismo. Marcos prometió hacerlo, aunque no le aclaró a ninguna de las dos lo que él ya sabía de antemano, que con su padre no habría problema alguno, pero su madre pondría el grito en el cielo. Ya se la imaginaba diciendo: "Un hijo mío casándose con una don nadie, nunca lo consentiré. Marcos, tú tienes que casarte con alguien como tú, como la querida Neus, además ella es tu novia ¿no?"

Bien, eso era lo que pensaba Marcos camino de su apartamento. Cuando llegó allí se encontró que tenía varios mensajes en la grabadora del teléfono.

-Amor ¿dóndes estás? Me has hecho esperar por ti toda la noche. Llámame. Un beso.

-Marcos ¿se puede saber dónde rayos te has metido? La pobrecita Neus llamó para saber si estabas en casa, me cansé de llamarte a la oficina y nadie me contestó, seguramente esa chica que tienes allí contestando el teléfono sabía que era yo y no quiso contestarme. También te llamé al teléfono móvil. No hagas estas cosas, cualquier día me va a dar algo y me voy a morir y tú te enterarás cuando ya esté camino de la funeraria.

-Mi madre que teatral es, todavía puedo comprender la llamada de Neus, pero mamá, ella no se entera de que ya yo soy un hombre mayor de edad y que no tengo que darle cuenta de mis actos. Pero hoy no le voy a hacer caso a ninguna de las dos. Hoy me siento feliz, ya que Corina me ha aceptado y me casaré con ella opóngase quien se oponga.

Cuando se marchó Marcos de casa de Corina, Julieta se quedó mirando a su hija con fijeza y le dijo en tono de reproche.

-Parece mentira, Corinita, todo lo que ha estado pasando y tú no has tenido la confianza para hablar con tu madre. ¿No me crees capacitada para poder darte un consejo? ¿Qué creías, que yo me iba a oponer a tu felicidad?

-No, mamita, no ha sido por eso. Es que en realidad yo misma no puedo creerme todavía lo que ha sucedido aquí hoy. Sí es cierto que Marcos muchas veces me hacía requiebros cuando trabajaba en el hospital, y que yo muchas veces soñaba con ser su novia, pero él siempre decía que no pensaba casarse, y nunca me demostró que quería algo serio conmigo. Yo no podía ni quería hacerme ilusiones. Siempre le vi como alguien que estaba muy por encima de mí y que yo no podría aspirar a ser alguien importante para él.

-Pues por lo que he visto hoy, este chico tiene las mejores intenciones.

-Eso parece. Pero te confieso que tengo miedo de que nunca podamos realizar este sueño.

-Pero, hija ¿por qué dices semejante cosa?

-Porque el otro día conocí a su madre y estoy convencida de que yo no le gusto ni un poquito así-. Dijo esto haciendo un gesto con su mano para indicar el tamaño de un espacio entre dos dedos.

-Podrá ser, pero si él te quiere de verdad, no creo que su madre pueda impedirlo.

-No sé, mami, no sé. No quisiera ilusionarme mucho. La realidad es que a mí me ha sorprendido bastante lo que nos ha dicho Marcos. No se trata solamente de su madre, es que yo tenía entendido que él tiene novia, inclusive el otro día ella estuvo a verle en la oficina. Por eso, prefiero esperar a ver qué pasa, y ocuparme de otro asunto que he estado por preguntarte hace rato. Se trata de la visita a Alicante de Giancarlo. ¿Te ha contado a qué viene?

-No me ha dicho mucho, el mensaje fue corto, pero creo que es por algo de negocios, pero dice que también quiere venir a vernos y que en los días que pasará aquí le gustaría que pudiéramos salir con él.

-Bueno, mamá, todo depende, yo no puedo dejar de trabajar, digo, si no es que después que Marcos hable en su casa de lo que nos ha dicho a las dos hoy, su familia intervenga y me hagan despedirme de mi trabajo.

-Hija, te noto muy pesimista. A mí me dio la impresión de que este chico te hablaba con el corazón.

-Puede ser mamá, pero él se ha criado de una forma diferente a la mía. Yo sé muy poco de la vida, es cierto, pero nunca aspiré a algo que no supiese que podía alcanzar. Él me parece inalcanzable. Recuerda que su familia tiene dinero, ahora mismo el consultorio que ha montado, no creo que lo haya podido hacer con su sueldo del hospital, ya que allí no pagan mucho, ni siquiera a los doctores. De modo que estoy segura que su familia ha tenido que ver con eso. Y de verdad, cada vez que recuerdo la forma en la que me habló la madre de Marcos el día que pasó por el consultorio a verle, se me pone la carne de gallina. Ella no fue muy amable que digamos.

Esa misma noche Marcos pasó por casa de sus padres. Quería hablar con su padre a solas, antes de tener una reunión de familia y comunicarles su deseo de casarse con Corina.

-A ver, Marcos. Esa chica que me dices, es la que trabaja ahora como ayudante tuya en el consultorio, ¿cierto?-. Marcos asintió con un movimiento de cabeza, por lo que su padre continuó. —Entonces, te aconsejo que antes de hablar con tu madre te enteres de datos concretos sobre su familia, ya sabes que tu madre es un poco engreída, sí, tú lo sabes tan bien como yo, solo que a nosotros no nos importa, pero tenemos que tener en cuenta que ella puede darte una opinión sobre lo tuyo que no te va a gustar.

-Yo lo que sé de Corina es lo único que me interesa, que es una buena chica, que es trabajadora, limpia, decente, inteligente, y lo más importante para mí, que me ama.

-Todo eso es muy bonito, hijo mío, pero no olvides lo que acabo de decirte. ¿Sabes quiénes son sus padres, dónde nacieron, cómo se ha criado ella? En fin, cosas que estoy seguro que tu madre te habrá de señalar, sin contar con que yo tenía entendido que ya tú estabas de novio con esa chica amiga de tu madre, la catalana, Neus.

-Eso es lo que se creen ambas, tanto mi madre como Neus. Padre, a ti puedo hablarte claramente porque eres hombre y podrás entenderme. Neus es una mujer con la que la paso muy bien, que me gusta, que me satisface en la cama, pero ¿qué quieres que te diga? Ella no es la mujer con la que quiero casarme, con la que quisiera tener hijos. ¿Me entiendes, verdad?

-Claro que te entiendo, pero eso no se lo podrás decir así a tu madre. La ofenderías.

-Ya lo sé, y jamás le contaría nada de nuestra relación personal a ninguna otra persona. Si te lo he comentado a ti es porque eres mi padre y además se que ante todo eres un caballero. Lo que hay entre Neus y yo no tiene porque saberlo nadie, a menos que sea ella quien lo cuente.

-Esta niña que te gusta ¿es española?

-Ella sí, aunque su madre es italiana y creo que su padre era judío porque ella es de apellido Baum.

-Entonces sí que la tienes difícil con tu madre. Por la parte italiana no sé, depende, si su familia es de dinero, pero por el padre siendo judío, ella no querrá verla ni en pintura.

-Pero es que el señor ya murió, es más, Corina, que así se llama mi chica, comenzó a trabajar en el hospital precisamente después de que su padre falleciera, para poder ayudar en su casa. Y a mí me importa muy poco que su padre haya sido judío. No he tenido nunca nada contra esa gente.

-Tú no, hijo, y yo mucho menos, pero te garantizo que a tu madre le va a sentar más que mal el saber que esta niña tiene sangre judía. Es que Fernanda yo creo que se cree que ella es Isabel la Católica, porque siempre ha hablado horrores de esa pobre gente.

-Pues estoy preparado para hablar con ella y pienso hacerlo mañana mismo. Así que vendré a cenar con vosotros, ya que mamá me lo ha pedido varias veces, y aprovecharé para anunciarle que voy a pedir la mano, bueno que ya pedí la mano de Corina.

-Que Dios nos coja confesados.-. Álvaro conocía muy bien a su mujer y pensó que era mejor que él la fuese preparando esta noche antes de irse a dormir, y así se lo hizo saber a su hijo. Marcos estuvo de acuerdo y se despidió de su padre, porque ya era tarde y quería ir a su departamento a darse una ducha y acostarse temprano porque estaba muy cansado ya que había estado solo en la consulta todo el día y había sido uno de esos en los cuales las cosas se presentan todas muy complicadas. Además tenía que pensar bien cómo enfocaría el asunto cuando hablase con su madre.

CAPITULO XVI

Corina fue a trabajar ese día como lo hacía siempre, pero dentro de su pecho el corazón le latía fuertemente porque tenía muy malos presentimientos. Ella sabía que la madre de Marcos nunca permitiría que él se uniese a ella. Lo que más preocupaba a la chica era que no sabía cómo enfrentar a la señora, caso de que se presentase en la oficina. Así pasó toda la mañana con los nervios a flor de piel. Cada vez que se abría la puerta de la entrada del despacho, creía ver la figura de Fernanda de la Cerda. Llegó su hora de descanso para la comida y se tranquilizó algo pensando que si ella hubiese sabido algo ya habría venido. Pero eso no implicaba que si no era hoy, sería mañana o cualquier otro día.

Cuando llegó Marcos, le miró con ojos ansiosos de ver una explicación en sus ojos, pero aparentemente él no había hablado aún con sus padres o no iba a pasar nada malo. Como tenía un paciente esperando, Corina no tuvo oportunidad de preguntarle nada. Transcurrió el resto del día igual, sin un momento en el que pudieran intercambiar algún comentario. Si lo notaba muy serio, pero no parecía enfadado o preocupado. La chica se estaba haciendo un lío porque tenía deseos de saber en qué situación estaba. Finalmente, el último paciente se marchó, y Marcos la llamó a su despacho.

-Querida Corina, me imagino cómo te sentirás-, mientras le hablaba le acariciaba los cabellos y le dio un ligero beso en los labios. -Todavía no he podido hablar con mis padres, por eso no te había dicho nada. La realidad era que si comenté algo con mi padre y él me prometió hablar con mi madre anoche, pero me temo que no lo ha hecho porque si hubiese sido así ya ella me hubiera llamado, de eso estoy seguro. Pero, no pienso esperar a que mi padre hable con ella. Es mi vida y mi futuro lo que está en juego y ni mi madre ni nadie podrá impedirme ser feliz, y yo se que solamente lo seré el día que me case contigo.

Ahora la estrechaba entre sus brazos y la besaba ardientemente. La chica correspondía a sus besos y a sus caricias porque ya ella no podía negarle que estaba enamorada de él. Tan entregados estaban a sus demostraciones amorosas que no podían separarse el uno del otro. Como Marcos estaba ansioso de tocarla y de poseerla porque era un hombre joven y ella le atraía desde hacía mucho tiempo, sus caricias se hicieron más profundas, abrió la blusa de la chica y le acarició los pechos. Ella se estremeció de placer pero no hizo ademán de frenarle a pesar de que su cerebro le estaba gritando que tenía que detenerle, más ella no podía, necesitaba sentir sus manos en su piel, que ya acariciaban su espalda, sus brazos apretaban el cuerpo de ella contra el de él de modo que ella pudo sentir toda su virilidad y esa sensación fue algo nuevo para ella que no conocía las intimidades del sexo, y ya no pudieron contenerse más ni uno ni otra, muy despacito se habían acercado al sofá que estaba en un rincón del despacho y él estaba encima de ella, y sin más preámbulo, en ese instante fue que él finalmente la hizo suya. Ella sintió un dolor profundo que le partía las entrañas, pero no quiso detenerle, no podía, ya estaba irremediablemente perdida entre los brazos y todo el cuerpo de él. Ese dolor junto al placer que sentía estando tan unida a él fue una mezcla de sentimientos nunca antes conocidos por ella, pero que la hacían permanecer allí y seguir disfrutando de esto nuevo que sucedía en su vida.

Esa noche, Marcos no se sentía con ánimos de discutir con su madre, por esa razón, después de haber dejado a una Corina feliz pero muy confundida, en su casa, se había marchado directamente a su departamento. Él quería recrear en su mente los momentos de pasión que acaba de vivir junto a Corina. Sí, él la amaba, estaba seguro de ello, pero es que había comprobado que ella nunca había estado con otro hombre y se sentía raro, ya que él era un hombre de su época, cuando ya las muchachas no esperaban como lo hacían en el pasado a que llegase el día de su matrimonio para entregar su virginidad a su marido. Corina le acaba de entregar la suya. Era la mayor demostración del amor que sentía esa chica por él. Y ahora Marcos se preguntaba si estaba verdaderamente preparado para tener una relación seria con la chica. Y no es que él había planificado de alguna manera el haberle hecho esto a Corina, no, eso sucedió porque ambos lo deseaban y sin tener nada en la mente que le obligase a ello. Era cierto que él le había prometido matrimonio, pero ahora que ya ella había sido suya, Marcos se preguntaba si sería necesario el casarse. La realidad era que él nunca había sentido que era tan importante el firmar un documento o contrato como le llamaba al Acta Matrimonial, pues era de los que pensaba que si una pareja se quería, se gustaba y se llevaban bien no tenían porque vivir separados, pero tampoco era necesario que un juez o un cura legalizase esa unión. Lo único importante era el que la pareja se amase, y él amaba a Corina. Pensó que para no tener problemas con su madre, y para poder seguir junto a Corina, a la que le hablaría sería a esta última, y le propondría que se fuese a vivir con él a su departamento. Así podrían estar juntos y ser felices. Ella le había demostrado que él le gustaba y que también le deseaba tal como él a ella. Además podría seguir trabajando con él, así pasarían más tiempo juntos que era lo que él deseaba. Sí, eso haría, hablaría con Corina mañana. Iría temprano al consultorio, antes de que llegase algún paciente, por la mañana temprano que era cuando ella estaba sola en el despacho.

Esa noche Corina estaba en su dormitorio sumergida en un mar de confusiones. Ella que siempre había pensado que solamente al hombre que fuera su marido sería a quien le entregaría su virginidad, acababa de hacerlo sin que la obligasen, simplemente porque ella había sentido que no podía detener las ansias de Marcos por poseerla, porque ella también lo deseaba y se había dejado llevar por sus impulsos. No se arrepentía, no, simplemente se estaba analizando, porque aunque estaba segura de su amor por él, en el fondo dudaba de que él sintiese lo mismo, a pesar de que le había pedido matrimonio y no solamente se lo había pedido a ella sino que había pedido permiso a su madre, Julieta. No, él no la engañaría, seguramente que al día siguiente hablaría con sus padres y ahora, después de que ella había sido suya, con más razón querría él legalizar su unión. Aún no se había quedado dormida ya que en realidad era temprano, cuando sonó el teléfono. Corina creyó que era Marcos y salió de su cama corriendo a contestar.

-Dime, mi amor.

-¿Mi amor? ¿Pero qué dices, tonta, no ves que soy yo, Sonia?

-Perdóname, Sonia, pensé que era otra persona.

-Sí, ya lo creo que pensabas que era otra persona. ¿Marcos por casualidad?

-Sonia eres tremenda. Pues sí, la verdad. Es que tengo que contarte muchas cosas.

-Ya lo sé, apenas hemos hablado después que regresaste de Italia. Además quería preguntarte por tu primo Carlo. La verdad es que creo que tu primo me flechó. He quedado profundamente enamorada de él. Estoy loquita por verlo de nuevo.

-Pues creo que tendrás que esperar porque él tiene bastante trabajo. Tú sabes que sus padres tienen un negocio en la playa, de cosas para turistas, y ahora es cuando más trabajo tiene, así que de venir por aquí no creo que sea por ahora. Tú tienes su dirección de correo electrónico ¿no?

-Sí, y nos escribimos con frecuencia, pero no es lo mismo chica. Yo quiero besarlo, tocarlo, volver a acostarme con él para sentir su cuerpecito. Pero, tú qué vas a saber de estas cosas si jamás has estado con un hombre.

Se hizo un silencio ya que Corina no sabía qué decirle a su amiga.

-Corina ¿estás ahí? ¿Qué te pasó, te asustaste con lo que te dije?

-No, Sonia, es que me ha pasado algo y la verdad que estoy tratando de digerirlo yo sola, pero es difícil, ya sabes que de estas cosas no se mucho.

-No me irás a decir que ya te acostaste con tu adorado Marcos.

-Sí, eso mismo

-¡No! No puedo creerlo. ¿Tú, Corina? No, eso no puede ser cierto. ¿Cuándo se casan?

-Pues no sé. El caso es que él me pidió que me casara con él y además le pidió mi mano a mi madre, pero lo otro pasó después. Hoy mismo, en realidad.

-Ay, Corina, creo que te precipitaste un poco. ¿Qué te pasó, mi amiga? ¿No te pudiste aguantar?

-Creo que fue eso, que no me pude aguantar. Pero ¿por qué me dices que me precipité? ¿Crees que Marcos no quiera casarse ahora después de que fui su mujer?

-No sé, la verdad es que no sé qué decirte. Tú sabes que siempre tuvo fama de pica flor cuando estábamos en el hospital. A ti misma te dio la vuelta varias veces, pero como no le diste pie, te dejó de lado. Marcos está acostumbrado a que las mujeres se le regalen, lo siento, no quiero decir que ese sea tu caso. Pero es que esa es la fama que tiene. Ya sabes que él es un chico que está guapísimo, con coche caro, con dinero, proviene de una familia pudiente, en fin, que las mujeres se vuelven loquitas por él.

-Me estás asustando, Sonia. Yo estaba ahora mismo pensando en lo que nos había pasado hoy y tratando de convencerme de que a pesar de eso él se casaría conmigo porque así se lo dijo a mi madre, pero con lo que me cuentas, ahora no sé qué pensar. Creo que no voy a poder dormir tranquila esta noche.

-Perdóname, mi amiga, no he querido preocuparte. Te he dicho eso porque tienes que aclarar muy bien las cosas con él. No dejes que te convierta en su amante. Solamente eso te digo, porque si lo haces, nunca se casará contigo, te lo garantizo.

Sonia y Corina quedaron en verse ese fin de semana y se despidieron hasta entonces, aunque Sonia le pidió a su amiga que la tuviese al tanto de su conversación con Marcos.

Esa noche Corina apenas pudo dormir, tenía unos sueños muy raros, se veía con alas como la de los pájaros volando por encima de los árboles y de los ríos, Marcos también volaba a su lado y le tomaba de la mano. De pronto él se había soltado y se marchaba volando hacia la orilla de un río donde había una mujer muy hermosa. Corina le llamaba y él no le contestaba, estaba besando a la mujer del río. Ella le gritaba, Marcos, Marcos, pero él no la escuchaba. De pronto soplaba un viento muy fuerte y se la llevaba a ella lejos de él y ya no podía verle, aunque ella seguía llamándole, Marcos, Marcos…

CAPITULO XVII

Fernanda de la Cerda no sabía nada de los planes de su hijo, nunca supo que quería casarse con su ayudante porque a su marido le sucedía lo mismo que a su hijo, prefería no contarle nada con tal de no tener que escucharla. Eran muchos los años que llevaban juntos, y aunque él la quería a pesar de ese carácter que tenía, pensaba que a estas alturas de la vida no iba a tener un encontronazo con su mujer por culpa de su hijo. Después de todo Marcos no era un crío, aunque él no era muy bueno para las fechas, suponía que su hijo ya estaría rondando los 30 años. Le parecía bien que su hijo se casara y que fundase un hogar y especialmente que le diera nietos, ya que ellos solamente le habían tenido a él y no pudieron tener más. Álvaro era amante de los niños, le encantaba verlos cuando eran pequeñines y hablaban esa jerigonza que normalmente solo entendían las madres. Él quería ser abuelo, para poder malcriarles, algo que su mujer no le dejó hacer con Marcos, ya que ella se tomó demasiado en serio lo de ser madre y se creyó que solamente ella era capaz de darle una buena educación. Cuando recordaba estas cosas, a Álvaro no le quedaba más remedio que reírse solo, pues él sabía muy bien que su mujer apenas tenía estudios básicos. Ella lo olvidaba o no quería que nadie lo supiera, pero él todavía recordaba cuando ella había entrado a trabajar en su casa siendo una jovencita, muy guapa por cierto y que él era un estudiante universitario, rebelde y problemático como le decían sus padres. Se había enamorado de ella enseguida y la supo conquistar, porque ella estaba sola en la ciudad, como muchas chicas de su edad que habían nacido y se habían criado en el campo, en un momento dado su familia no podía mantenerla y en su pueblo no había trabajo para ella así que se fue a la ciudad a trabajar de sirvienta en una casa, la de la familia Aguirre. Álvaro era un buen chico y aunque tuvo sus escarceos amorosos con Fernanda, se enamoró verdaderamente de ella, por eso a pesar de que sus padres se oponían se casó con ella. Luego, la que se creía de abolengo y alta cuna era Fernanda, y él la dejaba que siguiera con sus sueños, después de todo no le hacía mal a nadie. Sin embargo, ahora que conocía las intenciones de su hijo, tenía miedo, no solamente porque Fernanda era muy engreída y quería para su hijo una chica adinerada y de muy buena posición social, sino porque con los años se había exagerado en su devoción católica y a pesar de que la misma Iglesia había tenido cambios sustanciales en su forma de ver la vida, ella seguía practicando su religión como se hacía en la época del dictador, alguien a quien ella admiraba mucho mientras que él no lo podía ver ni en pintura. De ahí su miedo, sabía que no solamente ella no toleraría una nuera que era empleada de su hijo, sino además de sangre judía, ya que ella se creía más católica que los Reyes Fernando e Isabel. En fin, mejor que Marcos hablase con ella. Él le apoyaría desde luego, pero que la lucha la hiciera su hijo, él no.

Después de aquella tarde que Corina no olvidaría jamás, al día siguiente ella fue a su trabajo con una mezcla de alegría, temor, angustia, esperanza, en fin, una confusión en su mente que solamente se aclararía cuando volviese a ver a Marcos. Pero ¿podría mirarle a los ojos después de lo que había sucedido entre ellos? Ella se moría de vergüenza, creía que no había actuado de la forma en que había sido criada. Aunque sabía que en la época en que vivía, ella era más algo rara, ya que no solamente Sonia le había demostrado que ya las cosas no eran como antes, también su primita que era mucho más pequeña. De todas maneras, lo hecho, hecho estaba, y ella no era de las personas que se arrepienten por algo que han hecho y han disfrutado y no podía negarlo, ella había gozado en su encuentro amoroso con Marcos.

Se sentó a su mesa y comenzó a preparar los archivos de los pacientes para que cuando estos fuesen llegando, el trabajo se hiciera más fácil y detallado para Marcos, su Marcos.

El joven doctor llegó unos cinco minutos después de ella, y la chica se asombró mucho al verlo llegar tan temprano, ya que él no solía acudir al consultorio por las mañanas. Después de saludarla muy cariñosamente le pidió que le siguiera a su despacho y que cerrase la puerta de entrada.

Ella hizo lo que él le pidió y cuando entró al despacho de Marcos, éste la abrazó fuertemente y la besaba de tal manera que casi la deja sin respiración. Ella correspondía a su beso y sus caricias porque ya se sentía más segura respecto a él. Pero llegó un momento en el que se separó un poco porque ya el abrazo era demasiado largo.

-Marcos ¿qué pasa, es que quieres que me incruste dentro de ti?

-No, en realidad lo que quisiera es ser yo quien me incruste dentro de ti.

-Querido, eres demasiado fogoso y yo no estoy acostumbrada, ya lo sabes. Algunas veces me asusto de este amor. No puedo creer que se pueda ser tan feliz.

-Y mucho más felices seremos, cariño, porque vamos a vivir juntos y así tendremos mucho más tiempo para estar juntos y querernos como me gusta y como ya sé que te gusta a ti.

-Claro, pero antes tenemos que hablar de cosas bien serias, como por ejemplo de nuestro matrimonio. Yo no tengo problemas de religión, porque ya sabes que no practico una en particular, así que por mi parte nos podemos casar como tú quieras, por la iglesia o por lo civil solamente. Tú eres quien….

-Sí, yo seré quien decida, y ya lo tengo decidido. Mira, Corina, nosotros nos queremos, y ya nos hemos dado cuenta de que nos gustamos demasiado como para estar separados por mucho tiempo, por lo que yo he pensado que lo mejor sería que tú te vinieses a vivir conmigo a mi departamento. No, no creas que es pequeño, te gustará, más parece una casona que un departamento. Sé que allí estarás cómoda, e incluso tendremos una habitación extra por si alguna vez quiere venir tu madre a pasar unos días con nosotros, o cualquier familiar de esos que acabas de conocer en Italia. Corina, ¿qué te pasa, no te gusta lo que te cuento? Yo estoy seguro de que vamos a estar muy bien en mi departamento. Si quieres, hoy mismo te llevo a verlo y ya mañana te vienes a vivir conmigo allí.

Ella se alejó de los brazos de él y su cara reflejaba la enorme sorpresa y desengaño que acababa de recibir. Entonces, su amiga Sonia tenía razón, él no se casaría con ella. Lo que Marcos quería era tenerla como amante. No, eso no podía ser. Él había pedido su mano en matrimonio a su madre, y le había dicho que hablaría con sus padres para arreglar lo de la boda. Entonces ¿no habrá boda? Él lo que quiere es una amante.

-¿Dónde vas, Corina? ¿Qué te sucede, amor? Ven, pero, Corina, ven acá ¿qué tienes?

Ella había salido del despacho privado del doctor, había tomado su bolso y se dirigía hacia la puerta de entrada. Él la siguió sin entender, pero ella no le hacía caso, comenzó a correr y se perdió de vista en la esquina del edificio porque al llegar allí estaba detenido un autobús que ella tomó, sin siquiera fijarse a qué dirección iba. Solamente quería alejarse, perderlo de vista.

Corina estaba desesperada, no quería volver a su casa, por eso desde el autobús llamó a su amiga Sonia, por su teléfono móvil.

-Sonia ¿estás trabajando?

-Sí, pero ¿qué te pasa? Suenas muy mal.

-Necesitaba verte, pero si estás trabajando…

-No te preocupes, yo pido permiso y salgo. Dime dónde estarás y allí te veré en menos de media hora.

Corina le dio la dirección de la cafetería allí donde había conocido a sus familiares italianos y también se dirigió a ese lugar, llorando silenciosamente.

Cuando Sonia llegó a la cafetería se encontró a Corina sentada en una mesita en un rincón apartado. En cuanto la vio llegar, se le abrazó y entonces fue cuando dejó que su llanto saliera a borbotones y con gemidos y voz entrecortada fue contándole a su amiga lo que le había propuesto Marcos.

-Lo sabía, si es que los hombres todos son unos canallas. Este es peor porque sabe que se ha aprovechado de tu inocencia, no porque seas una niña, sino porque tú en realidad de la vida no sabes nada, y te has entregado a él sin reparos, y tal parece que el tío no cambia. Es una pena porque siempre pensé que ambos haríais buena pareja. Pero te lo advertí, mi amiguita. No sé porque pero tenía el presentimiento de que este pícaro te iba a hacer esa proposición.

-Sonia, es que yo le quiero, y lo que más querría en la vida es vivir con él, pero así no. No, yo así no puedo, me moriría de vergüenza si le hiciera semejante cosa a mi madre.

-Corina, tú me vas a perdonar, pero aquí el problema no está en que a tu madre le guste o no, es que a este tipo de hombre que como Marcos parece ser tienen alergia al matrimonio, no se les puede permitir que se salgan con la suya. Creo que has hecho muy bien alejándote de allí. Lo malo, querida, es que ahora me temo que tendrás que buscarte otro empleo. Deberías preguntar nuevamente en el hospital, tú sabes que ellos te dijeron cuando te despediste que allí siempre tendrías un puesto. Pero volver con Marcos, no, a menos que venga con el Juez para casarse contigo.

-Eso mismo pienso yo, Sonia. Yo lo amo pero no quiero ser su amante. Si eso es lo que quiere él, que se quede con su Neus, porque al parecer a ella no le importa. Y ahora ¿qué será de mi, ya no soy virgen?

-Por eso no te aflijas, mi amiga, ya que es lo más normal de la vida en estos días. Te diré que afortunadamente ya los hombres no son tan cretinos, y si alguien se enamora de ti estoy segura de que le importará un bledo que hayas tenido relaciones con otro hombre antes que él. Las mujeres estamos ya liberadas, cariño. Tú no ves que los hombres cuando se casan ya están cansados de haber ido a la cama con montones de mujeres. Además nosotras que sabemos algo de medicina por eso estudiamos enfermería, por lo que tú sabes perfectamente que si el hombre siente deseos sexuales, la mujer también. Lo que pasa es que nos han tenido prisioneras de costumbres arcaicas y ya hoy todo está cambiando. Tú no tienes que contarle nada a nadie de lo que tuviste con Marcos. Eso solamente te interesa a ti. Y cuidadito con contárselo a tu madre, creo que no te comprendería.

Corina no dijo nada respecto a lo que acaba de decirle su amiga, pero ella sabía que en eso estaba equivocada, su madre si la comprendería, ya que ella, Corina, era la razón por la cual sus padres habían huido lejos de su familia y a un país extraño, porque su madre estaba embarazada de ella, y aún no se había casado con su padre. Pero ese secreto no era suyo, le pertenecía a su madre y ella no era nadie para desvelarlo.

Se sintió más confortada después de hablar con Sonia, porque la realidad era que lo que le había propuesto Marcos la había dejado fuera de balance, nunca pudo imaginarse que él fuese capaz de hacerle algo así. No le molestaba el hecho de que le había entregado algo muy sagrado para ella, porque sabía que él no la había forzado, que ella estuvo consciente de lo que hacía y que si llegó a ello era porque lo deseaba desde hacía mucho tiempo ya, pues estaba enamorada de él. Lo que le había comentado Sonia la noche anterior de que no debería convertirse en su amante fue lo que le había dado fuerzas para apartarse de él cuando le pidió que se fueran a vivir juntos en su departamento. Claramente se veía que él quería las cosas sin complicaciones, sin verse obligado por nada. Ella sentía que efectivamente él creía que era lo correcto, pero ella quería casarse, quería ser su esposa con todas las de la ley, tener una familia, hijos, en fin que se tendría que aguantar, y trataría de seguir el consejo de su amiga. No, por más que le quisiera, no caería en su trampa, no sería la amante que viviría con él hasta que un buen día se aburriese de ella y la despidiera de su vida como quien despide a un empleado. Si eso significaba que se quedaría soltera, pues sería soltera, le daba lo mismo.

Marcos no podía comprender la reacción de Corina, pues confiaba en que ella estaría feliz sabiendo que él quería que fuese su compañera y que viviesen juntos. En su mente no cabía la idea de que si ella le quería no aceptase su propuesta. Y ahora, ella se había marchado. ¿Qué haría ella, volvería, se le pasaría lo que sea que le hubiese pasado? Bueno, él tenía trabajo y no podía ir a buscarla, ya que suponía que se habría ido a su casa. Esta noche la llamaría y buscaría la forma de hacerla entrar en razón. Pero si es que él le había demostrado lo mucho que la deseaba y que además quería que ella fuese su compañera. Definitivamente, pensaba Marcos, a las mujeres no hay quien las entienda. Mientras pensaba tomó una llamada por teléfono, pues pensaba que era un paciente. Álvaro le estaba llamando. Aprovechó para contarle la reacción de Corina.

-Te lo repito papá, no las comprendo. Las mujeres son muy complicadas. Yo pensaba que esa mujer estaba loca por mí y yo la verdad estoy que me subo por las paredes por ella. Quiero que viva conmigo y voy y se lo planteó y me deja con la palabra en la boca y estas son las santas horas que no sé nada de ella. La he llamado varias veces a la casa y su madre me dice que no se puede poner al teléfono que está ocupada. Tengo ganas de aparecerme por allí a ver si tampoco me dejan pasar a verla.

-Hijo, definitivamente es que tú eres un idiota.

-No me ofendas, padre, yo nunca te he faltado al respeto. No veo porque me insultas ahora.

-Pues te lo repito, eres un idiota. Tengo la impresión de que a ti se te han dado muy fácilmente algunas mujeres y has llegado a la conclusión de que todas las mujeres son iguales, pero te equivocas, no conozco a esta Corina, pero me temo que si no vas con una fecha determinada para el matrimonio esa mujer no volverás a verla nunca más.

-Ay, papá, pero si es que eso del matrimonio ya no se estila. La mayor parte de mis amigos y amigas viven juntos e inclusive muchos tienen hijos y no se han casado. El matrimonio es el asesino del amor.

-Puede ser, pero para muchas mujeres, si no hay matrimonio, no hay amor. ¿Qué quieres que te diga? Podría decirte algo más, y eso ya cae en la confidencia personal, pero visto el caso no tendré más remedio que contarte. Hijo, cuando yo conocí a tu madre, como era como tú, un hijito de papá, con posición económica asegurada y un montón de chicas casaderas detrás de mí, me creía que todas las mujeres se rendirían a mis pies, pues no, todas no. Tu madre se aguantó todo lo que pudo, y yo creo que fue mucho porque estoy seguro de que ella me quería, pero solamente me aceptó cuando le propuse matrimonio. Claro, eso fue en otra época, pero aún así, parece que tu Corina es de este tipo.Así que tú verás lo que haces. Tienes que pensarlo muy bien, si esta mujer te gusta tanto que quisieras estar con ella toda tu vida, no te quedará más remedio que casarte.

-Pues lo siento mucho. A mí me vuelve loco. No he conocido a mujer alguna como Corina, pero no me quiero casar, no, me gusta ser libre, hacer lo que quiero, no, yo no me caso.

-Bueno, allá tú. Ahora no me vengas llorando dentro de poco con tus historias de amor. Ya te dije lo que tenías que hacer. En el fondo me alegro de no haberle comentado nada a tu madre porque sino la hubiese tomado contra esa chica y la hubiera hecho renunciar y me imagino que ella necesita trabajar.

-El caso es que se marchó y no sé si volverá a trabajar conmigo.

-Pues entonces perderás doblemente, una mujer que de veras te quiere y una buena empleada. Y ahora te dejo porque me voy a casa de mis amigos que tenemos una partidita de póker y ya seguro que comenzaron a jugar. Hasta luego hijo.

CAPITULO XVIII

Marcos estuvo esperando por Corina un par de días, durante los cuales la estuvo llamando por teléfono sin que ella se pusiese al aparato para hablar con él. La última vez que la llamó, Julieta le había dicho que por favor no molestase más y que se olvidara de Corina que ya ella no volvería a trabajar con él. Eso le enfadó mucho porque para Marcos el trabajo era una cosa y la vida privada otra, así que según su forma de pensar, ella podría haber seguido trabajando con él aunque no tuvieran nada entre los dos. En fin, tendría que buscarse un ayudante, y ahora buscaría a un hombre, no quería ya más líos con mujeres. Y hablando de mujeres, él no necesitaba a Corina, total, ya tenía a Neus que siempre que él quería estaba dispuesta a quedarse a dormir con él. No, no iba a complicarse la vida por una niña tonta, aunque la amase.

Pasaron varias semanas, ya tenía un nuevo ayudante y de vez en cuando quedaba con Neus quien iba a su departamento se pasaba con él uno o dos días, lo que a él se le antojase y no le reclamaba nada. Neus por su parte pensaba que actuando así tendría más probabilidades de hacérsele imprescindible y que llegaría un día en el que ya no tendría que marcharse del departamento de él. Claro que Marcos nunca se lo había propuesto, pero ella creía que con su constancia, eso no tardaría en suceder. Además, Fernanda se la pasaba hablando maravillas de ella cada vez que veía a su hijo. Marcos la escuchaba como el que oye llover, a él no le interesaba lo que su madre le decía. Seguía en sus trece, Neus estaba bien para un rato, pero él no pensaba pasarse la vida con ella. Mientras, Corina había vuelto a trabajar en el hospital donde la acogieron sin problemas ya que había sido muy buena empleada y tuvo hasta la suerte de que había un turno durante el día que estaba libre pues una enfermera se había jubilado, de modo que a ella le vino muy bien todo, ya que así podía continuar las clases que había comenzado a tomar por las tardes. Algunas veces salía con Jorge, quien nunca supo de los amores de Corina, y se notaba solo con verle que le gustaba mucho la chica. Sus relaciones eran más bien platónicas, pues solamente salían al cine, o a dar una vuelta por el parque, un día u otro iban a bailar, pero no había nada serio entre los dos. Jorge le insinuaba a la chica que a él ella le caía muy bien, pero ella se las agenciaba para seguir tratándole como un buen amigo y nada más. Jorge no la apremiaba pero cada vez le era más difícil estar al lado de Corina y no poder tan siquiera darle un beso. Sin embargo, no era capaz de olvidarse de ella, porque esta mujer le gustaba mucho pero además le intrigaba un poco. Ella era muy dulce y cariñosa con él, aunque cada vez que trataba de hacerle una caricia ella se retraía.

Hoy, Corina y Jorge habían decidido ir a un baile al que les habían invitado los compañeros de él de la facultad. Toda la gente que asistiría eran más o menos de las edades de ellos, y el ambiente era bastante divertido, aunque como también en el grupo habían parejitas de enamorados, algunas veces el conjunto musical que habían contratado para amenizar el baile, tocaban una que otra pieza más suave para que los enamorados pudieran abrazarse con el pretexto del baile. Jorge aprovechó una de esas piezas para estrechar más a Corina, ella no protestó esta vez. Tal parecía que se dejaba llevar por la música y como la compañía del chico no le era desagradable, él se envalentonó un poco y se atrevió a besarla. Comenzó besando su mejilla, la puntita de su nariz y luego la besó en la boca. Puede que por el ansia de sentir unos labios que la besasen ya que desde su último beso con Marcos no la había besado nadie, o porque Jorge la besaba de una forma que a ella le gustaba, Corina se dejó besar y Jorge se estaba sintiendo en la gloria. Ahora sí, se decía, ya ella está cediendo un poco, pues es bastante difícil y complicada, pero sé que con paciencia lograré que me quiera un poquito y puede que lleguemos a algo más, ya que yo estoy más que deseoso de que ella me permita tocarla y hacer todo lo que normalmente hacen los novios. Es que Jorge se preguntaba qué era él para Corina, ¿un simple amigo, un novio tipo antiguo de esos de tocarse las manitas solamente?, y él no era un anticuado, él deseaba hacer lo mismo que hacen los jóvenes todos cuando se gustan y se aman. El problema estaba en que sabía que ella le gustaba y que él estaba comenzando a sentir algo así como un enamoramiento por ella, pero Corina nunca le había dejado ir más allá de sujetarla por un brazo o pasarle el brazo por los hombros, especialmente cuando iban al cine a ver una película. Hoy todo era distinto, ella estaba correspondiendo a sus caricias y ya Jorge se las prometía muy felices, de modo que en un momento en que el conjunto musical paró de tocar, la invitó a ir a una de las terrazas que daban al mar, ya que los organizadores de la fiesta habían alquilado un salón cerca de la playa, inclusive se podía bajar por una de las escaleras de un costado, y caminar por la arena.

-Corina, ¿te gustaría caminar conmigo por la arena y acercarnos a la orilla del mar?

Jorge la había pasado el brazo por los hombros y la tenía bien pegada a su cuerpo. Ella no se resistió. Él no lo sabía, pero Corina estaba pensando en esos momentos que ya tenía que comenzar a olvidar a Marcos. Él no había hecho nada verdaderamente serio para aclarar las cosas con ella, porque aparte de unas llamaditas por teléfono, no había demostrado que de verdad le preocupaba, si al menos hubiese ido a su casa a tratar de hablar con ella, pero no, no se había molestado, de modo que ya tenía que alejarlo de su mente igual que él se había alejado de su vida, y si Jorge era cariñoso y agradable y a ella le gustaba su compañía, no veía razón alguna para no dejarse querer por él. Además, esos eran los consejos que le había dado su amiga Sonia, cuando ella le contaba sobre la aparente insistencia de Jorge de tratar de ir más allá de una simple amistad. "Sí, ¿por qué no? A mí me gusta Jorge y yo no soy diferente a las demás mujeres. Y si Marcos ha podido estar con muchas otras antes que conmigo, no sé porque tengo yo que privarme de hacer lo mismo. No tengo ya nada que perder. Después de todo ya no soy virgen y sé que me estoy privando de un placer que todos los jóvenes disfrutan simplemente por esperar por alguien que no me quiere como yo a él. Se acabó, de ahora en adelante voy a disfrutar la vida yo también".

Llegaron andando hasta la orilla del mar, el olor a salitre era muy agradable y la compañía de Jorge también le agradaba. Se sentía en cierta forma, querida, admirada, deseada. Y eso la hacía querer corresponder a las atenciones de Jorge. Por ello cuando él la volteó hacia sí para poder besarla mejor, ella se lo permitió y no solo eso sino que pasó sus brazos alrededor del cuello del chico. Se juntaron sus cuerpos y en ellos ardió el deseo, y no se contentaron con besarse sino que se acariciaron mutuamente hasta que se dejaron caer en la arena. Nadie pasaba por allí, estaban solos y por ello se olvidaron del resto del mundo y se entregaron el uno al otro. Esta vez, sin embargo, Corina pudo disfrutar mejor de su relación íntima con Jorge, y no solo eso, sino que una vez que consumaron su amor, él la siguió besando con mucha ternura y la abrazaba cariñosamente.

-Ay, Corina, no sabes tú los deseos que tenía de estar contigo. Has superado todas mis expectativas, eres una mujer fabulosa. Yo te confieso que hasta ahora creía que te deseaba solamente, pero me he dado cuenta de que tú eres algo más para mí. Yo no podría dejar de tenerte a mi lado, quisiera que fueses mi novia. No quiero ser más simplemente un amigo. Déjame saber que tú sientes por mí lo mismo que yo por ti. Te amo, Corina, te amo mucho.

Ella se dejaba besar y acariciar y aunque sabía que no sentía por este hombre lo mismo que había sentido por Marcos, tampoco le molestaba su interés, y de hecho pensaba que era una magnífica idea esa de poder continuar la relación con este buen hombre que la había respetado siempre, y que ahora, a pesar de lo que había sucedido entre los dos, la seguía tratando con el mismo respeto y ternura que antes. Ella estaba comenzando a sentir un gran cariño por Jorge, y no le contestó a lo que él le pedía, pero sabía que sí, que continuaría viéndole porque le había gustado estar con él y porque posiblemente la realidad fuese que Jorge era el hombre que la vida le tenía deparado. ¿Por qué negarse esta oportunidad de ser feliz? Se pegó a su lado y así estuvieron largo rato, hasta que él le dijo que sus amigos estarían extrañados de no verles en el salón, de modo que se encaminaron hacia el edificio, pero ahora iban abrazados como dos enamorados.

Giancarlo no había venido aún de Italia y Julieta se preguntaba si realmente vendría. No comprendía porque se sentía defraudada por la tardanza en venir a Alicante de su antiguo amigo de juventud. Él le había repetido varias veces en Italia que nunca había dejado de quererla, pero ella no había querido hacerle caso, se sentía ya como una persona mayor, pues tenía una hija que era ya una mujer y además ella era viuda, lo cual le impartía como un aura de respeto. Sin embargo, cuando Giancarlo le escribiera que pensaba venir a España, ella se había alegrado muchísimo, tenía deseos de volverle a ver. Nunca antes se había acordado de él, ni siquiera le había pasado por el pensamiento un recuerdo suyo, pero eso había sido antes, cuando aún vivía su querido Pedro, porque este llenaba todas sus horas y todos sus pensamientos, pero ahora estaba sola, Corina estaba ya crecidita, trabajaba, estudiaba, tenía amigos y casi no estaba nunca en casa. Llegaba bastante tarde y muy pronto se iba a dormir. Sí, ella tenía deseos de ver a Giancarlo. Había llegado a la conclusión de que estaba muy sola. Su hija, quien parecía haber estado locamente enamorada de aquel doctor Aguirre que la había contratado para trabajar con él, ahora parecía que ya no le interesaba nada de ese hombre, y se la pasaba saliendo muy seguido con otro joven, un tal Jorge. A Julieta le parecía que Jorge era buen chico, pero sentía que su hija salía con él para tratar de no pensar en el otro, en el doctor. Ojalá que se equivocase porque notaba que este nuevo chico miraba a Corina con mucho amor y ella se sentiría muy mal si su hija desilusionada como estaba después de su fracaso con Marcos, decidiera burlarse de Jorge. Pero bueno, Corina no le comentaba nada, se la pasaba todo el tiempo hablando por teléfono con su amiga Sonia, o con el mismo Jorge. Tenía que decirle un par de cosas a su niña, ya que notaba como que ella ya no confiaba tanto en su madre como había sido hasta la fecha. Mientras pensaba en todo esto, sonó el timbre de la puerta y se asombró. Era muy temprano para que Corina estuviese de regreso del trabajo y además ella tenía llave. Seguramente era alguien equivocado, abriría de todas maneras.

-Hola, cara Julieta, ¿cómo estás?-, Giancarlo entraba y la alzaba con sus potentes brazos, mientras reía notando la cara de sorpresa de Julieta.

-Déjame, déjame en el suelo. Loco, estás rematadamente loco.

-Perdóname, querida Julieta. Es que me siento tan feliz al verte. Estaba tan ansioso por llegar y encontrarte, que no lo he podido remediar. Tú sabes que yo te quiero bien.

-Sí, yo se que tú eres muy buena persona, pero eso no quiere decir que no estés loco.

-Sí, creo que eso es lo que pasa que estoy loco, loco por tu culpa, porque me dejaste esperando por ti toda mi vida.

-No puedes decirme eso, Giancarlo ¿qué sabía yo de lo que tú sentías? Además de que nunca me dijiste nada, al menos nada serio, tú sabes que hacía tiempo que Pedro y yo éramos novios. En fin, estamos hablando boberías. Ya somos unos adultos y no hay porque seguir hablando del pasado. Ahora dime ¿cuándo has llegado, ya estás en un hotel? ¿Cuánto tiempo piensas estar aquí?

-Julietita, no puedo contestar todo a la vez, espera que te cuente. Yo pensaba venir el mes pasado porque tengo unos negocios con mi ganado que resolver aquí, pero la cosa se retrasó y mi cliente me pidió que esperase un poco, por eso es que me retrasé en venir, pero estoy muy contento porque creo que voy a poder pasar más tiempo aquí del que esperaba, ya que este cliente me está gestionando otros asuntos con otros posibles clientes y eso me obligará a permanecer más tiempo en Alicante. Yo me alegro mucho porque así podré verte más a menudo y podré convencerte.

-¿Convencerme de qué? No pensarás venderme ovejas a mí también.

-Ja, ja, ja-, Giancarlo no pudo contener la carcajada, es que Julieta había tenido una ocurrencia que nunca pudo esperar él que le dijese.

-No, no voy a venderte nada, no tengo que venderte mi ganado ni nada por el estilo, porque todo lo que yo tengo será tuyo el día que tú quieras.

-Vamos, Giancarlo, ¿vas a volver con lo mismo que empezaste cuando estuvimos de visita en Italia?

-¿Por qué no? Tu familia te lo habrá contado. Cuando te fuiste me sentí muy triste, y nunca, jamás pude olvidarte. Si es cierto que tuve a una mujer, pero no fue nada serio. Siempre has estado en mi corazón. Y ahora que he vuelto a verte, he podido darme cuenta de que sigues allí en medio de mi pecho, como siempre has estado. Sí, querida Julieta, a eso es a lo que vengo a convencerte, a que te vengas conmigo a Italia. Yo quiero que tú seas la dueña de mi hogar, igual que siempre has sido la dueña de mi vida.

-Giancarlo, no sé pero me parece que los años te han cambiado algo. Lo que recuerdo de ti cuando éramos jóvenes es que eras un chico muy corto de muy pocas palabras, y ahora no eres así.

-Claro que he cambiado, he tenido que cambiar. Por culpa de haber sido como era, fue que Pedro se interpuso en mi camino. No, no me mires así, yo no tengo nada contra Pedro y menos ahora que el pobre ya falleció, pero siempre le envidié porque él pudo tener a lo que más he deseado yo en la vida, tu amor. Pero ahora no me iré de aquí hasta que consiga convencerte. Ya te lo dije, y te lo confirmo. Es más si quieres que le pida tu mano a tu hija, me espero a que ella llegue a casa y lo hago.

CAPITULO XIX

Corina estaba sentada en el saloncito de descanso del hospital. Una vez más estaba allí pensando mientras descansaba y bebía un café con leche. Recordaba a Marcos, él había sido el primer hombre que había conquistado su corazón, pero no pudo mantener la relación con él, no podía hacer lo que le había pedido. Una cosa era que se hubiese entregado a él porque le amaba y otra muy diferente actuar como él le pedía. Ella no quería eso para su vida. Ya sabía que mucha gente lo estaba haciendo, tal parecía que los jóvenes le temían al compromiso que implica casarse, porque firmar ese contrato aparentemente les obligaba a amarse para toda la vida. Ella no pensaba así, pues creía firmemente que precisamente porque una pareja se ama es que el siguiente paso es el matrimonio para confirmar que ese amor es verdadero. Al parecer, el amor de Marcos no era como el de ella, a él lo que le interesaba era solamente la parte carnal y aunque ella había aprendido que esa era una parte importante, no lo era todo. Ahora estaba teniendo relaciones con Jorge. De vez en cuando se encontraban en el apartamento de un amigo de él y allí tenían relaciones sexuales. Sí, lo hacían sin estar casados, pero es que a él no le amaba como había querido a Marcos. Sin embargo, ya Jorge la estaba presionando, él sí quería casarse. Qué curiosa es la vida, se decía Corina, el hombre a quien he amado con todas mis fuerzas no quería casarse conmigo, sin embargo, Jorge, quien ni siquiera me cuestionó porque lógicamente sabría desde el primer día que tuvimos intimidad que yo no era virgen, quería llevarla al altar, porque no se conformaba con un matrimonio civil, no, su familia era católica y aunque él no practicaba como la mayoría de sus compañeros, Jorge quería quedar bien con sus padres y el resto de su gente. A él no le había importado cuando ella le contara que su padre era judío y que aunque ella no practicaba religión alguna, mucha gente tenía algo en contra de la gente como su padre, y Corina no podía soportar que alguien hablase mal de los judíos delante suyo. Ahora, no solamente estaba el hecho de que tenía que tomar una decisión, ya que Jorge se acababa de graduar y ya estaba trabajando en un bufete de abogados para adquirir práctica pero pensaba abrir su propio bufete junto con un par de compañeros que habían terminado la carrera junto a él. Por eso era su interés en casarse rápidamente con ella, quería tener su propio hogar, demostrar que era un hombre respetable. Además, estaba lo de su madre, pues aparentemente ella salía mucho con el italiano ese que había sido su enamorado cuando eran jóvenes, y Giancarlo le había pedido a ella la mano de su madre. Qué gracia le dio ver a este hombrón, ya en sus más de cincuenta años, de rodillas pidiendo la mano de Julieta. Ella no podía decir que no, su madre se veía tan feliz desde que él había venido a verla, además ella no quería ser egoísta, su madre le había dedicado su vida y ya era hora de que ella también fuera feliz. Estaba tan metida en sus pensamientos que no escuchaba a su compañera que le hablaba.

-Corina, Corina, ¿dónde estás mujer? Vamos, tenemos que volver al salón de emergencia.

Se levantó rápidamente y aparcó por un rato sus pensamientos, aunque sabía que tenía que tomar una decisión sin tardar mucho.

No esperó más y aceptó casarse con Jorge, aunque para ello tuvo que prepararse primero dentro de los cánones de la religión católica, porque si se iba a casar por la iglesia era lo que se esperaba de ella. Su matrimonio fue sencillo, y ella se veía preciosa con el traje blanco contrastando con su pelo tan negro y sus ojos azules que brillaban mucho ese día. Quizás no era el día más feliz de su vida, aunque debería haberlo sido, pero tampoco se sentía desgraciada. Ella sabía que el que sería su marido, la amaba verdaderamente y por eso procuraría corresponderle, pues comprendía que el tiempo y la proximidad harían lo necesario para que eso sucediera. Decidió casarse porque su madre quería irse a Italia con Giancarlo, ella se había casado con él solo que civilmente, pero no quería dejar a su hija sola en Alicante. Julieta sabía que tenía novio porque Jorge ya visitaba la casa con asiduidad y ella notaba que este chico sí que quería a su hija, se pasaba todo el tiempo hablando de su futura boda, y Corina no tuvo más remedio que aceptar el casarse antes de que su madre se marchase.

Julieta y Giancarlo se marchaban a Italia ya que vivirían en la casa de él en Pimonte. Entonces Corina y Jorge se decidieron a comprar un apartamento. Más bien lo compró Jorge porque ella no tenía suficientes medios económicos para hacerlo, aunque él la puso a ella como heredera del piso. De modo que al marcharse Julieta, y ya una vez casada Corina y Jorge no vivirían en la casa donde había vivido la chica toda su vida. De cualquier manera era un piso de renta, de modo que no tenían nada que perder.

Su madre y Giancarlo decidieron marcharse en viaje de novios a Madrid, ya que él no había estado allí y ella tampoco, así que aprovecharon la oportunidad no solamente para pasar sus primeros días de casados sino para conocer la ciudad. En contraste, Corina le pidió a Jorge ir a Venecia en su viaje de luna de miel. A Jorge le encantó la idea ya que él había visitado una vez esa ciudad y sabía que a su novia le gustaría mucho. Corina y Jorge partieron una vez celebrado el matrimonio y después de que ellos se marcharon, Julieta había liquidado todo lo que había en su apartamento, y no quiso llevar con ella recuerdos del pasado, por respeto a su nuevo esposo y porque ella sentía que tenía que comenzar su vida de cero ya que casarse con Giancarlo no significaría que olvidaría que Pedro había sido su primer amor, pero ahora se debería a su actual marido, y este no quería nada que se interpusiera entre los dos.

Corina había pedido un par de semanas de licencia para efectuar su boda y luego su viaje de novios. En el hospital no se opusieron aunque esperaban que ella continuase trabajando allí. De sus conocidos de antes, solamente Sonia acudió a su boda.

-Vas a ser muy feliz con Jorge, amiga, lo sé, porque él te quiere mucho y tú serás una buena compañera para él. Creo que vas a tener muchos hijos.

-Sonia, acabo de casarme, no me hables ya de hijos, es muy pronto.

-Lo sé, pero conociéndote y sabiendo lo mucho que has querido siempre tener una familia porque no la tuviste, estoy segura de que tú serás madre de varios pequeños. Pero no te creas que yo me quedaré para vestir santos. Si tu primo Carlo ya se casó porque me lo contó tu madre, pues yo me voy a buscar un novio de verdad. Ya tengo ganas de sentar cabeza y tener mi propia familia.

-Ojalá querida Sonia. Pero no corras, espera a que yo regrese de mi luna de miel. Quiero ser tu madrina de bodas.

-Te lo prometo, solo si tú me permites se la madrina de tu primer hijo.

-Vaya con lo de los niños. No sé qué bicho te ha picado con eso. Creo que el crío va a llegar antes de que lo mandemos a hacer.

-Estás muy graciosa. Se nota que ya te sientes toda una señora mayor simplemente porque te has casado.

-No, no es eso. La verdad es que creo que sí que pronto seré madre, porque Jorge quiere tener hijos enseguida y él es tan bueno conmigo que no me voy a negar.

El viaje de novios fue muy bonito porque efectivamente Venecia con sus canales y sus góndolas, y su Plaza de San Marcos llena de palomas y los conciertos en los pequeños cafés de la plaza, y sus rincones con esas callecitas estrechas donde no entran automóviles, es verdaderamente una ciudad para el amor, especialmente porque estaban en la época más bonita del año, la Primavera. Corina quería a Jorge, aunque sabía que no sentía por él, el mismo amor que él por ella, pero se esforzaría en hacerle feliz, él se lo merecía y ella creía que ya era hora de que ella también lo fuese.

Como Julieta y Giancarlo pasarían solamente una semana en Madrid y desde allí volarían directamente a Italia, Corina y Jorge quedaron con ellos en pasar al menos un par de días en Pimonte en la casa del esposo de Julieta, antes de regresar a Alicante. Así Corina quedaría más tranquila sabiendo que su madre estaba bien en su casa de Italia y de paso ellos conocerían la misma, especialmente Jorge quien aprovecharía para conocer así a la familia italiana de su mujer.

-Giancarlo, amore, nosotros no podremos tener hijos ya porque estamos comenzando una nueva vida en una edad en la que ya eso no es aconsejable, pero tú sabes que mi hija Corina te aprecia mucho porque sabe que tú eres bueno conmigo, así que ella será como una hija para ti. Ojalá ahora que se ha casado ella también pueda darnos muchos nietos, así yo recordaré cuando fui madre y tú sabrás lo que es tener a un bebito entre tus brazos.

-Y eso es lo que yo también deseo. Ahora cuando tu hija y su marido pasen por aquí antes de volver a España, yo voy a tener una conversación con Jorge. Le voy a pedir que comiencen a trabajar para que nos den muchos nietos.

-Qué gracioso me suena eso. Ni que el hacer hijos fuese un trabajo. Vaya que trabajo. Creo que para ellos no será nada desagradable el trabajar duramente-. Julieta reía de su propio atrevimiento al hacer este comentario. Se sentía muy segura de sí misma porque había encontrado en Giancarlo un gran apoyo en su vida y ahora que también podía estar cerca de su familia era mucha su alegría. Lo único que lamentaba era que su hija estaría lejos ya que como era de esperarse viviría junto a su marido en Alicante. Pero ella sabía que podría viajar a verla con frecuencia, igual que Corina y Jorge podrían venir a su casa no tan frecuentemente, pero sí cuando tomasen vacaciones.

Marcos Aguirre, mientras tanto, seguía su vida de siempre, trabajaba muy duro en su consultorio, tenía muchos pacientes y le estaba yendo muy bien, pues su clientela estaba dentro de la gente adinerada del área. De modo que no solamente tenía un asistente, sino que ya tenía dos empleados más. En su vida privada, no mucho había cambiado, ahora Neus le visitaba pero con menos frecuencia, y él notaba que ya ella no tenía mucho interés en él. Lo sabía porque una de las tantas veces que ella le habló de la posibilidad de que ellos se casaran y él había respondido lo de siempre, que él no tenía apuro en complicarse la vida con un matrimonio, ella le había dicho algo que nunca esperó que le dijera.

-Marcos, te digo la verdad, no pienso pasar mi juventud como tu querida de vez en cuando, es decir cuando a ti te apetece. Yo quiero ser una mujer casada, pertenezco a una buena familia y no puedo ser la deshonra de mis parientes. Así que te doy un tiempo, un mes a lo sumo, piénsalo, si decides seguir como ahora, entonces creo que nos despediremos.

Marcos no le había hecho caso al comentario de Neus, porque ella siempre andaba con lo mismo, que no iba a estar toda la vida de amante suya, que ella quería casarse, y que ya estaba cansada, pero él sabía que todo eso no eran más que palabras, que al final volvería a su lado cuando él la llamara. ¿No lo había hecho siempre?

Algunas veces pensaba en Corina, con ella sí que se hubiera casado, pero él había sido un estúpido, nunca más volvió a verla desde aquella mañana en que le propuso que se fuese a vivir con él. No le respondió sus llamadas. Es cierto que él podía haber ido a su casa como había hecho una vez y pedirle que cambiase de opinión, pero no se atrevió, ya que sabía que si lo hacía, ella le haría renunciar a su soltería, y no era eso algo que estaba en sus planes. Él quería seguir como estaba, haciendo lo que le daba la gana. No, esa niña estaba equivocada. Ya la vería volver un día a pedirle que estuviera con ella. Después de todo él había sido su primer hombre y las mujeres son muy tontas, especialmente Corina que tal parecía que no era de esa época ya que no era normal que una chica con más de 22 años, casi 23, todavía no hubiera tenido sexo con un hombre. Pero sí, ella parece que era algo anticuada. Aún así, él no se quería casar. Volvería, eso lo tenía él muy claro. Pero no volvió y el tiempo pasó y su vida siguió como siempre, entre el consultorio, sus encuentros con Neus de vez en cuando y con otras mujeres cada vez que alguna se cruzaba en su camino. Él tenía que aprovechar su juventud. Además no quería tener problemas con su madre ya que esta siempre le había mimado mucho y ella no hubiera aceptado nunca que él se hubiese casado con una judía, aunque ella no practicaba la religión, pero al final era hija de un judío y su madre detestaba a esa gente.

Alguien le comentó en el club que había leído en el periódico local la reseña del matrimonio de la que había sido su asistente y que ella se había casado con un abogado que al parecer estaba siendo muy nombrado ya que aparte de su profesión estaba relacionado en el ámbito político. Marcos pensó que eso no era posible, que su Corina no podía estar con otro hombre que no fuese él. No le dijo nada a la persona que le hizo el comentario, pero buscó el periódico que le había mencionado y pudo leer él mismo la noticia.

-Está loca, ¿cómo ha podido hacerme eso? Ella es mía, no puede ser de nadie más-. Mientras decía esto en alta voz aunque estaba solo, pensaba que era su culpa, porque él la había perdido al no querer casarse con ella. —No importa, se cansará de ese tipo, sea quien sea, porque solamente me quiere a mí. Vendrá a mí algún día, yo no tengo prisa. Total, voy a seguir mi vida sin ella.

CAPITULO XX

Habían pasado cinco años de su boda y Corina no concebía ya la vida sin su Jorge. Él supo hacerla feliz durante todos esos años y además gracias a él y a su matrimonio ya tenía dos hijos que eran su mayor alegría. Ella continuaba trabajando pero ya no lo hacía en el hospital, ahora trabajaba como asistente de un pediatra y le gustaba mucho su trabajo porque al ser madre había comprendido lo mucho que le gustaba estar cerca de los niños. Además, su jefe era quien atendía a sus hijos, una hembra que ya tenía cuatro añitos y se llamaba Gina como la tía italiana de Corina y un varoncito de solamente dos que se llamaba igual que su padre. Curiosamente los niños no se parecían a Corina, puesto que ambos eran rubitos. Casi todos los años desde que se habían casado, Corina y Jorge usualmente disfrutaban de unos días en Italia ya que la madre de Corina vivía en un inmenso caserón propiedad de su esposo Giancarlo. En uno de sus viajes aprovecharon para asistir al matrimonio de la prima Julieta que se casaba con su novio de toda la vida Paolo Salvatore, eso había sucedido unos tres años atrás cundo aún no había nacido Jorgito, y ahora Julietita era madre de una niñita, rubita también. En estos momentos Corina se encontraba en su dormitorio en el bonito chalet en el que vivían desde hacía cuatro años. Estaba ordenando sus álbumes de fotos y viendo la foto de la hija de su prima pensó que habían sucedido muchas cosas en estos últimos años. Ella estaba felizmente casada, tenía hijos, un hogar y amaba a su esposo. ¿Qué sería de la vida del Dr. Aguirre? De pronto Corina se sorprendió por la pregunta que afloraba en su cabeza. A ella ¿qué podía importarle ese hombre que la había ofendido tanto? Pero aunque lo negara, ella seguía acordándose de él, no en balde había sido el primer hombre en su vida. Nadie le había hablado de él en estos cinco años, ni siquiera su amiga Sonia que estaba desconocida porque ella que tanto se jactaba de vivir la vida loca como era la moda decir en esos días, ahora estaba casada, tenía un hijo, no trabajaba y se había convertido en la clásica "Maruja" que es como le llaman en España a las amas de casa. De vez en cuando hablaban por teléfono y también se veían algunas veces, especialmente en la celebración de los cumpleaños de los niños de cada una. Sus confidencias ahora nada tenían que ver con el sexo, sino con los críos, que si le salió los dientes a uno, que otro se cayó y se lastimó una rodilla, que tenían que comprar ropa nueva para llevarles a la guardería. En fin, ambas no tenían tiempo más que para sus hijitos.

Marcos Aguirre, sin embargo, no estaba tan plácidamente feliz como ellas. Ganaba muchísimo dinero, ahora tenía un departamento de lujo. Ya no veía a Neus, pues desde hacía cinco años ella le había dejado plantado harta ya de que él no quisiera formalizar sus relaciones y se había casado con un extranjero y se había marchado a Francia. Marcos no tenía novia, ni mujer fija, solamente se dedicaba a trabajar y ganar dinero. Esa era su obsesión ahora. Su padre había fallecido y su madre estaba cada vez más insoportable, al extremo de que ya él apenas la visitaba. Seguía con sus aires de grandeza y no aceptaba que las cosas en España habían cambiado y que ya a nadie le interesaba la aristocracia, considerando que ella dentro de ese grupo era considerada una advenediza ya que toda la gente sabía de sus comienzos y que su origen era bien humilde. Además, y Marcos nunca supo cómo ella se había enterado, Fernanda no hacía más que decirle que él había tenido mucha suerte porque esa chiquita judía le dejara, ya que ella nunca hubiese consentido que su hijo se casase con alguien perteneciente a ese grupo de gente, y lo decía además de una forma bien despectiva. A él nunca le molestó el hecho de que Corina fuese de sangre judía porque él era bastante abierto en ese sentido y pensaba algo parecido a su padre, que siempre fue muy liberal. Aún así, reconocía que él no había insistido con Corina precisamente por no enfrentarse a su madre, y se consideraba un cobarde por ello, y ahora ya no le interesaba tener una familia o no tenerla. Por otra parte, además de trabajar, Marcos se la pasaba en el club, jugando al póker y bebiendo. No era un borracho, pero bebía bastante. Sus amigos más cercanos siempre le aconsejaban que se acabara de casar porque él necesitaba sentar cabeza, pero ya no encontraba a ninguna mujer que le gustara lo suficiente para eso que él llamaba un sacrificio. Pero ya estaba a punto de cumplir 36 años y todos sus amigos de juventud se habían casado, menos él. Por eso, ahora no tenía compañeros con quienes salir, ya que todos tenían esposa y muchos tenían hijos, todos, menos él. Allá ellos, pensaba Marcos, yo soy libre como el viento.

Corina estaba en la consulta de su jefe el Dr. Machado, cuando llamaron por teléfono. Una señora preguntaba si podía llevar a su bebé a que viera a su hijo. Cuando Corina luego de preguntarle las cosas de rigor, preguntó también quien le había recomendado a que llamase allí, la señora le informó que su nombre se lo había dado su doctor ya que ella tenía problemas con sus bronquios y era paciente del Dr. Marcos Aguirre y este le había recomendado que llevara a su pequeño a que le viera un pediatra, por esa razón era que llamaba. Corina nunca pensó que escuchar el nombre de Marcos la afectaría tanto, pero sí, de pronto volvieron a su mente muchos recuerdos del pasado, de un pasado que ella había querido enterrar el día que aceptó a Jorge como su esposo. Hasta la fecha había sido así, no pensaba en él ni en lo que habían vivido juntos, pero a pesar de que nunca se lo diría a nadie, ella sabía que su tonto corazón aún sentía algo por ese hombre.

-Hola, señorita, por favor ¿me ha escuchado, puede darme un turno para que el doctor vea a mi hijo?-. La señora que llamaba insistía ya que Corina se había quedado callada y no le contestaba. Finalmente, ella reaccionó y le confirmó un día y una hora para que la señora trajese a su hijo.

Esa noche mientras acostaba a los niños, volvió a revivir los recuerdos que habían aflorado en su mente con la llamada de esa señora pidiendo un turno para su hijo. Miraba a su hija y pensaba que ella podía haber sido hija de Marcos.

-¿Seré idiota?, no entiendo porqué vienen estos estúpidos pensamientos a mi mente. Jorge no se merece que yo le traicione ni con el pensamiento. Él se ha portado muy bien conmigo siempre, jamás me preguntó nada de mi pasado, que aunque efectivamente no era mucho lo que tenía que contar, si era algo serio, al menos para mí, ya que nunca pensé entregarme a un hombre tan fácilmente como lo hice con Marcos. Jorge, mi querido Jorge, tan buen compañero, y mejor padre. No, no puedo seguir pensando en Marcos. Él murió para mí hace ya muchos años.

Cuando entró en su dormitorio, Jorge ya estaba medio dormido y ella se acostó a su lado y le abrazó con mucho cariño, como para demostrarse a sí misma que solamente a él era a quien ella quería y a quién querría siempre.

Sonia y Corina estaban sentadas tomando un helado en su lugar favorito, la cafetería del complejo de tiendas donde siempre se reunían cada vez que tenían algo importante que contarse. Los chicos estaban en la escuela y Corina tenía ese día libre, por eso ambas amigas decidieron verse y conversar a solas ya que nunca tenían esa oportunidad.

-Corina, ¿quién me iba a decir a mí que yo me convertiría en toda una ama de casa? Yo, que estaba como loca cuando vino tu primo Carlo y que solamente tenía en mi mente el pensar en los momentos que pasamos juntos. No creas, yo me enamoré de tu primo, pero bueno, fue un amor de poco tiempo, porque la realidad es que después estuve saliendo con otros chicos hasta que conocí a mi marido Paco. Fíjate que él estaba de Rodríguez porque tú sabes que él era casado cuando le conocí pero su mujer se había ido de vacaciones a Galicia a ver a su familia mientras que él se quedaba solo aquí. Qué curioso porque él se llama Francisco Rodríguez y se quedó de Rodríguez-. Sonia se reía de su propia ocurrencia, y es que ella se la pasaba hablando de su Paco o de su nena, ya no era la loquita que se llenaba la boca en decir que tenía muchos novios. —Pero Corina, ¿a ti que te pasa? Llevo un buen rato hablándote y tú como si oyeras llover, hija ¿tienes algún problema?

-¿Cómo, qué?, no, no tengo problemas, pero sí estaba pensando en algo, y la verdad es que tengo que hablar con alguien. Por eso me alegré mucho cuando me dijiste que hoy podías venir aquí para conversar conmigo.

-¿Qué es eso tan grave que tienes que hablar? Espero que no tengas problemas con Jorge. Porque chica, no sé lo que está pasando últimamente pero cada vez que hablo con alguna amiga, o se está separando del marido, o el marido la engaña o es ella la que lo engaña a él. Espero que a ti no te pase nada de eso.

-No, no me pasa nada de eso. Sin embargo, en estos días me siento algo confundida.

-No te entiendo. Tendrás que contarme más para poder aclararte, suponiendo que pueda aclararme yo antes.

-Tú sabes, Sonia, lo que me pasó con el Dr. Aguirre.

-¿No me digas que la cosa viene por ahí?-. A continuación, Corina le contó lo que sintió cuando escuchó su nombre por alguien que pedía un turno.

-Bueno, pero es que es normal que los médicos se refieran pacientes y si esta señora es paciente de Marcos y tiene un hijo pequeño es lógico que si ella le pregunta le dé el nombre de un pediatra. La casualidad aquí es que el nombre que le dio es el del Dr. Machado, tu jefe.

-Claro, esa es la cosa. Pero eso no es el problema. La cosa es que yo comencé a recordar lo que me sucedió con él y nunca antes había vuelto a pensar en eso. Es que sentí que estaba traicionando a Jorge.

-No seas boba, Corina. Es normal que te recordases de aquello cuando escuchaste su nombre. Después de todo aquello fue un cambio radical en tu vida. Dejaste de ser una ilusa para convertirte en una mujer hecha y derecha.

-Lo que más me angustia de recordar aquello es que no quiero hacerlo, pero en mi mente lo sigo viendo y se me estruja el corazón cada vez que me imagino su cara en mi memoria.

-Yo no puedo creerlo. ¿Sigues enamorada de ese sinvergüenza?

-No, claro que no. No, no sé, la verdad, no sé ni que es lo que siento. Soy una malvada, es que Jorge no se merece ni que yo hable de esto.

-No te agites, Corina, tú eres un ser humano y yo sé que estabas muy enamorada de ese hombre y que si llegaste a lo que llegaste con él fue precisamente porque ya no podías aguantarte más, lo estabas deseando desde hacía mucho tiempo. Es más, me imagino que después que pasó aquello ya tú te la prometías felices porque pensabas que serías su esposa y formarías una familia con él. Por eso el desengaño fue más grande. Pero no te atormentes más. Esas cosas suceden a todo el mundo. Tú no eres diferente a los demás. Lo malo sería que un día volvieras a verlo y cayeras nuevamente en sus brazos, entonces sí que estarías haciendo algo terrible. Los pensamientos son libres y nadie puede controlarlos. Trata de no pensar más en él. Olvídale otra vez. Ya lo habías conseguido. Mira, ya te desahogaste contándomelo a mí, así que ya lo sacaste de tu sistema. Ahora hablemos de nuestros hijos y olvidemos al cretino de Marcos.

Corina agradecía las palabras de su amiga, pero lo que ella acaba de decir le había dado más miedo, precisamente eso era lo que ella temía, el día en que por azares de la vida, se encontrase con él.

Y se encontró con Marcos. Tal parecía que de tan solo pensarlo, tenía que suceder. Fue una cosa bien simple. Ella había ido a una oficina de suministros médicos para reclamar unos productos que no les habían entregado correctamente, y cuando salía de allí, casi se tropieza con él, de hecho se chocaron sus brazos. Cuando alzó la vista para disculparse con la persona porque ella sabía que iba distraída, vio los ojos de él y se quedó paralizada.

-Corina, pero que guapa estás. No me creerás pero estuve pensando en ti en estos días-. Era cierto que él la había recordado y se había lamentado de su cobardía, pero para Corina este encuentro fue un mal presagio. Ella no quería pensar en él y mucho menos verle. Ahora viendo su cara, y sintiendo su mano sujetando su brazo con un gesto que simplemente era amistoso, ella sintió de nuevo algo parecido a lo que había sentido aquella vez en el consultorio de él.

-Ah, sí, que bien. Me alegro de verte. Estás muy bien tú también-. Quería salir corriendo y no ver más sus ojos, su boca, pero no se movía, no podía, estaba como una estatua que habla.

-¿Tienes mucha prisa? Te lo digo porque me gustaría invitarte a tomar un refresco en la cafetería de la esquina. Hace tanto tiempo que no nos vemos que me encantaría hablar contigo, saber de tu vida. Dime que puedes, por favor.

-Sí, no hay problema, te espero-. Pero eso no era lo que ella tenía que decir y lo sabía. Ella tenía que haberle dado una excusa y salir corriendo de allí sin volver la cara, sin embargo aceptaba su invitación como si la última vez que se hubieran visto hubiera sido ayer.

Marcos solamente venía a dejar una nota a la recepcionista, de modo que se tardó menos de un minuto. Se dirigió a la entrada del local donde le esperaba Corina y la tomó por un brazo con la seguridad de que ella era algo que le pertenecía. Se encaminaron hacia la cafetería de la esquina que era un lugar muy elegante ya que estaba situada en un área comercial de mucha categoría. Cuando entraron, el empleado reconoció a Marcos enseguida, aparentemente era cliente de ese lugar, y por ello le condujo hacia un rincón desde donde se podía ver a todo el que entraba, pero donde era casi imposible que los demás viesen quienes estaban allí. Muy discreto, afín a su personalidad. Marcos se adelantó y pidió para ambos unos combinados de esos que beben la gente de la Jet Set, muy bonitos y con sombrillita.

-Corina, Corina, pero que bien te ves mujer. Estás mucho más guapa que la última vez que nos vimos. Parece que el matrimonio y la maternidad te han sentado muy bien.

¿Para qué mencionaría eso? Corina sentía que ese comentario era como un dardo envenenado que él le estaba lanzando para lastimarla para que comprendiera que ella era la que estaba haciendo mal acompañándole a este lugar, ella, una mujer casada y con hijos. Sin embargo se asombró de escucharse decir:

-Gracias, muy halagador el cumplido. Tú también te ves muy bien, no pierdes ese aire de gente importante que siempre has tenido. Solamente te encuentro algo más gordito, vamos, más rellenito, pero no te ves mal.

-No estoy más gordito, estoy más gordo, es la verdad. Además me veo viejo, ya cumplí 36 años y no he hecho nada importante con mi vida.

-Yo creo que sí, tengo entendido que eres un médico muy famoso y que has ganado mucho dinero.

-En ese aspecto tienes razón, no puedo quejarme del éxito de mi consultorio, me ha ido muy bien y estoy ganando mucho dinero, pero ¿de qué me sirve tanto dinero si no soy feliz?

-Marcos, la felicidad no la da el dinero, es cierto, pero tú siempre has tenido muchas oportunidades en tu vida para llenar el vacío que aparentemente tienes y que no te deja ser feliz.

-Es verdad, una de ellas fue cuando fui tan torpe que te dejé salir de mi vida, cuando tú eras la mujer que más he deseado y amado desde que soy un hombre.

-No me hables de esa manera, porque tendré que marcharme. Recuerda que soy una mujer casada y no es correcto que me digas esas cosas.

-Eres una mujer casada, pero no eres tonta, sabes que lo que te digo es la verdad. ¿Por qué crees que sigo soltero?

-No habrás querido casarte. Si mal no recuerdo ese era tu lema, el permanecer soltero ya que no te interesaba para nada perder tu libertad.

-No, no es del todo cierto eso que dices. En una ocasión puede que haya sido así, pero mucho lo he lamentado y hoy que te tengo tan cerca comprendo lo estúpido que fui perdiendo tu amor.

-Marcos, me voy a marchar-. Decía eso, pero no se movía de su asiento. Era como un sentimiento en el que se enfrentaban dos cosas, su sentido de la fidelidad a su marido y la atracción que este hombre aún ejercía sobre ella.

-No, por favor, no te vayas. No te ofendas. Te digo estas cosas porque me las he estado repitiendo una y mil veces desde aquel día hace más de cinco años. Perdóname, no te hablaré más de esos temas. Cuéntame, aparte de atender a tu marido y a tus hijos ¿qué más haces?

-Estoy trabajando como asistente en la consulta del Dr. Machado, el pediatra, que por cierto hace unos días nos referiste al hijo de una paciente tuya.

-Ah, sí, ahora recuerdo. Me alegro por ti. El Dr. Machado es una buena persona, y como es un hombre mayor no tendrás problemas con él, ya que si estuvieras conmigo no podrías trabajar tranquila.

-Marcos, vuelves a lo mismo.

-No, ya no, te lo prometo. Es más quería invitarte a que una tarde pasaras por la consulta, quiero que veas los arreglos que hemos hecho, te vas a sorprender. ¿Crees que podrás venir?

-No sé, puede. La verdad es que no debería ir.

-Pero ¿por qué no? Yo no te voy a hacer nada. Te lo prometo, solamente quiero que me des tu opinión de cómo ves las oficinas. Creo que te van a gustar. Por favor, dime que sí que vendrás una tarde a verlas.

-Está bien, pero tendrá que ser la semana que viene el martes que tengo libre por la tarde y pensaba darme una vuelta por las tiendas, así pasaré un minuto por tu oficina y luego me voy a mis compras.

-Perfecto, has escogido un buen día porque el martes solamente tengo un par de pacientes y los veré en la mañana, así podré enseñarte las nuevas instalaciones, ya que como vas a ver he ampliado el consultorio. Estoy seguro de que te va a gustar.

-Bueno Marcos, gracias por la invitación, pero ya tengo que marcharme, ya llego tarde para recoger al niño en la guardería, ya que la niña la recoge la asistenta. Te llamaré antes de pasar a ver tu oficina. ¿Sigues teniendo el mismo número?

-Sí, el mismo. Y gracias a ti por la compañía-. Se puso de pie y galantemente la acompañó hasta la puerta del local donde ella se despidió porque tenía su auto aparcado cerca de allí. Luego, Marcos regresó a la mesa en la que estuvo junto a Corina.

-La verdad es que no le he mentido al decirle que me he arrepentido mil veces de haberla dejado marchar. Y ahora al verla, comprendo lo tonto que fui. Pero ¿quién sabe? Tengo esperanzas de volver a conquistarla. Ojalá se me de esta corazonada.

Corina iba conduciendo camino de la guardería y se maldecía por su poca dignidad. Sabía que no había actuado como una señora casada felizmente y que respetaba a su marido. Ella no tenía que haberle aceptado la invitación a beber nada, pero no se pudo resistir. Y ahora había quedado con él en visitar su oficina, ese lugar que le traería tantos recuerdos. No, no iría, no debía, no podía, no era correcto, pero cuánto le gustaría hacerlo.

CAPITULO XXI

Con el transcurrir de los días ella olvidó su encuentro con Marcos ya que se sumergió completamente en sus asuntos caseros, sus hijos, su esposo, todo lo que había sido su apoyo para la vida que vivía en esos momentos. No quiso volver a pensar en Marcos, pero llegó el martes en la mañana y sin pensarlo marcó el número de teléfono de él.

-Hola, Consulta del Dr. Aguirre.

-Me pasa con el doctor por favor.

-¿Quién le llama?

-Dígale que es….su prima, sí, su prima.

-Hola, prima, ¿quién eres?

-Soy yo, Marcos, no quise decir mi nombre porque no sé si esta chica sabe quien soy-. Corina había comenzado la cadena de mentiras que iría enlazando desde ese momento en adelante.

-Te espero esta tarde, a las 2. No tardes-. Y colgó sin esperar su respuesta, dando por seguro de que efectivamente ella estaría allí.

A las dos de la tarde Corina se detenía frente a la puerta principal del despacho del Dr. Aguirre. Cuando iba a pulsar el timbre, él mismo le abrió la puerta.

-Pasa, te esperaba. No te preocupes, nadie te verá. A estas horas no hay nadie en el despacho, pasa, por favor-. Él también se hacía cómplice del misterio, al parecer sentía que era una situación muy interesante.

Corina entró despacito mirándolo todo con interés. Efectivamente el despacho estaba bastante cambiado, él se mostró las nuevas habitaciones con los equipos que había adquirido, el mobiliario, los archivos que ella conocía ahora eran mucho más grandes y sofisticados, recordó su mesa de trabajo, pasando los dedos por encima de la misma.

-Ven Corina, pasa, te voy a enseñar mi despacho como está ahora. Tengo instalado un baño privado que no se aprecia cuando entras, pero que está detrás de mi mesa de trabajo. Además tengo muebles nuevos, solamente mantengo alguno de cuando tú estabas trabajando conmigo. Y si te fijas, tengo cuadros nuevos. ¿Qué te parece éste?-. Le mostraba una pintura de una playa que Corina conocía muy bien, era una réplica de una postal que le había enviado cuando ella y su madre viajaron por primera vez a Italia. Se quedó mirándola fascinada por el detalle de haber hecho copiar su postal en una pintura tan bonita y que estaba colgada justo en la pared encima del sofá donde ellos habían tenido aquel encuentro amoroso que ella jamás olvidó.

Estaba tan absorta mirando el cuadro que no se percató de que Marcos se le había aproximado por la espalda y la abrazaba besándole el cuello. Ella se estremeció, supo que tenía que rechazarlo, pero su cuerpo no obedeció a su mente y se volvió para encontrarse con los labios de él que casi mordieron su boca en un beso tan profundo como ella no recordaba haber recibido nunca, ni siquiera de él. Ese beso fue el preludio de otros más, de las caricias que ella recordaba, sus manos en su espalda, abriendo la cremallera de su vestido, quitándole el sostén y el resto de su ropa hasta dejarla completamente desnuda, mientras ella le ayudaba a quitarse la camisa. Ya no se podía contener y una vez más sucumbió al deseo de estar nuevamente con este hombre al que jamás había podido olvidar. Ese día fue el primero de muchos otros en los que los amantes se entregaron al disfrute de su amor y su pasión. Cada vez que ella entraba en ese despacho, desaparecían de su vida su marido, sus hijos, su hogar, todo, solamente estaban él y ella, y no necesitaban nada más.

Llevaban varias semanas en las que todos los martes a partir de las dos de la tarde se encontraban Marcos y Corina. Ya no lo hacían en el despacho de él, sino en su departamento, porque la realidad es que era más cómodo y estaba localizado en un área que no tenía que frecuentar ningún conocido de ella, pues era donde vivía la gente de mayores posibilidades económicas. De todas maneras, Corina hacía lo mismo que la primera vez que se encontraron después de tantos años sin verse, iba en su coche al complejo donde estaban las tiendas y lo aparcaba allí, tomaba un taxi que la conducía al departamento de Marcos y al regreso hacía lo mismo.

Uno de esos martes, después de haber saciado sus ansias de amor y de pasión, estaban aún acostados en la enorme cama del dormitorio de él, cuando Corina comenzó a sollozar.

-¿Qué te sucede, cariño? ¿Por qué lloras así? ¿Es que te he hecho algo que no te ha gustado? ¿Te lastimé acaso?

-No, no lloro por tu culpa. Lloro porque soy una mala persona.

-No digas eso, yo creo que tú eres la mejor persona del mundo.

-Es que pienso en Jorge, mi marido, y en que yo que nunca quise irme a vivir contigo sin estar casados, ahora estoy en tu apartamento y no soy tu novia, ni tu mujer, sino tu amante.

-Querida, sabes que esto tiene fácil solución. Te lo he dicho muchas veces. Sepárate de Jorge. Yo sé que es mí a quien tú quieres, no entiendo porque no le pides el divorcio y te vienes a vivir conmigo.

-No, no puedo, Jorge no se merece que yo haga algo así.

-Algo ¿cómo? ¿Pedirle el divorcio? Chica, perdóname pero yo no entiendo tus reparos y tu moral. Según tú tu marido no se merece que le pidas el divorcio. Entonces ¿crees que se merece que lo estés engañando conmigo todas las semanas, que mientras le cuentas una mentira como esa de que vas a las tiendas, lo que haces es venir a mi casa a acostarte conmigo?

-No me digas esas cosas. Estás siendo muy duro conmigo. Sabes que yo nunca he querido hacer esto.

-No lo querrías, pero lo haces. Corina, no podrás acusarme de nada, yo disfruto mucho tu compañía y el estar haciendo el amor contigo, pero nunca te he obligado, no te puse un puñal en el pecho para que te acostaras conmigo, ni lo hice la primera vez cuando aún eras virgen, ni ahora cuando volvimos a encontrarnos. Estás conmigo por tu propia voluntad. ¿Vas a decirme que no eres tú la que deseas estar aquí y acostarte conmigo aunque sea solamente una vez a la semana?

-Es cierto, pero por eso mismo es que me considero una persona mala. No te acuso de nada, tú no tienes la culpa de que yo tenga tan poca voluntad, que me haya comportado como una mujer fácil, como una cualquiera.

-No, no te llames una cualquiera, no lo eres. Simplemente es que eres una mujer enamorada. No te lo digo por presunción porque no es esa mi intención. Yo sé que si estás conmigo es porque me quieres y porque aunque te lo negaras a ti misma ese sentimiento te ha estado acompañando todos los días desde el primer beso que nos dimos. Tienes que decidirte, mi amor. Yo entiendo que no es fácil, pero creo que es lo más honesto. Además, yo no me conformo con tenerte solo unas horas a la semana, quiero que estés conmigo todas las noches, no solamente para tener sexo aunque lo disfrute mucho, sino para disfrutar de tu compañía, porque tú lo sabes, yo también te quiero.

-Lo sé, de hecho si no hubiera sido así, ya te habrías casado con otra.

La realidad era muy diferente, aunque si bien era cierto que Marcos quería a Corina a su manera, y le gustaba mucho ella, no era esa la razón por la que no se había casado con otra mujer. Simplemente, no lo había hecho porque él no creía en el matrimonio, nunca se vio firmando un documento que le atase para toda la vida, y mucho menos ir frente a un cura para que bendijese su unión, y mucho menos complicarse la vida diciéndole a Fernanda, su madre, que se iba a casar con una judía. Pero si ella prefería pensar así, no era él quien iba a sacarla de su duda. Él lo que quería es que ella dejase a su marido, no le importaba nada lo que ese hombre sufriría y mucho menos lo que sufrirían los hijos de Corina, a fin de cuenta no eran sus hijos, y ni siquiera les conocía.

-Claro, Corina, menos mal que te has dado cuenta. Fíjate, no te voy a meter prisa, pero creo que no debías esperar mucho más. Ya es tiempo de que hables con tu marido y te separes de él. El día que lo hagas sabes que lo único que tienes que hacer es venir para mi casa, eso es todo.

Aunque él no le hablaba de casarse después de que ella se separase de Jorge, Corina estaba tan ciega de amor por Marcos, que lo dio por entendido, y se hizo el propósito de no demorar más su conversación con Jorge. No pudo hacerlo ese mismo día porque aún sentía en su cuerpo el calor de las manos de su amante, pero al día siguiente, por la noche, después de haber arropado a sus hijos en sus camitas, le pidió a su marido sentarse un momento con ella en el saloncito de estar, ya que tenía necesidad de hablar con él. No sabía cómo comenzaría su conversación, pero Marcos tenía razón, era peor lo que le estaba haciendo a su marido ahora, y además ella también quería estar más tiempo con su amante.

-Jorge, por favor, sé que lo que voy a decirte no te va a gustar, pero tengo que hacerlo. Ya no puedo esperar más-. Finalmente se había decidido a hablar con su marido, después de muchas noches sin poder dormir pensando en cómo afrontaría esta entrevista.

-Corina, querida, me estás asustando. Te veo muy pálida. ¿Es que estás enferma, o tienes algún otro problema que no sepa yo?

-Jorge, no estoy enferma, ni me pasa nada. Simplemente es que quiero el divorcio.

Si le hubieran machacado la cabeza con una maza no hubiera sido el golpe más funesto que el que acababa de recibir, por eso Jorge se había quedado sin habla. No entendía lo que ella le pedía, después de cinco largos años de un matrimonio que él consideraba que era feliz y donde ellos se lo habían contado todo, bueno todo no ya que él nunca le cuestionó a ella el hecho de que él no había sido su primer hombre, pero no lo hizo por respeto a ella y a sí mismo, ya que lo que a él le importaba no era ser el primer hombre en su vida, sino llegar a ser el último.

-¿Por qué, es que yo no te he hecho feliz, es que te he faltado en algo?

-No, yo he sido feliz contigo y tú no eres culpable de nada. Soy yo en todo caso la culpable. Soy yo quien no quiero seguir engañándote porque lo cierto es que aunque te quiero mucho porque eres una magnífica persona, un buen esposo y un mejor padre, yo no te amo como debiera.

-¿Cómo que no me amas como debieras? ¿Es que quieres a otra persona?

-No me hagas hablar. No necesitas que te explique. Solamente comprende que lo correcto es que nos divorciemos. Tú mereces a alguien que sepa hacerte feliz.

-Pero, es que yo no te comprendo, Corina, llevamos más de cinco años de casados, tenemos dos hijos preciosos, nos hemos llevado muy bien todo el tiempo, en el trato y todo hay que decirlo, también en la cama, porque somos marido y mujer. ¿Qué historia es esa de que quieres el divorcio? No, no te entiendo. No veo nada claro.

-Pues si quieres te lo digo más claro, quiero divorciarme porque quiero a otra persona. Ya, ya te lo dije. No quería hacerlo para no lastimarte, pero me has obligado a ello.

-No querías lastimarme, pero lo has hecho. Porque si quieres a otro, no creo que sea porque de pronto dejaste de quererme y has conocido a alguien nuevo, no. Seguramente que te casaste conmigo sin quererme, es eso ¿verdad?

-En cierta forma sí, y no. Te explico, yo acababa de sufrir una decepción muy grande, si recuerdas bien, nosotros fuimos amigos solamente por muchísimo tiempo y nunca te permití una demostración de cariño que no fuese dentro de los límites de una buena amistad, hasta aquella noche en la arena que finalmente cedí y me entregué a ti.

-Y que no fue tu primera vez, eso es cierto.

-Tienes razón y lo que más me gustó de ti fue que nunca me reclamaras nada. Pero, lo siento, te lo juro, yo he querido amarte como tú a mí, pero lo que siento por esta otra persona es demasiado fuerte, no lo puedo evitar. No quiero hacer algo que no deba y no quiero lastimarte, te lo repito. Puede que ahora pienses que sí te estoy lastimando, pero al final comprenderás que es lo mejor. Tú que eres abogado sabrás lo que hay que hacer. Desde luego, solamente te pido una cosa, no me importa el dinero ni las propiedades ni nada que no sean mis hijos. Yo quiero la custodia de mis hijos.

-Bien, dame un tiempo para pensar en todo esto que me has dicho. Creo que si tomaste la decisión de hablarme es porque estas convencida de lo que dices. Ahora bien, no puedo garantizarte lo que me pides sobre nuestros hijos, porque recuerda una cosa, ellos son mis hijos también. De modo que ya veremos cómo hacemos. De momento, te pido por favor que no duermas más en esta casa. Espero que tengas donde ir. No soportaría estar bajo el mismo techo que tú. No, porque estoy convencido de que si has llegado a pedirme el divorcio no es porque de pronto te has enamorado de otro, estoy seguro de que esto ya lleva tiempo andando y es posible que ya me hayas sido infiel, no es que crea que es posible, es que es lo más seguro. Algo había notado ya en tu actitud cada vez que yo te buscaba para tener sexo. Parecía como que nunca tenías deseos. Pensé que era porque estabas cansada del trabajo, o preocupada por tu madre que está lejos, pero ahora ya no, ya me puedo imaginar porque no querías tener nada conmigo, porque ya estabas satisfecha de lo que hacías con tu amante.

-Jorge, no me hables así. ¡Me estás insultando!

-No te insulto, te digo lo que siento y tú sabes que es la verdad. De todas maneras, pensándolo bien hoy puedes quedarte en casa, pero te irás a dormir a la habitación de los niños. Eso sí, mañana recoge tus pertenencias y te marchas. En esta casa no te quiero más, y tú sabes que puedo hacerlo ya que esta casa es totalmente mía y tu nombre no aparece en ninguna escritura.

Corina comenzó a llorar desconsoladamente. Jorge la miró y aunque aún la amaba, se sentía tan asqueado por lo que suponía que ya estaba haciendo la que hasta hacía un rato consideraba su amante esposa, que prefirió salir del salón y marcharse al dormitorio. Ella se quedó allí tremendamente abrumada. Comprendía que era ella quien no se había comportado correctamente, que Jorge tenía razón al estar tan molesto y se lamentaba de haber actuado tan tontamente. Todo esto se habría evitado si cuando en el pasado Marcos le pidió que se fuese a vivir con él, ella lo hubiera hecho. A fin de cuentas lo haría ahora y otras personas iban a sufrir por sus acciones. Definitivamente estaba destrozada. Solamente confiaba en que este paso que acababa de dar le sirviera para poder ser feliz junto al hombre al que había amado siempre, era cierto lo que él le había dicho, porque inclusive después de casada con Jorge, ella seguía pensando en Marcos, hasta cuando hacía el amor con su marido, se imaginaba que era con el otro.

La mañana siguiente, Corina abrazó y besó a sus hijos con fuerza, preocupada por las palabras de su marido. Sentía que él buscaría la forma de castigarla no permitiéndole volver a verlos. Sin embargo, luego desechó esa idea porque que su marido por muy molesto que estuviera con ella, sabía que siempre había sido una buena madre y no la alejaría de sus criaturas. Se despidió de ellos como si se fuera al trabajo, pero recogió parte de su ropa y se dirigió a casa de su amiga Sonia, a quien previamente había llamado para pedirle que la acogiera en su casa hasta que supiera qué decisión tomaría finalmente. Cuando llegó a casa de su amiga, lo primero que hizo fue llamar a Marcos y contarle su conversación con Jorge. Marcos le dijo que esa misma tarde fuese a su departamento y que allí se quedaría, porque ella no tenía por qué molestar a nadie más, que su lugar estaba junto a él. En medio de su pena por el disgusto que había pasado cuando le habló a Jorge, se sintió tranquila sabiendo que al fin podría estar con su amado.

CAPITULO XXII

Los trámites de divorcio tardaron muchos meses, ya que en España era muy reciente la aceptación y uso de la ley de divorcios y al parecer también Jorge no ponía mucho empeño en acelerar el proceso. De momento los niños permanecieron con él, aun que le permitía verlos una vez a la semana, pero siempre bajo su supervisión. Esto le dolía mucho porque no podía actuar tranquilamente en presencia de él, pero al parecer no tenía otra opción. Solamente era feliz cuando al regreso del trabajo se encontraba con Marcos que venía a recogerla y junto a él marchaban a su departamento.

La vida sexual entre ambos era muy movida, ya que ellos consideraban que tenían que recuperar el tiempo perdido, así era casi diario el que se entregasen a disfrutar de esta pasión que les abrasaba. Pasaron unos cuantos meses, en realidad casi un año y aún no había una cita para ver al juez para comenzar los trámites de su separación. Ella esperaba, pero echaba mucho de menos el ver a sus hijos.

-Corina, yo estaba pensando que con el dinero que tengo, tú no necesitarás continuar con tu trabajo, sabes que conmigo tienes todo lo que necesitas. Además, me gustaría que estuvieras más en casa. En realidad en ese aspecto soy un poco anticuado, me gusta que mi mujer esté en casita

-Marcos, pero es que yo no soy tu mujer, solamente soy tu amante. Sí, ya lo tengo asumido, nosotros no estamos casados, lo cierto es que yo no puedo hacerlo hasta obtener el divorcio y tú parece ser que te alegras de ello.

-No digas eso. Yo también estoy esperando que te concedan la separación legal de tu marido. Es muy desagradable el no poder llevarte conmigo a ciertos lugares ya que no eres mi esposa legal y sabes cómo es el medio en el que me desenvuelvo.

-Marcos, hace tiempo que me ronda por la mente una pregunta ¿sabe tu madre que yo estoy viviendo contigo?

-No, no lo sabe, y no tiene porque saberlo. Si ella se llega a enterar, estoy seguro de que se nos aparece aquí y no quisiera escuchar sus reproches y sus lecciones de moral. No, mejor que no se entere.

-De modo que él sigue temiéndole a su madre. Yo he sacrificado el amor de un hombre bueno y la posibilidad de ver a mis hijos diariamente por estar a su lado y sin embargo, este hombre que ya no es un niño, sigue actuando como si lo fuera-. Corina pensaba estas cosas aunque no lo expresaba pues no quería tener un disgusto con Marcos, sin embargo ya comenzaba a sentir que posiblemente ella había actuado más con el corazón que con la cabeza. No, con el corazón no, la realidad era que había actuado con la pasión que le inspiraba Marcos, quien era como una droga para ella, sabía que al final le haría daño, pero no podía prescindir de su disfrute. Ella por el contrario, lo primero que había hecho una vez que se marchara de la casa de Jorge, había sido llamar a su madre. Esta encontró que no había actuado bien, pero no le reprochó nada a Corina, solamente le preguntó que si ella había pensado bien lo que estaba haciendo y que si no creía que algún día se arrepentiría. En aquel momento, Corina estaba tan convencida de que había actuado correctamente que trató de quitarle esa preocupación a su madre. Sí, ella lo había pensado y no, no se iba a arrepentir. Pero ahora, al cabo de un año, de poder ver a sus hijos solamente una vez a la semana y por unas horas y siempre con alguien delante, le producía una gran tristeza, sin contar con que Marcos seguía siendo amoroso y amable con ella, pero no dejaba de hacer su propia vida, es decir si quería irse al club a jugar el póker con sus amigos, se iba sin hacer comentarios, algunas veces llegaba demasiado tarde y con algunas copas de más. Eso a ella no le gustaba, pero aún necesitaba estar a su lado, por eso soportaba todas esas cosas.

Llegó el día en el que finalmente se aprobó el acta de divorcio entre ella y Jorge. Corina recibió un batacazo, porque a pesar de que cuando se separaron Jorge le había permitido ver a los niños una vez por semana, en el acta de divorcio especificaba que solamente podría verles una vez al mes y nunca llevárselos con ella, pues Jorge había presentado la demanda de divorcio acusándola de abandono de hogar. Eso no era cierto, ella se había ido de la casa porque él se lo había exigido, pero no tenía testigos y no lo podía probar.

Cuando Marcos llegó al apartamento esa tarde, se la encontró tirada en un sillón del salón con los ojos hinchados de tanto llorar, con un papel en la mano y con un aspecto deplorable.

-Corina ¿qué te ha sucedido hoy? Te ves destrozada como si te hubiesen dado una paliza. No comprendo porque estás así-. Tomó el papel de las manos de ella y lo leyó.

-Ah, ya veo lo que pasa. Es el acta de divorcio. Pero no tienes que ponerte así, era de suponer que este hombre te hiciera eso, yo lo habría hecho igual. Después de todo lo estabas traicionando con otro hombre, y aunque ese hombre soy yo, no dejo de reconocer que es normal que un marido reaccione como lo ha hecho él.

-Pero, Marcos ¿cómo es posible que digas eso? ¿No ves que si no puedo ver a mis hijos, mi vida no vale nada?

-Me tienes a mí, y a fin de cuentas, era lo que querías ¿no?

-Pero no así. Yo quería estar a tu lado, pero no quería perder a mis hijos.

-Pues mira mi amor, tendrás que conformarte, y la verdad es que hoy no te diré nada más porque es todo muy reciente, pero espero por tu bien y por el mío, que poco a poco te vayas haciendo a la idea, porque sino la convivencia entre tú y yo va a ser muy complicada. A mí no me gustan para nada los dramas, y aunque entiendo que hoy estés triste, espero que se te pase pronto. Bueno, voy a ducharme, y después espero que tengas la cena preparada.

-No, lo siento, hoy no he tenido ánimos para cocinar nada.

-En ese caso, no te enfades, pero me iré a cenar fuera-. Con ese comentario que a ella le resultó tan frío y casi cruel, se marchó con dirección al baño, para ducharse y prepararse para salir.

-Me merezco esto-. Se dijo angustiada Corina. -No tenía que haber dejado al bueno de Jorge y mucho menos a mis hijitos. Al final, entre Marcos y yo solamente hay sexo, porque aunque yo le amo, tal parece que él no me quiere igual.

Era cierto lo que pensaba ella, pero desgraciadamente ya era muy tarde. No podía cambiar el pasado, había actuado impulsivamente, pensando que podría tener el amor de Marcos y mantener su relación amistosa con Jorge y sobre todo poder seguir cuidando y estando cerca de sus hijos. No se había dado cuenta de cómo pensaba en realidad Marcos. No es que él fuese mala persona y que no sintiera nada por ella, simplemente era como mucha gente, un egoísta. Solamente le interesaba lo que le satisfacía o lo que no le creaba problemas, por eso ahora quería separarse un poco de los problemas de ella, no le gustaba ver esa cara de pena que tenía siempre. Ya no era la misma mujer que se había mudado con él hacía más de un año. Tal parecía que era otra persona. Le daría tiempo, sabía que el transcurrir de los días sería su mejor medicina, pero él no quería estar cerca de ella mientras sanaba su herida, porque no quería contagiarse de su dolor.

Cuando Marcos se fue, Corina decidió enviarle un mensaje por Internet a su madre, ya que ahora se escribían a menudo utilizando ese sistema tan rápido y conveniente de los tiempos modernos.

"Mamá, no te puedes imaginar lo triste que me siento hoy. Me haría falta tenerte a mi lado. Perdóname porque sé que te vas a preocupar, pero tengo que hablar con alguien sobre lo que me sucede, y no tengo a nadie que me comprenda mejor que tú. Algunas veces comento mis cosas con mi amiga Sonia, pero ella está tan metida en las cosas de su hogar, con su marido y su hijo, que no quiero agobiarla con mis problemas. Además, tú eres mi madre y nadie me ha comprendido tanto como tú, excepto papá. Si hubieses estado aquí hace algún tiempo, puedo que yo no hubiera actuado tan tontamente. Tú sabes, porque yo te lo conté, de mi separación de Jorge y de mi unión con el Dr. Marcos Aguirre, tú recuerdas todo lo que yo le quería, y lo mal que se había portado conmigo, pero finalmente como una boba enamorada, lo dejé todo por él. Mami, ya tengo el divorcio que le pedí a Jorge, pero a mis hijos no los puedo ver como antes. Eso me ha matado. Yo puedo soportarlo todo, menos dejar de estar cerca de mis hijos. Hasta ahora podía verles al menos unas horas una vez a la semana, pero ahora es solamente una vez al mes y con condiciones. No sé si lo podré soportar. Mami, lo siento, no quiero hacerte sufrir con mis problemas, pero necesitaba desahogarme. Te necesito mucho. Dale mis saludos a Giancarlo y a los tíos y primos y recibe un abrazo y un beso muy fuerte de tu hija, Corina"

Cuando pulsó la tecla de "Enviar" se sintió algo mejor. Le hubiese gustado más hablar con ella por teléfono, pero sabía que si la llamaba se pondría a llorar y no podría contarle las cosas como era debido. Era cierto lo que le decía, necesitaba mucho a su madre. Es que a los seres humanos siempre nos sucede igual que cuando tenemos penas y tristezas el único ser capaz de consolarnos es nuestra madre. Le hablaría a Marcos, porque a ella le gustaría ir a Italia a pasarse una temporada aunque fuese corta con su madre, le hacía mucha falta.

-Amiga Corina, no creas que no me preocupo por ti. Yo sé mejor que nadie las cosas que te están pasando, lo que pasa es que en estos días tuve a mi hijo algo malito con una gripe que me daba mucha pena verlo, y lo siento pero tú que eres madre, sabes que cuando un hijo se enferma las madres nos volvemos locas, por eso no te había llamado.

Corina se echó a llorar.

-Corina, pero no tienes porque llorar por lo que te dije. Yo sé que tú me aprecias pero la verdad no veo que lo que te he dicho sea para tanto.

-No, Sonia, no es eso, es que tú no sabes nada. Me acaba de pasar algo horrible.

-No me asustes, porque para que estés así, debe ser algo verdaderamente malo.

-Sí, acabo de recibir la sentencia de mi divorcio de Jorge.

-Ya, pero eso sabías que tenía que venir. Además, la realidad es que han tardado mucho, pero es que aquí todavía no resuelven esos asuntos rápidamente. Ya vendrá el día en que tendrán los divorcios de un día para el otro.

-Ya sé que tenía que venir, y no es por eso por lo que estoy así, es que ahora solamente podré ver a mis hijos una vez al mes y para eso con muchas condiciones.

-Pero eso es una maldad, no entiendo como Jorge ha podido poner esa cláusula.

-Es que aunque te parezca mentira, porque tú sabes cómo fueron las cosas entre él y yo, resulta que cuando el presentó la demanda de divorcio, pues fue él quien lo hizo, me acusó de abandono de hogar, y claro él tiene todos los beneficios y a mí no me toca nada de nada. Y el dinero no me interesa, Sonia, tú lo sabes bien, pero mis hijos….

-Vamos, no te pongas así. No creo que Jorge cumpla esa sentencia a rajatabla, él siempre ha sido una persona muy buena y considerada. Y tú eres la madre de sus hijos, ¡caramba!

-Yo estoy pensando en pasarme una temporada en Italia con mi madre. Necesito alejarme un poco de aquí. ¿No crees que me vendría bien?

-Sí, porque tu madre te consolará mejor que nadie. Y sabes también que puedes contar conmigo para lo que necesites.

-Sí, lo sé.

-Si por fin te marchas, déjame saber cuándo te vas para pasar a verte antes de que te vayas.

-Descuida, que yo te avisaré. Gracias Sonia por tu amistad.

-Te la mereces. Besitos.

Marcos estaba en su despacho pensando en la situación de Corina. A él le daba mucha pena por lo que ella estaba pasando, pero quizás como él no tenía hijos no podía comprender muy bien el dolor tan grande que ella sentía. Además, pensaba él, si me tiene a mí y eso es lo que ella quería, no sé porque se angustia tanto. Ella es mayorcita y tenía que saber que a su marido no le iba a hacer ninguna gracia que le estuviera engañando con otro hombre. A mí me hubiera reventado eso, por eso entiendo lo que él ha hecho, aunque claro, me preocupa Corina, y además como está ahora no es muy buena compañía, la verdad es que yo no sé cómo hacer para que se alegre un poco y me fastidia verla como está.

Corina no había renunciado a su trabajo a pesar de que Marcos se lo había pedido, solamente había pedido una licencia por medio año y se la concedieron, pero ella nunca lo comentó con Marcos, porque no quería que él insistiera en que renunciase a su trabajo. Esa licencia le venía bien ahora porque lo había pensado toda la noche y hoy le iba a plantear a Marcos su deseo de pasarse al menos un par de semanas con su madre en Italia. No veía problema en que él accediera. Pero una vez más se equivocaba.

-¿Cómo crees? No, desde luego que no, a mí no parece nada bien que te marches dos semanas a Italia y me dejes solo ese tiempo.

-Pero ¿por qué, Marcos? Tú siempre has vivido solo, en realidad lo único que echaras de menos será la compañía a la hora de irte a la cama.

-Precisamente por eso es que no quiero. Ya me acostumbré a tenerte a mi lado, no creas que es solamente para hacer el amor, es que me gusta saber que estás allí junto a mí, y sentir tu calorcito.

-A mí también me gusta, mi amor, pero es que necesito unos días para tranquilizarme. Aquí me volvería loca pensado y pensando. Tú sabes que mi madre será un consuelo para que yo pueda desahogarme de mi pena, ya que a ti, admítelo, no te gusta que te toque el tema de mis hijos.

-Bien, si ya lo has decidido, no seré yo quien me oponga. Pero no te garantizo que estaré esperando por ti-. Era que estaba muy enfadado con ella, no concebía que quisiera marcharse de su lado por tanto tiempo ahora que ya se estaban acoplando como pareja.

-Marcos, no me hagas sufrir. Si encima de mi pena por perder el contacto con mis hijos, me dices que sería posible que también te perdiera a ti, no sé qué sería de mí.

-Bueno, no hagas caso, ya sabes que lo que me pasa es que no quiero pensar que no vas a estar en casa cada vez que regreso de trabajar y eso me incomoda.

-Solamente será por dos semanas. Pasarán rápido, a mí me vendrá bien el cambio de ambiente y por otra parte tendrás tiempo para pensar si finalmente querrás casarte conmigo.

-¿Casarnos? ¿Quién habló de matrimonio?

-Nadie, nadie habló de matrimonio. Pero es evidente que ya no existe nada que lo impida y si total vamos a vivir juntos, supongo que querrás tener hijos un día. Todavía somos jóvenes y sería mejor tenerlos ahora porque ya después sería más complicado. Siempre pensé que nos casaríamos una vez que yo me divorciara.

-Pues lo cierto es que yo no he pensado en casarme, ni tampoco en tener hijos.

-Está bien, no voy a insistir en eso. Creo que estos días que estaré fuera te servirán para comprender si verdaderamente quieres vivir el resto de tu vida conmigo y formar una familia como es debido, casados y con hijos. No, no me digas nada. Ya sé cómo piensas ahora, pero volveremos a hablar cuando regrese y entonces es posible que hayas cambiado de idea. Al menos, eso espero, porque necesito saber que podré contar contigo en lo adelante.

Marcos no contestó. Ella tenía razón, mejor era no seguir hablando del tema. A él no le había pasado por la mente que ella quisiera casarse una vez obtenido el divorcio, nunca habían comentado nada al respecto. Y ¿tener hijos? No, no se veía él como un padre amoroso. Pero Corina tenía razón, tendría muchos días para pensarlo y lo haría.

CAPITULO XXIII

-Señorita, puede avisarle al doctor que está su madre aquí-. Fernanda de la Cerda acababa de enterarse de algo que ella consideraba importante y quería comunicárselo a su hijo.

-Señora, dice su hijo que pase por favor.

-Mamá-. Marcos se había acercado hasta la puerta del despacho a recibir a su madre, ya que ésta no acostumbraba a visitarlo y se imaginaba que algo se traería entre manos.-Qué sorpresa, te has dignado visitarme, hacía mucho tiempo que no venías, yo diría que hace como año y medio.

-Es cierto, no vengo desde que te liaste con esa judía que trabajaba contigo-. Marcos se quedó pálido del asombro, él pensaba que su madre no tenía idea de su relación con Corina, nunca le había comentado nada. Era extraño que ahora que Corina acababa de marcharse, ella viniese a verle y encima hacerle saber que lo sabía todo.

-Vamos, mamá, no creo que hayas venido a verme para echarme una monserga de esas que tú acostumbras.

-Pero no me negarás que efectivamente estabas viviendo con la judía.

-Sí, no te lo niego, pero además no me gusta que le llames "la judía", con el desprecio que lo haces, tal parece que todavía estás en los tiempos en los que se admiraba a Hitler por perseguir a esa pobre gente.

-Tú piensa lo que quieras, para mí esa gente no es buena, ellos mataron a Jesús.

-Alabado sea Dios, no puedo creerlo, de modo que no vienes nunca a verme, y cuando lo haces te dedicas a decir cosas horribles. Espero que tengas algo agradable que contarme, porque hasta el momento no he escuchado otra cosa más que expresiones que no me gustan nada.

-Claro que tengo algo que contarte y estoy seguro de que te va a agradar, tal como me agradó a mí la noticia. ¿Sabes quién está de vuelta en Alicante?

-No tengo la menor idea de a quién te refieres, la verdad es que no leo las notas sociales de los periódicos.

-Eso no lo supe por el periódico, sino porque ella misma me llamó para contármelo y hoy por la noche vendrá a verme y quiero que tú estés en casa para cenar los tres juntos.

-Basta mamá. Acaba de decirme a quien te refieres.

-Hijo, es alguien muy querido para mí y creo que para ti también. Es Neus, que la pobrecita se acaba de divorciar de su marido y ha vuelto a su casa de Alicante. Ella quería llamarte pero como sabía que estabas con la judía no se atrevió.

-Hizo bien porque malditas las ganas que yo tengo de hablar con ella. No sé qué te hace pensar que Neus es muy querida para mí.

-Vamos, no querrás negarme que por muchos años ustedes fueron amigos muy íntimos.

-Mamá, hoy estás que no te reconozco. Nunca te conté nada de lo que había entre Neus y yo. ¿Cómo tú te enteraste?

-Hijo, porque ella es muy querida para mí y ¿a quién le iba a contar sus amores sino era a mí? Yo siempre lo supe. No te dije nada, ni te metí prisa para que te casaras con ella porque la verdad todavía estabas muy joven y pensé que era mejor que vivieras un poco más la vida de soltero.

-Entonces ¿a qué viene ahora tu interés porque yo me encuentre de nuevo con ella?

-Porque me parece que ya es hora de que te cases, que tengas una familia, que me des nietos, porque no quiero morirme sin haber abrazado a un hijo tuyo-. Sacó un pañuelito de su bolso e hizo como que se secaba unas supuestas lagrimitas.

-Suponiendo que yo quisiera casarme ahora, no veo por qué tiene que ser con Neus.

-Porque ella es la mujer perfecta para ti. Yo sé que se casó con aquel hombre tratando de olvidarte, pero desde jovencita siempre te ha querido y es a ella a quien yo quiero como nuera. Y no me discutas más, te espero esta noche a las 8 para que tomemos algo antes y después cenar los tres. No me hagas esperar-. Le dio un beso en la mejilla y Fernanda se marchó, dando por sentado que su hijo haría lo que ella esperaba de él.

Marcos se quedó rumiando lo que le había dicho su madre. De modo que sabía lo suyo con Corina y nunca le había comentado nada, pero desde luego se notaba que no le gustaba para nada la idea de que él continuase con ella. Se veía que la odiaba aún sin conocerla. Esos prejuicios de su madre nunca los pudo comprender, pero tampoco había tenido el valor de enfrentarse a ella y hacer lo que él deseaba. Sin embargo, ahora que Corina no estaba, y su madre le decía que Neus estaba de vuelta y al parecer tenía intenciones de volverle a ver, Marcos se preguntaba qué era lo que él en realidad deseaba. Desde luego que no quería casarse, en eso no había cambiado su forma de pensar, pero si en estos momentos tuviese que escoger entre Corina y Neus, pensaba que le convenía más Neus, ya que ella nunca le apremió para casarse, siempre estuvo dispuesta a pasar la noche con él cada vez que la llamaba, mientras que Corina quería casarse, tener hijos, no, que va, aunque le gustaba mucho, lo cierto es que también le gustaba Neus y esta última era menos complicada para su vida que Corina. Sí, asistiría a la cena que tenía preparada su madre. Ya vería después qué decisión tomaba, después de todo tenía tiempo para pensarlo, y puede que antes de que Corina volviese, tratase un día de verse con Neus y comprobar si aún le seguía gustando. Sí, eso era lo que haría, buscaría la forma de verse con su antigua amante y si las cosas eran como antes, era probable que cuando Corina volviese rompiera con ella. Ya le estaba dando demasiados problemas, con esa pena que siempre tenía reflejada en el rostro. Lo que más le había gustado de ella antes era la paz y la alegría de su juventud, algo que hacía ya mucho tiempo se había borrado de su semblante. Después de todo Corina sabía que él era un egoísta y no iba a cambiar ni por ella ni por nadie.

Corina acababa de llegar a la casa de su madre. Ella y su esposo Giancarlo habían ido a Roma a recogerla y ahora estaban los tres sentados en el saloncito de estar, bebiendo un vinito y comiendo unos aperitivos que había preparado la cocinera.

-Mamá, la verdad es que te ves fabulosa. Desde que estás aquí es como si hubieras rejuvenecido, y creo que tengo que darle las gracias a Giancarlo por ello-. Aprovechaba que el esposo de su madre había salido a atender unos asuntos para tener una conversación personal con su madre.

-Sí, hija, es verdad que gracias a él yo me siento muy feliz y la única pena que tengo ahora es el saber lo que estás pasando tú, por tu divorcio y por lo que me has contado de no poder ver a mis nietos. ¿Tú crees que Jorge sea capaz de negarte de verdad el ver a tus hijos?

-No lo sé mamá, pero recuerda que él está muy ofendido porque yo le fallé y él me quería mucho. Puede que eso sea lo que no me perdone. Lo siento mucho porque yo a él le sigo teniendo mucho aprecio porque fue un hombre muy bueno y correcto conmigo, pero yo estaba enamorada desde hacía mucho tiempo de Marcos, eso a ti te consta.

-Sí, pero hija, algunas veces en la vida hay que pensar muy bien los pasos que uno da. No se puede actuar como lo hiciste tú. Perdóname porque sé que te duele esto que te digo, pero a mí no me parece que ese Marcos te quiere tanto como tú a él.

-Mamá, ¿sabes qué? En los últimos días yo también he comenzado a pensar eso. No te puedo explicar cómo llegué a esa conclusión, pero es que le noto algo frío como si no le importase para nada la pena que tengo. Y eso me duele, porque si yo he perdido a mis hijos, él es el culpable, debía comprenderlo.

-No, hija, él no es el culpable. La culpable fuiste tú. No, no es que lo defienda, ya sabes que tengo mis dudas respecto a su amor por ti, pero la que tomó la decisión de dejarlo todo por él, fuiste tú. Por eso tú eres la que tienes que cargar con tus errores. No le pidas comprensión a alguien que en su momento dijo que se iba a casar contigo y luego cuando te tuvo se echó para atrás.

-Mamá ¿cómo sabes eso? Yo nunca te conté nada.

-Hija, tú que eres madre tendrías que saber que las madres nos damos cuenta de todo. ¿Crees que yo no comprendí que algo horrible te había pasado ese día que fuiste a trabajar después de que él me había pedido tu mano y luego regresaste llorando y te encerraste en tu cuarto y solamente hablaste mucho rato con tu amiga Sonia? Yo no soy tonta hija, y además te quiero mucho para no darme cuenta de las cosas que te pasan.

-Lo siento, madre, no quise nunca que supieras para que no te angustiases por mí.

-Igualmente me angustié porque yo sabía que tú le querías y sin embargo a los pocos meses te casaste con otro. Eso siempre fue algo que no comprendí, pero que acepté ya que era lo que tú querías. Es como ahora, estoy segura de que aparte de lo que me has contado de no poder ver a los niños, tú estás teniendo problemas con Marcos. ¿Cierto?

-Problemas en realidad no tengo, pero sí noto que Marcos se muestra muy frío conmigo, especialmente desde que supe el resultado del divorcio. Además hay otra cosa que nunca te he contado, él casi nunca menciona a su madre, pero cuando lo hace, me deja claro que ella no quiere saber de mí porque dice que soy judía. ¿Será que yo también tendré que pagar las culpas de una guerra que pasó hace ya tantos años? Además ¿qué le habrán hecho los judíos a esta mujer para que les odie tanto?

-Hija, ese tema es muy delicado, puede que la señora haya sido en el pasado una admiradora de Hitler, yo entiendo que hay todavía mucha gente así por el mundo. También los hay que en nombre de la religión dicen que los judíos mataron a Jesús. Contra esas apreciaciones nosotras no podemos hacer nada. Pero bueno, no pensemos más en esas cosas. Ahora trata de descansar aquí. Aprovecharemos el fin de semana para acercarnos a Castelamare di Stabia a visitar a mi hermana Gina y su esposo Lino. No sé si sabrás que Carlo se casa pronto.

-No, no lo sabía. ¿Será mientras esté yo aquí? Me encantaría asistir a su boda.

-Creo que sí. Tengo que llamar a Gina y confirmarlo. Si no, trata de quedarte un poquito más para que puedas ir. No creo que eso cambiará tu situación con Marcos. Corina, ahora que estamos hablando de mi familia, quería comentarte algo. Hace un mes o algo así me encontré con Hans Kofman.

-¿Quién es Hans Kofman?

-Es cierto que como tu padre Peter nunca quiso hablar de nada de la familia ni amistades de aquí, tú no tienes idea.

-¿Peter?

-Bueno Pedro, tu padre, es que su nombre verdadero era Peter Baum, pero como estábamos en España decidió llamarse Pedro, pero desde que estoy aquí cuando hablamos de él siempre le llamamos por su nombre real, Peter. Pues este Hans Kofman, es hijo de un amigo de la infancia de tu padre, quien se llamaba con él. Cuando le vi me pareció ver a su padre en los años mozos. Yo sabía que Hans tenía un hijo porque él era mayor que tu padre, pero con el asunto nuestro no me recordé más de él.

-¿Y qué pasa con el hijo del amigo de mi padre?

-No pasa nada, es que quería comentarte que hace unos días estábamos cenando en un restaurante Giancarlo y yo y vi a este chico y me recordó tanto a su padre que me acerqué a preguntarle si era familia de él. Me confirmó que sí que era su hijo y que casualmente su padre había fallecido recientemente y que él estaba ocupándose del los negocio del mismo aquí en Pimonte, y es justo el restaurante donde fuimos, que se llama "La colina".

-Bueno, me parece bien, pero ¿qué tiene que ver conmigo el tal Hans Kofman?

-Nada, hija, nada, solo que como él está soltero y tú estás sola aquí, pensé que no te importaría que una noche saliéramos los cuatro. Así te lo presentaría y puede que él sepa cosas de tu padre que a ti te guste escuchar. No sé, si no te gusta la idea, me olvido y no le llamo.

-No, mamá, está bien, podemos ir una noche a cenar juntos. No me importará conocerle. Además si su padre era tan buen amigo del mío, seguro que me gustará conversar con él. Lo que ti te pido es que por favor no estés haciendo de casamentera, tú sabes que yo tengo una relación con Marcos y después de todo lo que he pasado para poder estar con él, no quisiera romperla, vamos que ni siquiera me parece bien hablar de ello. Pero, volviendo al hijo del amigo de mi padre, ¿dónde iríamos a cenar, pues dices que ahora él es el dueño del restaurante?

-Pues no me había puesto a pensar en ello, pero eso se lo dejaremos a Giancarlo. Él decidirá donde vamos, la cosa es que tú estés de acuerdo.

-Sí, ¿por qué no? Después de todo creo que será interesante conocer a alguien que pueda hablarme cosas de cómo era la vida de su padre y que seguramente estaría ligada a la vida del mío.

CAPITULO XXIV

Estaba más guapa que cuando dejó de verla, hacía de esto un par de año más o menos. O, sería porque él ya se sentía algo cansado, bueno el caso era que no se arrepentía de haber aceptado la invitación a cenar de su madre. Efectivamente allí estaba Neus, sonriente y atractiva, y como siempre haciéndole sentir que él era lo máximo. Ahora que se daba cuenta, eso era lo que más le había gustado siempre de ella, lo bien que lo trataba. Aparte de ello y después de no tenerla entre sus sábanas por muchos meses, se daba cuenta del cuerpo despampanante que tenía esta mujer, con su largo pelo rubio y esos ojos verdes que parecían ojos de gata. Solo que esta gata no arañaba, siempre ronroneaba. ¿Qué le estaba pasando, sería porque llevaba ya un par de días sin tener una mujer entre sus brazos? No, la verdad era que estaba comprobando que le gustaría volver a tener a Neus cerca de él, lo más cerca posible. Su madre, pretendiendo una repentina jaqueca, les había dejado solos en el salón y ellos continuaban hablando tonterías, hasta que de repente y sin casi pensarlo Marcos decidió hacerle la pregunta.

-Neus, ¿te gustaría ir conmigo a mi departamento esta noche? Lo digo para que podamos estar más cómodos y así puedas contarme qué te sucedió que rompiste con el francés, creo que era francés ¿no?

-Sí, es francés y me gustaría ir contigo a tu departamento, pero no quisiera perder el tiempo hablando de él. Creo que hay mejores cosas que hacer para entretenernos ¿no te parece?

-Desde luego. Tú siempre has sabido comprenderme. Voy a despedirme de mi madre y ahora bajo y nos vamos. ¿Has traído tu auto?

-Sí, lo he dejado aparcado en la esquina ¿por qué?

-Porque me gustaría que vinieras en el mío. Si no te importa, desde luego.

-No, está bien, solo que después de que charlemos un rato, podrías traerme aquí para recogerlo. Digo, si eso no es un problema para ti.

-Complacerte nunca ha sido un problema para mí. Lo sabes. ¿Nos vamos ya?

Neus no preguntaba nada, se dejaba llevar porque siempre había sentido que Marcos tenía un poder especial sobre ella, y como hacía tanto que no estaba con él, lo cierto era que le apetecía sentirse a su lado, saborear sus besos y disfrutar sus caricias, porque ella sabía que ellos no iban a perder el tiempo hablando de tonterías que a ninguno de los dos le interesaban. Ellos iban a quererse y gozar de esa pasión que siempre hubo entre ambos, y que se había enfriado años atrás porque él andaba detrás de esa niña "judía" como Fernanda la llamaba cuando se refería a ella y por otra parte Neus había conocido a alguien que en aquel momento consideró le convenía. Pero todo eso estaba ahora atrás. Ya sabía que "la judía" se había marchado, no sabía por cuanto tiempo, pero ya se encargaría de que Marcos decidiera que él estaba mejor con ella que con esa mujer. Además, ahora Neus era libre y tenía más dinero, que pudo sacarle al tonto que se casó con ella. Cuando llegaron al departamento, casi no tuvo tiempo ni de fijarse si los muebles eran los mismos o algo había cambiado, desde que entraron por la puerta, Marcos comenzó a desnudarla, al tiempo que también se despojaba de su ropa. Cayeron en la cama y allí estuvieron largo tiempo, todo el que duró el ansia que ambos tenían de saciar su sed de liberar la pasión que les unía y que siempre les había mantenido juntos. Ya tendría tiempo para otras cosas, de momento solamente le interesaba disfrutar de este amor carnal que era como una droga para los dos.

Corina había llamado varias veces por teléfono a Marcos toda esa tarde, pero éste no le contestaba y era raro ya que le llamaba a su teléfono particular. Desde que estaba en Italia, de eso hacía ya una semana, había hablado con él todos los días aunque en realidad era ella quien le llamaba. No pensaría nada malo ya que algunas veces él dejaba el teléfono apagado porque cuando estaba en la consulta no contestaba su móvil privado, de modo que Corina dedujo que Marcos había olvidado encenderlo. Ya le llamaría a la consulta al día siguiente porque quería saber cómo se sentía él ahora que ella no estaba allí. Pobrecito, le he dejado solo pensando en mis problemas no me he puesto a pensar que es probable que a él no le haya agradado que me marchase por tanto tiempo. Bueno, cuando hable con él mañana, le pediré disculpas. Seguro que me comprende.

Se sentó frente al ordenador para ver si tenía algún mensaje de él. No, no le había escrito. Sin embargo había recibido uno del que había sido su marido. Jorge le pedía disculpas por el resultado del divorcio donde aparecía esa cláusula referente a sus hijos y le decía que aunque en su momento él se había enfadado mucho y que era cierto que ya que al solicitar el divorcio se había basado en el abandono del hogar por parte de ella, hoy se sentía mal de haber actuado así, que él le tenía aprecio a pesar de todo y que le llamara porque si ella quería irían al juzgado a cambiar eso. Él no quería verdaderamente que ella se alejara de sus hijos. Ellos preguntaban mucho por ella y él no tenía corazón para negarles la presencia de su madre. Le contestó inmediatamente, ya que al menos había recibido una buena noticia.

"Jorge, no sabes cómo te agradezco este mensaje. Te escribo desde Italia. Vine donde mi madre porque necesitaba su consuelo. Regresaré a España dentro de una semana o algo así. Si no te importa, te llamaré tan pronto regrese para verte y si es cierto lo que me has escrito, trataremos de arreglar eso. La verdad que sin mis hijos no puedo vivir. Por eso estoy aquí. Gracias otra vez. Abrazos, Corina"

También le había escrito su amiga Sonia. Esta sabía que estaba en Italia y le contaba muchas cosas de su hijo, ya que era su tema favorito. Sin embargo, casi al final del mensaje, le dijo algo que enturbió un poco la alegría que había recibido antes con el mensaje de Jorge.

"….Me han dicho que Marcos ha estado en el club un par de veces desde que te fuiste. Sabes que tengo una amiga que les conoce a ustedes dos y ella es asidua del club. Lo malo es que iba acompañado de una rubia alta y de ojos verdes. Mi amiga me comentó que se les veía muy acaramelados. No te cuento esto para que te angusties, sino porque me parece, Corina que cuando regreses tendrás que aclarar muchas cosas…" y continuaba después hablándole de cómo estaban las cosas por su casa y que hijo era muy estudioso, en fin seguía en esa nueva personalidad suya, que se manifestara una vez que supo que estaba embarazada.

Corina sabía que su amiga Sonia no le contaba estas cosas de Marcos para molestarla, todo lo contrario, siempre le había dicho que él era un mujeriego y desde hacía muchos años ya, después que ella tuvo su primer encuentro sexual con Marcos, Sonia le había advertido que no se hiciera su amante, porque si lo hacía, él jamás se casaría con ella. Eso nunca lo creyó porque Marcos era tan amoroso y comprensivo con ella después que se fue a vivir con él, que Corina creía que él solamente esperaba a que ella obtuviera su sentencia de divorcio. Era cierto, sin embargo, que cuando ella tocó el tema después de saber que ya era libre, él se le iba por las nubes y no concretaba nada. Esa era una de las razones por las cuales, aparte del dolor de pensar que no podía ver a sus hijos, la había llevado a estar con su madre, para tener un hombro amigo donde llorar sus penas. Bueno, de momento no haría nada, volvería a llamar a Marcos mañana y así hasta que regresase, pero ahora lo más importante era que Jorge consentía en que ella pudiera seguir viendo a sus hijitos. Eso era lo que contaba. Después de todo, ya se había dado cuenta de que ellos eran lo mejor de su vida. Le interesaba mantener su relación, pero lo primordial en su vida no era él, sino la pequeña Gina y Jorgito.

Finalmente fueron a cenar una noche con el hijo del amigo de su padre. Este Hans Kofman también era judío como Pedro y además practicaba su religión. Corina no podía negar que entre ella y Hans la comunicación era fácil. Hablaban una mezcla de italiano con español e inglés, pero se entendían bien. Hans era aproximadamente un año nada más mayor que Corina. El había nacido unos pocos meses antes de que Pedro y Julieta se desaparecieran de Pimonte. Corina le habló de sus hijos y de que les echaba mucho de menos y aunque él no estaba casado al parecer le gustaban los críos, y ella aprovechó para mostrarte algunas fotos de los mismos que llevaba en su cartera. Como el matrimonio de Carlo se efectuaría ese fin de semana, Hans y Corina quedaron en verse allí, así podrían continuar charlando y de ser posible bailando en la fiesta que se celebraría después del matrimonio.

Todos lloraban un poquito el día de la ceremonia porque al parecer las bodas que se efectúan en una iglesia emocionan mucho a los asistentes. Algunos recordaban sus propios matrimonios y otros lamentaban no tener un recuerdo así, aunque otros como Corina se sentían en verdad tristes porque se habían casado y su matrimonio había fracasado, y en el caso de ella, la realidad era que se sabía culpable de ese fracaso. Afortunadamente sus tíos Gianni y Bianca no habían tenido más problemas desde aquella vez cuando él se había ido con su hija a España, según decía para acompañarla, y más bien para estar lejos de su esposa y pensar bien en su situación. Su hija Julieta ya le había dado un nietecito y tanto él como Bianca eran muy felices. Corina pensaba en eso, que en su familia italiana al parecer marchaba todo muy bien, porque su madre había vuelto a sonreír después de tanto sufrir por la pérdida de su Pedro, ahora que estaba casada con Giancarlo, él la estaba haciendo muy feliz. También Carlo lo era hoy porque se casaba con su noviecita de siempre y sus padres hoy no trabajaban, Lino y Gina tenían que estar junto a su hijo. La única del grupo que no era demasiado feliz, era Corina, pero ella tenía motivos para no serlo. Hacía varios días que Marco no le contestaba las llamadas, ni siquiera cuando le llamó a la oficina, le habían dado una excusa de que estaba con un paciente y que él le devolvería la llamada y nunca la llamó. Tampoco había podido hablar con Jorge, aunque después del mensaje electrónico que él le había mandado, y que ella contestara, posteriormente recibió otro de él donde le decía que tan pronto regresara a Alicante que le llamara para ponerse de acuerdo y comenzar las gestiones para hacer los cambios necesarios en el acta de divorcio y que así ella pudiera tener la custodia compartida de los niños. Pensar en esta posibilidad, era lo único que le permitía a Corina seguir adelante. Hans había acudido a la ceremonia y luego participó con ella en el banquete y el baile que se organizara posteriormente. Se llevaba bien bailando con él, pero desde luego, sabía que Hans era muy agradable, pero nada más. De modo que si su madre tenía en mente ligarla con él, estaba perdiendo el tiempo.

Dos días después del matrimonio de Carlo, Corina regresó a Alicante. Se dirigió al apartamento que compartía con Marcos. Como tenía llave del mismo entró y pudo ver que había un par de maletas junto a la mesa del comedor y encima de ellas una nota.

"Corina, si vienes al apartamento y yo no estoy, te pido por favor que te lleves tus cosas. Creo que te he puesto todo lo tuyo en estas maletas. Si te faltase algo, me dejas saber, llamando a mi secretaria. Yo buscaré la forma de enviártelo donde me digas. No me llames, ni me busques. Por el momento no tengo intenciones de volver a verte. Lo siento mucho. He podido pensarlo bien y lo nuestro no puede funcionar. Un beso. Marcos"

Así de fácil. Corina creyó que todo era producto de su imaginación. ¿Cómo era posible que Marcos hiciera una cosa así? Él sabía que ella había ido a Italia a ver a su madre, porque se encontraba muy afligida. Ella no se merecía este trato. Marcos se comportaba con ella como si fuese una cualquiera y no la mujer que había dejado todo lo mejor de su vida con tal de estar con él. No, él no podía pagarle así, no era justo. Como mujer al fin, antes de marcharse decidió dar una vuelta por el departamento para comprobar si había rastros de otra mujer. Efectivamente, encontró ropa interior femenina en los cajones y vestidos colgados en el armario. También en el cuarto de baño encontró frascos de perfumes, colonias, cremas. Sí, definitivamente había otra mujer en la vida de Marcos. Ella no podía creerlo. Pero finalmente, tomó sus maletas, dejó las llaves del departamento encima de la mesa del comedor y se dirigió a la casa de su amiga Sonia. Claro que no pensaba quedarse allí, pero de momento necesitaba ver una cara amiga, además necesitaba meditar cuáles serían sus pasos de este momento en adelante. Una cosa sabía y era que su relación con Marcos estaba liquidada, la había roto él y al parecer no había vuelta atrás.

-Corina, mi amiga, sabía que estabas al volver pero no me dijiste nada de que venías hoy. Pero ¿y eso, tienes ahí tus maletas, te llevaste tantas cosas a Italia?

-No, Sonia, yo no iba a visitarte hoy, aunque efectivamente hace un rato que regresé de Italia, pero ya ves, tantas maletas significa que cuando llegué al departamento de Marcos, me tenía un par de ellas preparadas con todas mis cosas y esta nota-. Se la mostró a Sonia, quien hacía muecas de asco al leer.

-Este tipo es peor de lo que yo me imaginaba. Tú te acordarás que yo te previne. No tienes por qué estar sorprendida. Yo lo sabía, a este tipo no se le podía dar un dedo y tú te le entregaste toda. Ahora que, definitivamente es un miserable, porque después de todo lo que tú has pasado para poder estar con él, te haga esta bajeza. No, no tiene perdón de Dios.

-Ni tendrá mi perdón tampoco, descuida. Pero, si supieras Sonia, el otro día cuanto me escribiste a Italia, tuve una buena noticia de parte de Jorge. Me dijo que en cuanto pudiera que lo llamara para ver cómo hacíamos para cambiar la cláusula del divorcio sobre los niños. Parece que lo ha pensado bien y como no es mala persona, sino que estaba bastante molesto con lo que le hice, en aquel momento actuó muy duramente contra mí, pero ahora comprende que yo soy la madre de los niños y que no debe separarme de ellos así. Además, yo creo que lo que pasa es que los críos le preguntan mucho por su madre y él no sabrá qué contestarle. Por eso, esto que me ha hecho Marcos, no es tan importante en estos momentos para mí. No te voy a negar que me ha dolido y me ha sorprendido mucho, pero saber que cuando vea a Jorge podremos cambiar lo de mis hijos, ya me hace sentir mejor.

-¿Y qué piensas hacer? ¿Te vas a quedar aquí o te vuelves a Italia?

-En el camino a tu casa estuve pensando en que debía volver al trabajo, no creo que tenga problemas en que me acepten de nuevo. Y de momento iré a una pensión, pero tan pronto pueda buscaré la forma de alquilarme un departamento para así poder estar cerca de mis niños. Tú lo sabes, porque eres madre, les he echado tanto de menos estos días que no les he visto que solo pensando en ellos me consuelo. En su nota Marcos dice que ha tenido tiempo para pensarlo y que lo nuestro no va a funcionar, creo que tiene razón. También yo pude pensarlo bien y comprendí que lo que hice fue una estupidez, lo primero son mis hijos, y él va a ser historia para mí. Eso sí, que no se atreva a tratar de hablar conmigo para nada porque no lo soportaría. Que se quede con su rubia ¿no me decías que se paseaba con una rubia por el club? Pues bien, que se quede con ella a ver cuánto le dura el romance.

-Corina, yo creo que esa mujer es la misma que tenía antes de que tú te mudaras a vivir con él. Mi amiga dice que ya ella le había visto con esta mujer desde hace tiempo, muchos años atrás, y que se había marchado de Alicante porque se había casado con un francés o algo por el estilo, pero parece que volvió justo en los días que tú estabas en Italia. Así que el doctorcito decidió calentar su nidito con otra pajarita, ya que la que tenía se le había ido volando.

-Menos mal que contigo tengo que reírme porque dices las cosas de una forma que no puedo quedarme seria. ¿Y tu hijo, no está en casa ahora?

-No, ahora está en la escuela. Es que mi niño es tan listo. No veas las buenas notas que me trae, tan pequeñito como es. Es un amor.

Sonia ya no podía hablar de otro tema. Corina había tocado el punto que era sensible para ella, pues desde que había sido madre se había convertido en otra persona. Ya nunca más fue la loquita que buscaba alguien que le gustara para irse tranquilamente a la cama con él. No, ahora era una señora respetable, que solamente pensaba en su marido, en su niño y en su casa. Corina se alegró por ella y aprovechó para contarle de la boda de Carlo y del chico judío que había conocido en Italia.

-¿Es guapo ese Hans?

-Sí, la verdad es que es muy guapo y además de tener unas facciones muy varoniles y atractivas, es alto, no muy grueso, rubio solo que sus ojos aunque son claros, no podría decirte bien de qué color son, porque unas veces me pareció que eran azules y otras los vi grises. Pero sí, es guapo y muy agradable, aunque se nota que no tiene mucha costumbre de tratar con mujeres, porque es bastante corto, pero para su negocio parece que es bueno. Es el dueño de un restaurante.

-Ay, qué bien, chica debías tratar de seguir la amistad. Nadie sabe si tu futuro está en Italia con un judío como tu padre y además dueño de un restaurante. Al menos la comida la tienes garantizada.

-No lo sé, Sonia. De momento no pienso en eso. Primero tengo que resolver lo de mi trabajo, del apartamento, de los niños. En fin. Ya veremos.

-Pero ¿ese chico te cae bien?

-Sí, a mí me resultó muy agradable y no sé. Pudiera ser alguien del cual cualquier mujer se enamoraría, pero yo le conocí en un momento en el que estaba pensando en Marcos cuando no me esperaba lo que me encontré aquí, de modo que no le puse mucha atención. Además, él vive en Italia y yo no quiero moverme de aquí. Necesito la cercanía con mis hijos.

-Está bien, yo creo que estás haciendo lo correcto. Una vez que tengas aclaradas las cosas con Jorge para poder ver a tus hijos con más frecuencia, ya se podrá pensar en otra cosa, aunque me imagino que a pesar de que aparentas tomar lo que te ha hecho Marcos como algo sin importancia, es probable que cuando estés sola y puedas pensar bien las cosas será cuando notes lo que te duele.

-Nunca te he dicho que no me ha dolido. Es una traición como quiera que lo mires. Pero no le voy a dar el valor que se ve claramente que él no tiene. Como persona me ha demostrado que no es alguien en quien confiar, y como amante, chica, como amante podrá ser bueno pero un buen compañero es difícil de encontrar, pero un amante lo puedes encontrar en cualquier lugar.

-Me alegra oírte hablar así. Hoy no te vayas a un hotel, quédate aquí con nosotros, ya mañana en la mañana podrás buscar una pensión que no te sea muy cara o quién sabe si hasta encuentres un apartamento. Yo sé de muchos lugares que los alquilan amueblados y eso sería lo que a ti te convendría por ahora.

-Lo único que quiero pedirte Sonia es que me permitas llamar a Jorge desde tu teléfono, ya que mi móvil se quedó sin batería y quería decirle que había vuelto de Italia. Además ya tengo ganas de ver cuándo podremos vernos para resolver lo de mis hijos.

CAPITULO XXV

Marcos se enteró del regreso de Corina tan pronto llegó esa noche a su apartamento. No estaban sus maletas y las llaves estaban encima de la mesa. Buscó a ver si ella le había dejado alguna nota, pero no encontró nada.

-¿Cómo habrá recibido la noticia? Me gustaría haberle visto la cara, aunque pensándolo bien, mejor no, porque seguramente se habrá puesto a llorar, y eso sí que no lo podría soportar yo, no resisto ver llorar a las mujeres porque me ablando y no quiero ablandarme, ya que seguramente pensaría que eso quería decir que me casaría con ella y en eso si que no he cambiado. La voy a echar de menos porque no puedo negar que Corina es muy dulce y su amor por mi más que carnal era un amor tierno, pero sé que si sigo con ella me hará doblegarme en mis creencias, yo prefiero la libertad, no quiero las ataduras matrimoniales. Por eso prefiero verme con Neus, ella me satisface cada vez que lo necesito y además no reclama nada y tiene muy buena presencia cuando me da por llevarla a cenar o al club. Además mi madre está contenta con esa decisión que he tomado y así no tengo problemas con ella, porque Doña Fernanda se pone inaguantable cada vez que le llevas la contraria-. Marcos pensaba en todo esto mientras se duchaba para alistarse para salir. Hoy iba a encontrarse con sus amigos del club porque tenían una partidita de póker y sentía que la suerte le favorecía.

Habían transcurrido unos cuantos meses desde que Corina regresase de Italia. Su relación con Jorge, dentro de lo que cabe, había mejorado mucho. Puede que al enterarse él de que ella ya había terminado su asunto con Marcos, no le molestase tanto verla, es más casi que le gustaba cuando ella venía a su casa a recoger a los niños, ya que habían conseguido que la custodia fuese compartida y así ella les tenía una semana y él otra y los niños estaban más a gusto, aunque claro, no era lo mismo para ellos vivir con su padre donde tenían cada uno una habitación mientras que en el apartamento que había alquilado su madre, tenían que compartir el dormitorio. Pero ellos adoraban a Corina y sin que ella lo supiera no hacían más que hablarle a su padre de su madre, cuando les tocaba estar con él. Lógicamente, los niños no podían comprender muy bien la separación de sus padres, y aunque ahora ellos se portaban muy amablemente el uno con el otro, especialmente delante de los críos, la realidad era que sería muy difícil para Jorge olvidar lo que le había hecho Corina hacía ya casi dos años. Lo que Jorge ocultaba a Corina y también a sus hijos, era que él no había podido dejar de querer a esta mujer. Pero no podía demostrarlo, eso sería una debilidad y ella no se merecía su perdón. Al menos, no por ahora. Sin embargo, a Corina le llamaba la atención que su ex marido nunca hablase de tener una nueva novia o de que pensara casarse en un futuro. Nunca hablaban nada al respecto. Y por otra parte, ella tampoco demostraba interés en relacionarse con ningún otro hombre.

Al principio de su regreso, Corina había sentido bastante nostalgia de su vida con Marcos. Había vuelto a su antiguo trabajo con el Dr. Machado, quien afortunadamente no había colocado a ninguna otra persona en su puesto, y eso aparte de halagarla mucho, le vino muy bien, porque así sentía que solamente había tomado unas vacaciones. Ella había vuelto con muchos ánimos y ganas de trabajar porque ahora tenía una meta, poder darles a sus hijos un lugar sano, limpio y decente donde vivir durante el período de tiempo que le tocase a ella su custodia. Estos últimos meses le habían servido para analizar bien todo lo que había hecho con su vida, y aunque se arrepentía mil veces de haberlo dejado todo por una persona que había demostrado que no lo merecía, había aprendido la lección, ya que sabía que las personas tenemos que aprender a fuerza de cometer errores. Por eso había cerrado su corazón a un posible enamoramiento en el futuro. Su madre le escribía con frecuencia y siempre le contaba que Hans preguntaba mucho por ella. De hecho, Hans también le escribía, todo eso por Internet, porque afortunadamente habían descubierto que era un método rápido y económico para comunicarse. Se enviaban fotos cuando había alguna actividad o evento familiar interesante. Ella le envió fotos de los niños a su madre y también en una ocasión a Hans, quien le comentó curiosamente que los niños eran muy guapos, que con lo rubitos que eran parecerían hijos suyos. A Corina le hizo gracia el comentario, pero no le siguió el juego a Hans, porque comprendió que ese comentario era como un mensaje encubierto y aunque él le había caído muy bien, ella sabía que en largo tiempo podría volver a Italia y como era natural él tampoco podía abandonar sus obligaciones en su restaurante en Pimonte. Por otra parte, en las últimas semanas Corina se había sentido un poco confundida porque cada vez que iba a recoger los niños, Jorge la invitaba a pasar y beber un vinito con él. Ella recordaba cuando al principio de salir a él le gustaba mucho ir a los cafés a beber un vinito con un pincho. Además, ya no le hacía comentarios sarcásticos como había sucedido al principio de su separación, todo lo contrario, hablaban mucho de los niños y de su futuro, inclusive un día él le preguntó que si cuando ella tomase vacaciones, a él no le importaría que llevase a los niños a ver a su abuela.

-Recuerdo lo bien que la pasábamos tú y yo cuando íbamos a Italia a ver a tu madre, esa fue una época muy bonita. ¿Te acuerdas, Corina?

Claro que se recordaba, era cierto, en aquellos momentos a ella ni siquiera le pasaba por la mente el más mínimo recuerdo de Marcos, lo niños eran muy pequeñitos y ellos se querían, o al menos eso parecía. Cada vez que Jorge mencionaba algo como esto, ella no podía evitar el pensar que aunque no hubiese estado locamente enamorada de él, si le había querido y él siempre había sido muy cariñoso y gentil. Ella perdió todo eso por una tonta ilusión, o quién sabe si por haberse quedado con la duda de su amor por Marcos. Ahora lo comprendía, ella se había sentido atraída por el Dr. Aguirre cuando era muy joven que comenzó a trabajar en el hospital, luego cuando él la besó se sintió en la gloria y aquel día que él se presentó en su casa y le pidió su mano a Julieta, supo que era la mujer más feliz del mundo. Pero entonces estaba ciega, él no quería estar con ella como su mujer, sino como su amante y por eso tan pronto se aburrió la despidió sin contemplaciones. Tonta fue ella, no él. Pero ya no iba a pensar más en eso, no podía remediar su error. Tenía que seguir adelante.

-Sí, Jorge, claro que recuerdo cuando íbamos de vacaciones a Italia. Los niños siempre disfrutaban mucho allí y nosotros también. Pero yo eché a perder todo. No hay nada que hacer.

-Corina, si tú quisieras…

-Si yo quisiera ¿qué?

-Nada, nada, no me hagas caso, tonterías mías.

-Bueno, Jorge, me marcho porque no quiero llegar tarde a casa. Recuerda que los niños tienen que ducharse y cenar y luego me constaría mucho hacer que se metan en la cama y ya sabes que a nosotros no nos gusta que ellos trasnochen. Te veo en una semana. Hasta pronto.

-Hasta pronto. Chicos, portaros bien, hacedle caso a mamá. Un beso.

Cuando ellos se marcharon, Jorge se quedó un rato más en la puerta mirándoles marcharse a la parada del autobús. No sabía lo que le sucedía, hacía un rato por poco comete un gran error. Casi le pide a Corina que vuelva con él. No, no podía hacer eso. Se reiría de él. Además, tenía la certeza de que pensaría que él no tenía dignidad. Ella no lo sabía porque él nunca comentaba nada de su vida privada, pero no había querido salir con ninguna otra mujer, a pesar de que se sentía muy hombre, pero no encontraba en ninguna lo que había visto en Corina cuando la conoció. Era cierto que ella le había decepcionado profundamente cuando le pidió el divorcio para irse a vivir con ese doctor al que conocía desde hacía mucho tiempo, pero aunque sabía de su debilidad, Jorge no había dejado de amarla. Puede que algún día, pero ahora que la veía con más frecuencia, se le hacía muy difícil.

Corina no le había dado demasiada importancia al comentario de Jorge, porque tenía la convicción de que él no querría volver con ella jamás, y no se lo reprochaba, pensaba que él tenía todo el derecho del mundo en guardarle siempre un resquemor.

Marcos no lo podía evitar. Había despedido a Corina de su vida como si hubiese sido un mueble roto o viejo que se tira a la basura. Ni siquiera había tenido la hombría de haber hablado con ella. Se preguntaba qué pasaría, pues nunca más la volvió a ver. Su madre sabía que ya ella no formaba parte de su vida y eso la hacía feliz. No sabía bien cuál era el resentimiento de la señora con Corina. Porque eso que ella decía de que Corina era judía no era suficiente argumento para que él hubiese roto con ella. Sin embargo, algo no le cuadraba, él pensaba que ella trataría de hablar con él pues supuestamente le quería y sin embargo todo era silencio por su parte. No supo más de ella. Sabía que había vuelto al trabajo porque en el medio que se desenvolvía era normal que alguien le contase. Él no la buscaría, pero en el fondo esperaba que ella si lo hiciera. ¿Dónde quedaría su amor propio si ella no hacía nada por volver con él? Estaba lleno de contradicciones, por una parte casi que deseaba que le llamase y por otra no quería saber de ella, pero en el fondo su amor propio estaba algo estropeado, siempre pensó que ella no toleraría que él la dejase, porque lo amaba demasiado y el que no le hubiera buscado, que no le reclamase nada, le hacía pensar que o ella no le amaba tanto, o quería lastimarlo. Bien, pues a él le importaba un comino. Mejor así, porque si ella le llamaba no sabría qué cosa decirle. ¿Qué no la amaba? No, eso no era del todo cierto. ¿Qué quería a otra? Tampoco, él no quería a nadie. Eso era lo que le pasaba, que él no quería a nadie que no fuera él mismo.

-Amor ¿cuándo me vas a llamar para que vaya a visitarte? No sé de ti hace mucho-. Neus llamaba a Marcos por su teléfono privado.

-Es cierto querida Neus. Pero es que en estos días he terminado muy tarde de trabajar y me sentía muy cansado, pero ahora que me llamas, me alegro. Sí, vente hoy a casa y trae ropa para un fin de semana, ya que nos vamos a ir los dos por ahí.

-Ay, querido, que alegría me has dado. Pero ¿tienes idea de dónde vamos a ir?

-No lo he pensado aún, pero algo se me ocurrirá. De todas maneras trae ropa de playa y de noche porque no sé dónde pero algún lugar que tenga mar será, o al menos piscina, sí, mejor eso, porque ya estoy un poco harto de la playa, como la tenemos tan cerca. ¿Qué te parece si nos vamos al norte, a San Sebastián o a la Coruña, o Santander?

-Yo iré donde tú quieras, cariño. A mí lo que me interesa es estar junto a ti.-. Sabía que esto era lo que él esperaba de ella, que se plegase siempre a sus deseos, y aunque no era muy amiga ni del mar ni de la piscina, con tal de que él la llamase y poder pasar unos días con él, ella accedía a lo que fuese.

Ese fin de semana que Marcos y Neus se fueron a pasar al norte de España, Corina tenia a los críos con ella y pensó que sería buena idea invitar a Jorge a comer el sábado con ellos, así como se suponía que ella los llevase de regreso a su casa esa noche, podría él llevárselos y sería más cómodo para los chicos. Corina no era una magnífica cocinera, ya Jorge lo sabía pero cuando ella le llamó para que comiese con ellos el sábado, se alegró mucho. Hacía mucho tiempo que no comían los cuatro juntos en casa. Claro que no era en su casa, sino en el apartamento de Corina, pero era igual, eran ellos cuatro. Le preguntó que quería que llevase y ella le sugirió que comprase vino ya que no tenía.

La comida con Corina y los niños fue muy agradable para Jorge, no pudo evitar el recordar otras veces en las que se sentaban los cuatro a la mesa. No era siempre, porque tanto él como Corina trabajaban, así que en realidad lo hacían los fines de semana solamente porque ni siquiera en las noches cenaban juntos, ya que los niños cenaban antes que ellos.

-Corina, estaba pensando que es bueno esto de que nos reunamos para comer los cuatro. Hoy lo hemos hecho en tu casa. Como yo no sé cocinar, bueno algunas cosillas sí sé hacer, pero no para una comida, he pensado que el próximo sábado vayamos a comer a un restaurante, claro eso es si tú no tienes otros planes.

-No, claro que no tengo otros planes. Si lo que yo hago los fines de semana es arreglar un poco la casa, coser alguna cosa que necesite, hacer la compra, en fin, nada importante. Desde luego que te acepto la invitación.

Así que al parecer ella no tenía pareja, Jorge se alegró al escuchar la explicación de Corina. Claro, si no sale los fines de semana cuando no tiene a los niños, será porque está sola. Bueno, eso no me debe interesar. No, no debía interesarle, pero si le había gustado saberlo.

Llegaron las vacaciones de Corina, ya sus niños eran grandecitos, Gina iba a cumplir ya los siete años y Jorgito tenía cinco, y a ella le gustaría llevarles a Italia para que su madre les viera lo guapos y crecidos que estaban. Claro que tenía que consultarlo antes con Jorge, aunque a decir verdad últimamente las relaciones con él estaban siendo muy buenas, algunas veces comían juntos los cuatro, ya fuera en casa de Corina o en un restaurante, y además el mismo Jorge le había dicho en una ocasión que le parecería bien si ella llevaba a sus hijos a Italia. Por eso llamó a su ex marido por teléfono y le preguntó si podía pasar esa noche a verle.

-Sí, yo sé que los niños se van a la cama temprano y no es para verlos, sé que están bien, es que quería pedirte un favor. Pero prefiero preguntarte en persona.

-¿Es muy grave?

-No, tonto, espero que ya nunca más tendré cosas graves que contarte-. El corazón le dio un vuelco a Jorge. ¡Caray! ¿Será que esta mujer aún le hace vibrar?

-Bueno, entonces te espero alrededor de las 8, así podrás tú misma poner a los chicos en la cama, tú sabes que es mejor que se acuesten antes de las 9 de la noche porque si no les cuesta mucho madrugar al día siguiente para ir a la escuela.

A las 8 en punto, Corina tocaba el timbre de la casa de Jorge. Él acudió en persona a abrirle, pues aunque tenía una persona que le hacía las labores del hogar, ya él le había dado permiso para retirarse.

-Corina, que gusto verte. Ven, íbamos a tomar la cena los tres, de modo que si quieres te preparo algo para ti.

-No me digas que ya sabes cocinar.

-Una tortillita a la francesa no da tanto trabajo, después un vaso de leche con una "magdalena" y ya está.

-Me gusta el menú, te acepto la invitación-. Corina sonreía pues se sentía feliz con esta nueva forma de poder llevarse con Jorge. Todo era más fácil con él ahora.

Cuando terminaron de cenar y Corina acompañó a los niños a asearse y ponerse el pijama para irse a la cama, Jorge les contempló arrobado.

-Ya están en sus camitas, ahora te ayudaré a fregar.

-No te preocupes, ya fregué todo yo. Ahora cuéntame eso que querías hablar conmigo.

-Bueno, se trata de que ya puedo tomar al menos un par de semanas de vacaciones y como los niños no van a tener colegio en esos días, pensé que si no te importaba, me gustaría llevarles conmigo a ver a mi madre en Pimonte.

-No, claro que no me molesta. Lo único que siento es que a mí me gustaría acompañarles. Claro que a ti no te parecerá bien esa idea.

-¿Por qué no? Después de todo tú eres el padre de los niños y a mi madre y a Giancarlo les dará mucho gusto volver a verte. Ellos ya saben que nosotros volvimos a ser amigos, de modo que me parece buena idea que vengas tú también.

Julieta no se asombró demasiado cuando su hija le escribió diciéndole que iba a visitarla y que llevaría a los niños, al contrario, se sintió muy contenta porque desde que eran muy pequeños no les había vuelto a ver más que en fotos. Lo que sí la dejó fría, fue cuando leyó que Jorge les acompañaría.

-Giancarlo, ¿qué crees de esto? Mi hija viene con los niños a pasar sus vacaciones aquí con nosotros, o al menos unos días porque no creo que le den un mes como antes.

-A mí me parece estupendo. Sabes que tu hija me cae muy bien y si tú eres feliz con que ella venga y encima te trae los nietos, pues mejor.

-Lo que pasa es que no te he dicho lo otro.

-¿Qué es lo otro?

-Ni más ni menos que Jorge, su ex esposo también vendrá acompañándoles. Yo no me esperaba algo así, aunque ya sé que él y Corina se están llevando mejor, pero bueno, están divorciados, eso de que viajen juntos, no sé, no me parece…

-¿Cuál es el problema, Julieta? Puede que él quiera acompañarles para vernos, recuerda que nos llevábamos muy bien. Además, puede que la esté rondando de nuevo.

-No, eso sí que no lo creo. El pobrecito, tengo que admitir que mi hija se portó muy feamente con él. No se merecía lo que ella le hizo. Y total, por un energúmeno que seguramente solo la quería para encamarla.

-Mujer, nunca te había visto tan enfadada. Parece que el tema te afecta mucho.

-Es la verdad, mi hija fue una tonta, mira que dejar a un hombre tan bueno y tan decente y que la quería tanto, por un idiota. No, ella no tiene perdón, pero pobrecita ya ha sufrido por eso, así que lo que te digo es entre nosotros, nunca se te ocurra comentarle lo que te he dicho, por favor.

-Ni loco me metía entre madre e hija. Además, yo en todo esto no hago más que el papel de observador. Tú sabrás mejor como llevar la cosa. Sin embargo, si lo que te preocupa es lo que diga la gente, sabes que a mí los comentarios ajenos no me interesan. Ellos sabrán lo que hacen que ya son mayorcitos. Tú no tienes por qué preocuparte.

-Pero, Giancarlo ¿cómo haremos para acomodarles?

-Corina puede quedarse en la habitación de huéspedes con los niños y Jorge que duerma en el saloncito que allí tenemos un sofá cama así que no hay problemas. Lo que pasa es que la otra habitación de huéspedes que teníamos tú la convertiste en una especie de biblioteca, y allí no cabe nada. Está repleta de libros, pero pensándolo bien, podíamos poner el sofá-cama allí, porque así cuando Jorge no pueda dormir por la noche pensando que su ex mujer está bajo el mismo techo, podrá entretenerse leyendo algún libro.

-Eres muy gracioso, Giancarlo. Todo lo tomas a broma. No creo que Jorge esté pensando esas cosas.

-No lo crees porque tú no eres hombre. Ya me enteraré yo cuando vengan, voy a sonsacarle.

-¿Te atreverías?

-¿Por qué no? No es nada malo y además quedaría como una conversación entre hombres.

-A mí me gustaría saber qué es lo que siente Jorge. Si aún quisiera a mi hija y pudieran arreglarse-. Suspiró pensando que esa sería una solución perfecta.

-Está bien, Julieta, pero prométeme que no te inmiscuirás en sus asuntos. Si están de arreglarse que lo hagan, si no es así pues no pasa nada. Recuerdo cuando estabas loquita por unir a ese chico Hans con tu hija. Pero, creo que no te funcionó.

-No, al parecer a ella no le interesa más que como amigo. Y es una pena porque es muy buen chico.

-Recuerda que ella ha sufrido una gran decepción con lo que le pasó con ese hombre que me contaste, considerando que debe haber sido peor después que ha podido comprobar que a pesar de lo mal que se portó con él, Jorge demuestra que aún la aprecia y ahora se llevan bien. Lo siento, mujer, no es que yo diga que tu hija es mala persona, pero como hombre comprendo bien a Jorge, yo no sé cómo hubiera reaccionado en su situación.

-Sí, mi hija debe haberse vuelto loca cuando hizo lo que hizo. La única excusa que le doy es que sé que ella estaba enamorada de ese Marcos desde que lo vio la primera vez, pero aún así fue como si él la hubiera hechizado. Yo, que soy su madre, nunca entendí lo que pasó, especialmente porque mi hija siempre fue muy correcta, my chapada a la antigua si tú quieres, eso de irse a vivir con un hombre para ser simplemente su amante me suena horrible, lo que pasa es que sea como sea, ella es mi hija y sé que hoy día se ha dado cuenta de su falta y como no sabe resolver su problema, lo más probable es que ya nunca más se enamore de otro hombre.

-Bueno, dejemos eso y contéstale ya de una vez a tu hija. Dile que por nosotros no hay problema alguno, y que los recibiremos a todos con los brazos abiertos.

CAPITULO XXVI

Corina y los niños volaron junto a Jorge ese día. Los chicos se sentaron juntos, mientras que Corina y Jorge lo hacían detrás de ellos. La conversación entre el padre y la madre era ligera, ninguno de los dos tocaba temas personales, pues ambos tenían temor de cometer un error. Afortunadamente tenían el tema de sus hijos, lo cual les unía lo suficiente como para poder hablar por un buen rato. El viaje no duró demasiado, de modo que esa misma tarde ya viajaban en un coche que tomaron en el aeropuerto, camino de Pimonte. No les fueron a recoger al aeropuerto pues estaban preparando una comida para cuando llegaran.

Había venido Gianni con su esposa Bianca, así como Julieta con su marido Paolo y su hijito ya que ellos vivían en Pimonte y se reunirían todos en casa de Giancarlo y Julieta para comer con los recién llegados de España.

Hubo abrazos, besos, risas, muchas preguntas y al fin se sentaron a comer. De nuevo el ambiente se alegró gracias al buen vino y a la alegría reinante por la llegada de los visitantes. Cuando se despidieron los tíos y la prima Julieta, quedaron en que ese fin de semana irían todos a visitar a la hermana Gina que vivía en Castelamari di Stabia. Allí tendrían la oportunidad de ver a Carlo y su mujer quien ya estaba esperando un hijo. Todos se sentían muy a gusto y nadie hizo alguna pregunta indiscreta, aunque conocían la situación de Corina y Jorge, pero no serían ellos quienes cometieran una indiscreción, aunque desde luego, camino a casa de Gianni, no faltó un comentario entre ellos.

-¿Has visto, mami, lo amable que estaba Jorge con Corina?

-Julieta, hija, yo iba a comentarte lo mismo. Todos sabemos que están divorciados pero nunca había visto una cosa así, tal parece que son muy buenos amigos.

-Lo que pasa es que ellos son gente de esta época, y tú Bianca no lo puedes comprender porque a ti te criaron distinto. Sin embargo, nuestra hija sí que debía entenderlos ya que ella es más o menos de la edad de Corina, ¿qué crees tú, Julieta, será que ellos se han arreglado o es que son simplemente amigos?-. Gianni no entendía tampoco la buena relación entre personas que estaban divorciadas desde hacía ya algunos años.

-Yo no sabría qué decirte, papá, porque la verdad es que hoy no vemos las cosas como la generación de ustedes, pero también hoy hay quienes se separan y se quedan odiando para toda la vida. Parece que ahora se llevan casi mejor que cuando venían antes. No sé, eso me pareció a mí. Bueno, como van a estar unos días más por aquí ya nos enteraremos.

Esa noche cuando todos se fueron a descansar, Corina llevó a los niños a la cama y les dijo que luego vendría ella a acostarse allí con ellos.

-Mami, ¿tú no vas a ir a dormir con papi?-. Jorgito era el más pequeño y aún no entendía muchas cosas. Sí sabía que ahora sus papis hablaban mucho y no peleaban y eso le gustaba.

-No, hijo, papi va a dormir en un sofá-cama en la biblioteca de los abuelos.

-¿Por qué, mami?

-Pues porque la abuela dijo que sería así-. Corina no sabía qué decirle a su hijo porque comprendía que para ellos era una situación incomprensible. Ya ellos se habían adaptado a que unas veces vivían con papi y otras con mami, pero si mami y papi estaban juntos, no era fácil para los niños entender cosas que los mismos mayores no saben explicar. -Y ahora, a dormir, dentro de un ratito vuelvo. Voy a conversar un poco con los abuelos.

-¿Me despertarás cuando vuelvas?

-No, vosotros estáis cansados del viaje y tenéis que dormir. Mañana tenemos muchas cosas que hacer. A dormir, vamos-. Salió del dormitorio pensando en la pregunta de su hijo. Él no podía comprender que si papi y mami se llevaban bien tuvieran que dormir separados. Era muy complicado explicarles ciertas cosas a los niños.

-¿Ya se durmieron?

-No, aún no, mamá, pero no creo que tarden mucho. Lo pobrecitos están cansaditos del viaje.

Fueron al salón donde se encontraban conversando Giancarlo y Jorge. Julieta trajo unos cafés y unas copas con vino moscatel. Corina se bebió su café y sacó un cigarrillo de su bolso y se puso a fumar.

-¿Desde cuándo fumas, hija? Siempre me dijiste que te molestaba el humo del cigarrillo y que no comprendías cómo había gente que fumara ya que eso era asqueroso para ti.

-Mami, algunas veces decimos cosas sin saber. A mí fumar me calma los nervios.

-Sí, pero eso es algo nuevo en ti. No debe hacer mucho que lo haces, cuando estuviste aquí hace ya más de un año, no fumabas.

-Es cierto, me ha dado por ahí, ¿qué quieres que te diga?

-Julieta, no le diga nada más, ya se lo he dicho yo varias veces. Ella nunca fumó y eso le hace daño. Lo único bueno es que no fuma delante de los niños, pero a mí me gustaría mucho que lo dejase-. Jorge se atrevió a mostrar un deseo que tenía desde que la vio fumar por primera vez, un día que había ido a comer con ella y sus hijos al apartamento de Corina.

-Algún día lo dejaré, pero no puedo ahora. De momento, no me digáis nada más, por favor. Si queréis me voy afuera a fumar para no molestaros.

-No es que nos molestes, Corina. Chiquilla, hay que ver qué cosas dices. Lo decimos por ti, porque no te conviene, es malo para la salud, especialmente ahora que no es por nada pero te encuentro muy delgada-.

La madre, como era natural, no soportaba que su hija tuviese un vicio que era dañino para ella, y Corina no le dijo que hacía tiempo que fumaba, que se había acostumbrado a hacerlo con Marcos, que cuando había venido la vez anterior no lo hizo delante de ella pero si cuando no había nadie. En realidad ella no había querido fumar nunca, pero se acostumbró con su amante, pues cada vez que tenían un encuentro sexual, al terminar lo primero que él hacía era encender un cigarrillo y se lo daba a ella a probar. Como entonces todo lo que él hacía le parecía maravilloso, fumaba un poquito del de él, pero llegó un momento en el que se acostumbró y no solamente cuando tenían sexo sino en cualquier momento, especialmente si salían a bailar y beber, siempre fumaba, mucha gente lo hacía y ya ella no lo encontraba mal. Ahora, sin embargo, tal parecía que a todos les molestaba.

Jorge se dio cuenta de que su ex mujer se había puesto algo nerviosa al justificar sus razones para fumar y además notó que ella se había quedado pensativa como si recordase algo. Sabía que ese algo no tenía que ver con él ya que si era relacionado con el cigarrillo era imposible conectarlo con su persona pues nunca había fumado y es más, lo encontraba mal, especialmente en la mujer. Era de ese tipo de hombre que considera que una mujer que fuma huele mal, que huele a hombre y no le apetecía besar a una mujer que fumara. Sin embargo, ahora, mirando a Corina, pensó que aunque ella fumase, a él no le importaría besarla, porque no se explicaba la razón, pero durante todo el tiempo que duró el viaje en el avión, cuando estaba sentada a su lado, sintió la tentación de tomarle una mano y hubo hasta un instante en el que ella estaba medio dormida que pensó en darle un beso. Afortunadamente se había contenido, no podía caer así. No debía enseñar sus sentimientos, total le había dejado por otro, es decir ella nunca le había querido. Y pensando en eso se sintió tan mal que se puso de pie.

-Bueno, si no os molesta, voy a retirarme a descansar. La verdad es que me siento molido. Estar sentado en el avión me ha cansado mucho. Hasta mañana-. Se levantó y salió dirigiéndose a la biblioteca donde sabía que le habían preparado una cama en el sofá.

Al día siguiente en España, se encontraban en un teatro, Sonia y su marido.

-Hola, Dr. Aguirre, ¿cómo está?

-Eh, ¿quién? Ah, eres tú Sonia. ¿Qué haces por aquí?

-Creo que lo mismo que usted disfrutando del espectáculo, aunque ahora no, ya que estamos en la cafetería.

-¿Viniste con tu amiguita, Corina?

-No, qué va, vine con mi esposo, a nosotros nos gusta mucho este cantante y por eso compramos las entradas desde hace tiempo.

-¿Es que Corina y tú ya no sois amigas?

-Sí, desde luego, somos muy amigas. Lo que pasa es que ella ahora tiene vacaciones y se fue con los niños y con Jorge a visitar su familia en Italia.

-¿Con Jorge? Qué raro, ellos creo que estaban divorciados.

-Sí, lo están, pero como quiera que sea él es el padre de los niños y ellos se llevan muy bien. Doctor. Y usted ¿vino solo? No sabía que le gustara la ópera.

-Sí, algo, pero más bien es a mi amiga. Ella se quedó sentada en el salón mientras yo bajé a beberme un coñac.

-Bueno doctor, ha sido un placer, le dejo que ya veo venir a mi esposo por allí. Saludos.

-Encantado-. Marcos se había quedado pensando en lo que le había dicho Sonia, de modo que Corina estaba en buenos términos con su ex marido y que habían viajado juntos a Italia. Él mientras tanto estaba harto de tener que vestirse de smoking a cada rato para darle gusto a Neus, a quien le encantaba ir a bailes de la alta sociedad, y encima tenía también que asistir a eventos como éste. A él la ópera no le gustaba nada, todo el mundo se quedaba bobo mirando al tenor y a él le parecía que el tipo estaba gritando en un idioma que no entendía. Terminó su copa y al tercer llamado para regresar al salón, volvió a su asiento junto a Neus.

-Querido, ¿me trajiste los caramelitos?

-Calla. Déjame escuchar al tenor-. Maldita gracia que le hacía escuchar, pero quería aprovechar para pensar en sus cosas. Si no hubiera sido por la insistencia de su madre y su oposición cerrada en cuanto a que él pudiera casarse con Corina, ella ahora no estaría en Italia sino con él. Cuando ella se marchó después de saber lo de su divorcio, él aprovechó para divertirse un tiempo con Neus, y de paso hacer una prueba, quería saber hasta qué punto Corina le amaba, porque aunque estaba convencido de ello, en el fondo quería probarla, y por tanto le preparó las maletas y la nota de despedida. Siempre pensó que ella no aguantaría, que le llamaría, que le rogaría que volviese con ella y claro, él lo iba a aceptar porque era lo que deseaba, pero entonces ya ella no podría volver con la cantaleta de querer casarse porque sabría que si lo hacía él volvería de echarla de su lado. Pero no le llamó, ella no volvió con él, y ahora se sentía el más miserable de los hombres, estaba con una mujer que no amaba, y ya hasta tener relaciones sexuales con ella le aburría. Cada vez que podía se le escabullía y se iba al casino a jugar o a casa de alguno de sus amigos para echar una partidita de póker. Y no entendía a Corina ¿qué era eso de viajar con el que fuera su esposo? No, ella le quería a él, siempre se lo había dicho. Tenía que decidirse, ya sabía que ella lo que quería era casarse, pues bien, se lo diría de nuevo a su madre y aunque no estuviera de acuerdo, buscaría a Corina, y le pediría matrimonio. Seguro que lo haría.

-Amor, has estado muy callado toda la noche-. Iban en el auto de Marcos supuestamente de regreso a su apartamento.

-No, es que no me siento muy bien. Nada de cuidado, pero estoy cansado. De hecho, si no te importa te voy a llevar a tu casa porque quiero tomarme unas pastillas y dormir porque me hace falta descansar.

-Claro, cielo, lo que tú digas-. Neus estaba en su papel complaciente de siempre, aunque maldita la gracia que le hacía lo que él le decía.

Al día siguiente Marcos fue a ver a su madre y se lo soltó de sopetón.

-Doña Fernanda, vengo a decirte que opines lo que opines, voy a buscar a Corina para pedirle matrimonio.

-Sobre mi cadáver te vas a casar con esa judía.

-No tendrás que morirte, mamá, que no es para tanto. Déjate de dramas. Además no le llames más judía, es cierto que su padre era judío pero ella nunca practicó la religión. Es más si cuando le pedí matrimonio la primera vez que lo hice le digo que quería casarme por la Iglesia Católica, estoy seguro que ella hubiera aceptado.

-Bueno, por mí haz lo que quieras después de todo ya eres mayorcito. Pero recuerda que si te casas con ella, a mi casa no la traigas. Tú haces con tu vida lo que te parezca, pero no me involucres a mí en tus acciones.

-Mamá, yo nunca te he comprendido. No sé de dónde te salieron esos aires de señorona y de un linaje que no tienes. ¿Crees que yo no sé que tú eras la sirvienta en la casa de los abuelos y que mi padre se casó contigo porque era un caballero?

Fernanda se alzó de su asiento y le dio una sonora bofetada a su hijo.

-A mi no me faltes al respeto, que soy tu madre. Además, tu padre nunca me tocó ni un pelo antes de que nos casáramos.

-No es falta de respeto, madre, es decir la verdad. Tanto hablar de una mujer que no conoces y que siempre fue decente hasta que tuvo la desdicha de enamorarse de mí, porque sí yo soy el culpable de lo que le sucedió después. Yo fui el primer hombre en su vida y fui tan cretino que no aprecié el maravilloso amor que ella me tenía. Pero eso lo voy a remediar, se acabaron los encuentros con tu protegida Neus, se acabó el hacerte caso. Por una vez voy a actuar como un hombre-. Dicho esto salió dando un portazo tras de sí.

Estaban todos reunidos frente a una enorme mesa en casa de Gina, el ambiente era muy familiar, ya que todos congeniaban y estaban pasando un día perfecto. Había un sol radiante y después de nadar en las azules aguas del mar, estaban tomando unos aperitivos antes de comer. La familia de Corina había recibido a Jorge sin hacer preguntas indiscretas, lo cual hizo que éste se sintiera muy bien y casi olvidara que ya él no forma parte de esta familia.

Después de comer unos cuantos se fueron a echarse una siestecita y otros decidieron andar un poco. Los niños estaban todos descansando después de una mañana en la que habían agotado sus energías nadando, jugando y corriendo por la arena. Corina y Jorge decidieron dar una vuelta por el pueblo porque no les apetecía tomar una siesta. Caminaron durante un buen rato y solo se detuvieron para entrar en un establecimiento a beber unas cervezas que apetecían mucho porque el calor que se sentía era fuerte. Se sentaron en una mesita junto al ventanal desde donde se podía ver el mar a lo lejos. Mientras disfrutaban de sus bebidas, Jorge no podía apartar los ojos de Corina.

-Corina, espero que no te molestes conmigo por lo que voy a decirte. La verdad es que estos años que han pasado lejos de estropearte lo que han hecho es que te veas más hermosa, más mujer, más atrayente.

-Jorge, creo que el sol te ha producido una insolación. Pero gracias por el piropo.

-No es un piropo, es la realidad de cómo yo te veo. Hace días que estoy por decírtelo, aunque sé que no hay nada que hacer, pero no puedo evitarlo, lo tengo que decir.

-¿Qué es lo que vas a decirme, Jorge?

-Que me gustaría que volvieras conmigo-. Así, sin más preámbulo. Total, si le iba a rechazar poco importaba si empleaba muchas palabras o pocas.

-Tus hijos te han dicho algo, seguro.

-No, mis hijos no tienen nada que ver con lo que te digo. Es que yo no he dejado de quererte y sé que tú me aprecias un poco. No aspiro a que me digas que me quieres, pero sí a que lo pienses.

-Pero ¿qué es lo que tú quieres en verdad, Jorge, que yo vuelva contigo, cómo, bajo qué condiciones?

-Como mi mujer, como lo que fuiste y nunca deberías haber dejado de ser.

-Jorge, pero yo sé que ya tú nunca más confiarías en mí, y que es posible que en un momento en el que nos enfadáramos por cualquier cosa, me echarías en cara lo que yo te hice en el pasado.

-No sé, puede que tengas razón, pero aún así me gustaría intentarlo. ¿Quisieras pensarlo, por favor? No tienes que contestarme ahora. Es más no hablaré más del asunto mientras estemos con tu familia. Pero te lo pido, piénsalo.

Ella se alegró que no continuara insistiendo porque no creía que lo que él pretendía debía llevarse a cabo, pues no sabía aún si ya había dejado de amar a Marcos, aunque lo cierto era que en los últimos meses apenas se había acordado de él, y si lo hacía era para una vez más confirmar que había perdido muchas cosas buenas por culpa de ese amor que no era lo que ella aspiraba en la vida.

Regresaron a Alicante y los niños se fueron con ella a su apartamento. Se despidieron de Jorge en la puerta y una vez más él le recordó a Corina su conversación en la playa.

-Corina, piensa en lo que te dije.

Cuando llevó a los niños a la cama, nuevamente Jorgito le preguntó que por qué era que su papi se iba, él quería que se quedara y que todos vivieran juntos de nuevo. Gina que estaba en su camita, al escucharle diciendo estas cosas a su madre, también decidió decirle lo que ella pensaba.

-Mami, yo entiendo, porque yo soy grande, pero mi hermanito tiene razón, a él y a mí nos gustaría que papi y tú volvierais a estar juntos.

Corina no contestó nada, pero se quedó pensando. Analizaba la propuesta de Jorge y la insistencia de sus hijos, sin contar con que ella echaba de menos también la convivencia familiar. ¿Qué esperaba ella ahora de la vida? Su corazón que antes había pertenecido a Marcos, ya no quería volver a latir por ese hombre. Analizó sus sentimientos por Jorge y comprendió que aunque no le amaba con la fuerza y la pasión que había querido a Marcos, sentía un gran cariño por él y además le estimaba mucho por la forma en que la trataba y porque se había dado cuenta de que durante el tiempo que estuvieron separados mientras esperaba la sentencia de divorcio, él nunca había indispuesto a sus hijos en contra de ella. Sí, tenía que pensar y mucho.

CAPITULO XXVII

Marcos había roto con Neus, ya apenas iba al casino y se dedicaba con ahínco a su trabajo, solamente esperaba al día que Corina regresase de Italia. Mientras tanto había hecho averiguaciones en el bufete de Pérez y González, Abogados, a los efectos de los trámites que debía hacer para casarse ya que él no tenía idea de cómo era el proceso ya que nunca le había interesado.

Esta tarde decidió pasar por la oficina, tenía que ver al Sr. Pérez con quien tenía una cita y cuando llegó a la recepción del bufete, cuál no sería su sorpresa al encontrarse allí con Corina.

-Corina, qué bueno encontrarte aquí. Tenía que hablar contigo. Te llamé al consultorio del Dr. Machado pero me dijeron que habías extendido tus vacaciones.

-Así es, aún estoy de vacaciones y este fin de semana salgo nuevamente de viaje.

-¿Vas a viajar sola o con los niños?

-No, voy a viajar acompañada, voy con Jorge.

-¿Te refieres a tu ex marido?

-Sí, solo que no es mi ex marido, es mi marido y he venido a buscarle, él es el Dr. González, uno de tus abogados, pero por ahora no va a estar, nos vamos de segunda luna de miel. ¿Quieres que le dé un recado tuyo, o venías a ver al Dr. Pérez?-. En esos momentos Jorge salía de la oficina del

Dr. Pérez y Corina se dirigió a su encuentro. –Querido, vámonos que se nos hace tarde y aún tenemos que recoger a nuestros hijos.

Marcos Aguirre se quedó sin habla y sin poder comprender nada. Se quedó de pie como una estatua, luego dio media vuelta y como un autómata se marchó, para volver a su vida vacía de siempre.